Babara Wolke

Sinnliche Wolkenwanderung

Verlag: BoD · Books on Demand GmbH, In de Tarpen
42, 22848 Norderstedt

Druck: Libri Plureos GmbH, Friedensallee 273, 22763
Hamburg

ISBN: 978-3-7693-1610-0

Der Name „Anara", ist spanischer oder baskischer Herkunft und bedeutet „Wanderin". Nach einer Enttäuschung mit einem Mann rieten mir meine Freundinnen, erstmal ein paar Erfahrungen in „freier Wildbahn" zu sammeln. Das sollte der Beginn meiner Wolkenwanderung werden. Auf dieser Wanderung machte ich Halt auf vielen sinnlichen Stationen. Auf einer der vielen Stationen begegnete ich Wolf, einem wunderbaren Mann, welcher mein neuer und zukünftiger Liebhaber, Begleiter und sogar Lebenspartner werden sollte. Mit seinem Wissen und Einverständnis begab ich mich auf eine erotische und lustvolle Wanderschaft, die mich dem Ziel, der Erfüllung meiner Träume, ein großes Stück näherbrachte.

Babara Wolke

Sinnliche Wolkenwanderung

Inhalt:

WOLF

Ich, Anara

Dieser Name, den meine Eltern mir gaben, hatte für mich immer eine besondere Bedeutung. Neue Orte oder eine neue Umgebung bedeuteten für mich jedes Mal neue Erfahrungen und ständiges „Dazulernen". Jeder Mensch macht seine Erfahrungen, die ihn prägen. Und daran sind vor allem Menschen wie Wolf, Sahra, die Zwillinge Maren und Karen maßgeblich beteiligt.

Während meiner Studentenzeit nutze ich die Wirkungsweise der Selbstbeeinflussung. Dabei ging es mir darum, mich selbst zu beruhigen. Ich legte mich auf mein Bett und probierte entsprechende Techniken dazu aus. Die eigene Atmung bewusst wahrnehmen, entspannen und dabei nur in den Bauch hinein atmen. Ja, ein Seufzer durfte sein. Und genauso das Ausatmen bewusst fühlen und abwarten, bis der Körper sich die neue Atemluft von ganz alleine holt. Langsam wird die Atmung ohne eigenes Zutun, ruhiger und gleichmäßiger und Körper und Geist entspannen sich.

So lag ich da wie ein Lebkuchenmännchen. Die Beine leicht gespreizt und die Arme neben dem Körper. Es war ja nicht das erste Mal. Aber anders als sonst, streichelte ich meine Brüste. Ein Schauer überkam mich. Mit den Handflächen strich ich dann über die Nippel. Sofort meldete sich das Gefühlszentrum zwischen den Beinen. Dieses fordernde, helle und warme Gefühl versprach ja mehr, als es jetzt schon offenbarte!

Dann hatte ich plötzlich diese Männer vor Augen. Einer nach dem anderen ging an mir vorbei. Jeder hielt seinen erigierten Schwanz in der Hand. Sie gierten nach mir. Sie wollten mich ficken. In meiner Votze brodelte es. Ich spürte, wie ich nass wurde. Das Geräusch des Reibens, wie sich die Vorhaut bei Männern anhört, wenn sie wild und geil onanieren, war nicht zu überhören. Mein Körper bäumte sich auf und die Anspannung nahm zu. Es war schier unerträglich.

Sollte ich noch weiter machen, oder lieber doch eine Pause einlegen und danach langsam weitermachen. Nicht gleich über die Kante gehen. Im Raum schweben, fühlen und genießen. Einfach nur das Leben spüren. Einen Moment setzte ich gezielt mein Beckenbodentraining ein, konzentrierte mich und ließ meine Muschi atmen. Ich ließ sie enger werden und sich wieder weiten. Das bescherte meiner Muschi eine wohlige und feuchte Geilheit. Meine Finger kreisten jetzt um die Klitoris. Genau da, ist es am schönsten! Geil sein zu dürfen, einfach geil sein. Meine Gefühle eroberten mich. Jetzt kamen wieder diese wilden Gefühle, diese Spannung, dieses Reißen. Jetzt, Anara! Jetzt mach es weiter, weiter, weiter! Die Kehle schnürte sich zu und die roten Flecken am Hals kamen zum Vorschein. Mein Atem stockte.

Dann dieser urige Laut. Nein, kein Stöhnen. Die Urgewalt des Lebens, die jetzt durchbrach. Ein wohliges Gefühl füllte mich vollständig aus. Ich hatte es mir gemacht! Und der Atem ging jetzt wieder schnell, sehr schnell. Das Herz raste, die Glücksgefühle überschlugen sich. Ein Pusten und nach Luft ringen. Langsam beruhigte ich mich. An nichts denken, nichts fühlen. Nur noch atmen und die Entspannung genießen. Dann hatte die Wirklichkeit mich wieder!

Fesseln

Wolf war und ist schon ein geiler Typ. Er sieht gut aus und laut Sarah damals, ein verdammt guter Stecher. Auch die Zwillinge Maren und Karen hatten mir Feuer unter dem Hintern gemacht: „Wenn du mit Männern nicht mehr klarkommst, dann probiere ihn aus und benutze ihn dabei. Der braucht das!" Es war nicht mein Fall, so mit Männern umzugehen, aber die Zwillinge redeten mit Engelszungen. Also ließ ich mich darauf ein.

„Ich heiße Anara", sagte ich und sah ihm tief in die Augen. Seine Kollegen waren gegangen und ich fragte, ob ich mich zu ihm setzen dürfe. Dann nahm ich einen Schluck aus meiner Kaffeetasse. Ich war aufgeregt und plauderte wie ein

Wasserfall. Er kam nur selten zu Wort. Ich redete über meine Arbeit und andere oberflächliche Dinge. Aber dann brachte ich das Gespräch doch auf Liebe und Sex. Ich spürte, ich war eigentlich nicht sein Typ und er schien nicht sonderlich an mir interessiert zu sein.

Auch anbaggern wollte er mich nicht. Er nannte mir seinen Namen und wir waren dann auch sofort beim „Du". Ich rückte näher zu ihm und wir unterhielten uns flüsternd, was bei dem Thema inzwischen auch nötig war. „Magst du außergewöhnlichen Sex?", provozierte ich ihn. „Zum Beispiel, wenn du dich dabei nicht wehren kannst oder willst?" Er gab zur Antwort, dass er immer davon geträumt hätte, einmal eine Frau zu fesseln, aber dabei bisher nicht erfolgreich gewesen wäre. Jetzt hatte ich ihn auf dem richtigen Weg und konterte: „Dann wird es Zeit, dass du dieses geile Gefühl kennenlernst, wenn man tun muss, was andere verlangen", antwortete ich ihm offenherzig.

Dabei rollte ich die Augen: „Wenn du zu mir kommst, können wir doch über alles reden!" Jetzt schaute er mich freudig an und es schien, als ob er plötzlich auf mich Lust bekam. Meine offene Art beeindruckte ihn und machte mich auf einmal anziehend und begehrenswert für ihn. Etwas später saß er dann in meiner Wohnung auf meinem Bett. Ich begann mein Spiel. „Zieh dich schon mal aus, ich hab noch in der Küche zu tun!", befahl ich ihm und verschwand in der Küche. Er wusste ja nicht, was ihm bevorstand. Als ich zurückkam, trug ich immer noch ein kurzes, eher biederes Kleid.

Ich ließ ihn näher hinschauen, sodass er bemerkte, dass ich Strümpfe mit einer Naht trug. Ich täuschte mich nicht, dass ich so auf ihn jetzt erotisch wirkte. Eine Gänsehaut überzog seinen Rücken. Ich sah ihn kalt an und forderte: „Gib mir deine Hände!" Brav folgte er meiner Anweisung und streckte mir seine Hände entgegen, die ich sogleich fesselte. Jetzt war er mir ausgeliefert. Etwas erschrocken schaute er in mein Gesicht. Trotz seiner Unsicherheit, oder gerade wegen dieser, war seine Erregung nicht zu übersehen.

Also zog ich ihm die Hose samt Unterhose aus und fesselte ihn an den Füßen, ließ ihm aber viel Bewegungsfreiheit. Dann nahm ich mir seinen Unterleib vor. Sein Schwanz stand, aber den rührte ich erst mal nicht an. Sein Poloch zu lecken und seine Eier zu lutschen, kam mir in den Sinn. Unverkennbar pulsierte sein Schwanz und Tröpfchen erschienen bereits. Er war reif, gemolken zu werden. Als ich dann zusätzlich ein Seil um jedes seiner Knie legte, diese dann zu den jeweiligen Bettseiten zog und das Seil festmachte, zeigte er keine Anzeichen von Angst. So lag er in seiner ganzen Pracht ausgebreitet vor mir.

Dann aber ließ ich ihn vorerst in Ruhe und telefonierte erst einmal ausgiebig. Die Sonne schien direkt durchs Fenster auf seinen Hoden und er schien seine Nacktheit und Hilflosigkeit zu genießen. Sein erigiertes Glied lag auf seinem Unterbauch. So war sein Hoden und sein Poloch meinen Blicken preisgegeben.

Nach dem ausgiebigen Telefonat stellte ich mich an das Fußende des Bettes und betrachtete betont spöttisch seine Männlichkeit. Wolf wirkte sehr angespannt. Er begann, zwischen seinen Pobacken zu schwitzen. Aber als ich seinen Schwanz eine Weile ausgiebig betrachtete, so als wäre er ein seltsames Wesen, begann dieser sich im Rhythmus seines Herzschlags zu bewegen. Die Situation reizte mich jetzt noch mehr, als ich gedacht hatte.

Ich gewährte ihm ein Blick von unten und zeigte ihm damit meine halterlosen Strümpfe. Weiter nach oben konnten seine Augen nicht forschen, aber ich wusste jetzt, dass seine Fantasie den Rest übernahm. Ich weiß nicht, was er sich vorstellte, aber vielleicht träumte er von einer rasierten Votze, die er ficken darf. Ich nahm seinen Schwanz mit spitzen Fingern und zog die Vorhaut zurück. Ich führte meine andere Hand unter meinen Rock, genau dahin, wo sich mein Gefühlszentrum befindet. Mit einer Hand wichste ich ihn vorsichtig, mit der anderen Hand aber masturbierte ich.

Ich setzte mich neben ihn auf das Bett, beugte mich über seinen Schwanz und leckte über seine Eichel, als ob ich sie schmecken wollte. Dann aber wurden meine Bewegungen unter meinem Rock heftiger. Das Spiel ging hin und her. Eben mal lecken, dann ein wenig saugen, dann wieder masturbieren. Er war mir egal. Ich war voll auf mich konzentriert. Bestimmt fühlte er sich langsam unwohl und fragte sich, was ich da mit ihm anstellte, zumal meine Finger nun sehr schnelle Bewegungen machten.

Als ich spürte, dass meine Erregung dem Höhepunkt entgegenging, nahm ich seinen Schwanz ganz in den Mund und bearbeitete ihn heftig. Ich fickte ihn also mit dem Mund und schnaubte ungeduldig: „Komm endlich!" Dann spürte ich seine Reaktion. Er schien sich zu straffen und überschritt die Kante zum Orgasmus.

Heiße Wellen durchliefen meinen Körper. Er wollte zurückziehen, aber es war zu spät. Er kam und spritzte mir seine Sahne in den Mund. Sein Gesichtsausdruck und seine Körpersprache waren eindeutig. Ihn behagte diese ganze Situation nicht so recht. Als er fertig war, sah ich ihn mit ganzer Verachtung in die Augen. Ein zynisches Lächeln meinerseits machte ihn unsicher. Ich ließ ihn spüren, dass ich ihn nur benutzt hatte. Mehr wollte ich ja nicht. Wir hatten kaum zehn Sätze miteinander gesprochen.

Ich stand auf, ging aus dem Zimmer und ließ ihn noch etwas schmoren. Als ich zu ihm zurückkam, löste ich die Fesseln und er stand nackt vor mir. Dann sagte ich völlig unaufgeregt zu ihm: „Deine Sachen liegen im Hausflur, hau endlich ab!" Gespielt angewidert von ihm, drehte ich mich zur Seite und verschwand in der Küche. Als ich hörte, wie er die Wohnungstür öffnete und seine Sachen draußen im Flur aufhob, schloss ich schnell die Tür. Er hatte keine Wahl und zog sich draußen vor der Haustür an.

Pissen

„Anara hier! Du bist um 20 Uhr bei mir, verstanden!", überfiel ich ihn mit einem Anruf. Ich spürte eine unsägliche Wut in mir. Der Kerl ging mir nicht aus dem Kopf. Was müsste ich noch tun, um ihn zu demütigen, zu bestrafen für etwas, was er nicht getan hat? Je länger ich darüber nachdachte, desto mehr überkam mich das Verlangen, ihn zu entsamen. Der Gedanke daran machte mich fertig. Gestern stellte ich mich auf dem Nachhauseweg schnell in einen Hausflur und musste mich anfassen. Ich war total nass danach. Dann aber wurde mir noch etwas klar. Ich demütigte ihn und er nahm es einfach so, ohne nennenswerte Reaktionen, hin. Aber ich dagegen bekam einen regelrechten Schub an Gefühlen.

So stand er jetzt zitternd vor mir. Ich verstand mich ja selbst nicht. Warum machte ich das? Vielleicht, weil ich jetzt meine Erregungen spürte, die unaufhaltsam stärker wurden. Ich forderte ihn auf, sich nackt auszuziehen und die Kleidung auf den Stuhl zu legen. Dann ging ich in die Küche. Ich spielte unter dem weiten Pulli an meinen Brüsten. Meine Jeans rutschte auf den Boden und ich stellte ein Bein auf den Küchentisch.

Es tat so gut, den Finger reinzustecken und abzulecken. Ich geilte mich daran auf. Da blieb es nicht aus, dass eben auch ein Finger in den Po ging. Ich steigerte meine Erregung und war enttäuscht, dass ich „The point of no return" so schnell erreicht hatte. Ich wusste ja, er wartete auf mich. Aber jetzt wollte ich ihn nicht mehr ficken. Es war vorbei. Ich hatte keine Lust mehr auf ihn. Ich war sauer auf mich selbst, weil er mich irgendwie beschäftigte.

Ich war unentschlossen und missmutig. Was sollte ich jetzt mit ihm anfangen? Ihn zu ficken, hatte ich keine Lust mehr. Aber da war noch dieser Funken Lust, ihn zu demütigen. Aber wofür eigentlich? Weil ich ihm Hoffnung gemacht hatte, mich zu ficken? Weil er mich berührt hatte oder ich ihn begehre, aber eigentlich nicht will? Ja, ich will ficken, aber nicht ihn. Oder vielleicht überhaupt keinen Mann, der mich begehrt. Ich will frei sein und jeden haben, der mir gefällt. Ich spürte diese Angst vor einer Art Bindung, in Beschlag genommen zu werden.

Was mache ich nun? Ich behielt meinen weiten Pulli, unter dem ich nichts anhatte, an und ging langsam zu ihm ins Schlafzimmer. Da stand er vor dem Bett. Er war nackt. Sein Pimmel hing zwischen seinen Eiern. Sein Blick war ängstlich und erwartungsvoll zugleich. Ich ging um ihn herum und sah ihn mir genauer an. Da war es schon wieder, dieses Ziehen

15

zwischen meinen Beinen. Das steigerte meine Wut, von diesem Kerl beeindruckt zu sein. Ich bemerkte eine Sitzmulde auf dem Bett. So wies ich ihn barsch zurecht, dass er bestraft werden müsse, weil er sich hingesetzt hatte.

Ergeben und demütig legte er sich hin. Seine Arme streckte er automatisch zu den Bettpfosten und ich fesselte ihn an den Handgelenken. Er murrte unverständliches Zeug. Ich fragte ihn, was er zu melden hätte. Er antwortete, er müsse pinkeln. Das sagte er jetzt, wo ich ihn gerade angeschnallt hatte! Zugleich fiel mir das leere Gurkenglas in der Küche ein, das ich ja wegwerfen wollte. Also ging ich in die Küche und holte es. Das wollte ich genau sehen, wie der dort reinpinkelt. Gleichzeitig war es mir egal, ob etwas daneben geht, weil ich vorsorglich eine Inkontinenzunterlage unter das Laken gelegt hatte.

Ein wenig umständlich steckte ich seinen Schwanz in die Öffnung des Glases und holte mir meinen Stoßdildo. Ich setzte mich ihm gegenüber auf einen Stuhl. Ich wollte mich ficken und ihm zeigen, dass ich ihn nicht brauche. Als er den Dildo sah und ich meine Beine öffnete, begannen seine Qualen. Ich ließ mir Zeit und wartete seelenruhig ab. Bekommt er eine Latte oder quält ihn der Harndrang? Pinkelt er mit einer Latte? Bekommt er das hin und sein Penis rutscht nicht aus dem Glas? Ich hatte richtig vermutet. Immerhin eine viertel Stunde hielt er durch, dann warf er seinen Kopf von links nach rechts. Sein Penis rutschte aus dem Glas, richtig steif war er nicht.

Ich empfand eine Genugtuung und fühlte mich wohl, ihn an eine Grenze gebracht zu haben. Hoch erregt dachte ich jetzt einen Moment daran, ihn zu ficken. Dann aber hatte ich Erbarmen mit ihm und löste die Fesseln der rechten Hand. Jetzt erst drückte ich den Dildo in meine Votze. Als er dann seinen Schwanz in das Glas steckte und lospisste, bekam ich ein wohliges Gefühl und schaltete die Stoßfunktion ein. Gleichzeitig hob ich mein Becken und schloss die Augen. Als ich sie wieder öffnete, war er am wichsen. Wohlwollend nickte ich ihm zu und er beschleunigte seine Bewegungen. Gleichzeitig schaltete ich den Dildo auf die größte Stufe.

Ich sah ihn abspritzen, als ich meinen Orgasmus spürte. Sein Samen landete auf seiner Wange und auf seiner Brust. Es dauerte eine Weile, bis ich wieder klarer denken konnte. Es ging mir gut. Ich war in Hochstimmung. Da war kein Gräuel mehr. Ich stand auf und betrachtete ihn. Spontan leckte ich den Samen zuerst von seiner Wange, dann von der Brust. Ich schaute ihn nicht an, saugte aber seinen Schwanz ein, um alles von ihm zu schlucken. Ich hatte ihn dabei nicht mal mit meinen Händen angefasst.

Was dann geschah, war mir später immer noch nicht ganz klar, warum ich das gemacht hatte. Ich stellte mich auf das Bett und ging in die Knie. Meine Votze befand sich genau über seinem Schwanz. Ich zog meine Schamlippen auseinander. Dann pisste ich auf seinen Schwanz. Ich schaute ihn nicht an und erhob mich betont gelangweilt wieder. Dann ging ich ins Bad und duschte. Danach zog ich mich wieder in der Küche an. Ich nahm seine Klamotten und warf sie wieder vor die Tür in den Flur. Dann löste ich seine Fesseln und gab ihm ausnahmsweise noch ein Handtuch. Als ich dann im Wohnzimmer saß, hörte ich die Wohnungstür zuschlagen.

Maren und Karen

Ich wollte es nicht, aber Sahra zwang mich förmlich dazu. Als ich ihr alles haarklein berichten musste, was geschehen war und dass er nächste Woche wieder zu mir kommen will, hielt sie mich für verrückt. Sie erzählte alles brühwarm Maren und Karen weiter. Die beiden waren Zwillinge und meines Wissens für fast alles zu haben. Dennoch wunderte ich mich doch, als Maren mich anrief und sich am Telefon alles noch einmal von mir erzählen ließ. Als sie dann aber sagte, sie und Karen wollten beim nächsten Mal unbedingt mit dabei sein, weil sie so etwas auch noch nicht erlebt hätten, lachten wir beide lauthals los.

Je näher der Termin für das Treffen kam, desto unruhiger wurde ich. Was sollte ich denn noch alles mit Wolf anstellen? Ich wollte ihn doch gar nicht. Er ist ja süß und obendrein ein toller Kerl. Aber nein, ich will mich alleine und keine Beziehung. Was will er überhaupt? Fesseln, was bedeutet mir das? Das ist doch kein richtiger Mann. Ich will einen Mann, der weiß, was er will. Aber ich war wütend auf mich selbst, weil ich ihn bereits eingeladen hatte. Dennoch war ich geil auf Wolf. Er sah ja gut aus und das, was ich noch so von ihm wusste, war ja nicht so schlecht. Mein Stimmungsbarometer schwankte auf und ab.

So rief ich Karen an und sagte ihr, dass ich das Treffen am liebsten absagen würde. Was sollte ich mit dem Kerl? Dann meinte Karen allen Ernstes, sie und Maren würden ihn, wenn er gefesselt und hilflos ist, ficken wollen. Daraufhin sagte ich die Verabredung nicht ab. Als Wolf am vereinbarten Tag zu mir kam, ließ er sich nur unwillig ans Bett fesseln. Ich legte ihm zusätzlich ein Handtuch über die Augen. Maren und Karen hatte ich vorher ins Wohnzimmer geschickt, wo sie sich auch zurechtmachen konnten.

Eine Viertelstunde lang verhielten wir uns ganz still. Es war purer Stress für Wolf. Diese Demütigung der Nichtbeachtung kratzte außerdem sicher sehr an seinem Ego. Wir schlichen uns in das Schlafzimmer. Maren stellte sich links und Karen rechts seitlich ans Bett. Ich rückte mir den Stuhl am Fußende zurecht und holte die gefüllten Sektgläser aus der Küche. Maren und Karen trugen jeweils eine rote Maske. Die Haare hatten sie zu Pferdeschwänzen gebunden. Hochhackige, rote Schuhe rundeten beider Erscheinung ab. Ansonsten waren sie nackt. Ich konnte bei beiden hier und da ein paar Fettpölsterchen ausmachen, welche dem gereiften Frauenkörpern geschuldet waren.

Ich wartete ab. Der Duft von schwerem Parfüm lag in der Luft. Außerdem roch es auch nach Frau. Die beiden waren geil und ungeduscht. Das war wohl absichtlich so. Die Masken verdeckten die Augen, die Stirn und die Nase so, dass man die beiden nicht wirklich auseinanderhalten konnte. Die Atmosphäre war erotikgeladen und durchsetzt von spannender Ungewissheit. Jetzt nahm Maren das Handtuch von Wolfs Gesicht. Sein Schwanz zuckte, wusste aber wohl nicht, ob er angriffslustig stehen oder ergeben auf seinem Sack ruhen sollte.

Die beiden zeigten sich ihm jetzt provozierend und prosteten sich mit dem Sektglas in der Hand siegessicher zu. Wolf sah mich an. Aber auch ich zeigte keinerlei Regung. „Ich möchte gerne auch ein Glas Sekt", stammelte er. Sicher überlegte er, was die Frauen mit ihm vorhaben könnten. Sie reagierten nicht auf seine Frage. Wie zwei Priesterinnen sahen sie auf Wolf hinunter, der wie ein Opferlamm nackt an das Bett gefesselt war. „Schau zur Decke, du geiler Sack!", befahl Maren und Wolf reagierte sofort. Dann maßregelte sie ihn weiter mit einem rauen Unterton in der Stimme: „Es steht dir nicht zu, uns anzuschauen, du unwürdiger, geiler Wurm!"

Maren steckte auffällig ihren Finger in ihre Votze. Es sah so aus, als ob sie prüfen wollte, ob sie nass genug ist. Sie sah, dass Wolf ihr trotz Verbot zuschaute und steckte ihm prompt den Finger entgegen. „Leck ihn ab!", forderte sie ihn barsch auf. Als er sich sträubte, hielt sie ihm die Nase zu. Das zwang ihn natürlich, den Mund zu öffnen. Seine Proteste halfen ihm nicht weiter. Ergeben leckte und lutschte er ausgiebig den Finger ab. Auch Karen beteiligte sich jetzt am Spiel, das ich mir genüsslich anschaute und dafür eine bequeme Position auf meinem Stuhl einnahm. Langsam setzte ich den Stoßdildo auf meine Klitoris. Maren steckte sich die drei mittleren Finger ihrer rechten Hand in ihre Votze und ließ diese mehrmals raus- und reingleiten. Das Geräusch, wenn Frauen sich mit den Fingern ficken, war unverkennbar und deutlich zu vernehmen. Dann zogen sie eine Art Wachstuch, unter ihm durch.

Die beiden hatten also einen Plan. Mit Massageöl machten sie seinen Schwanz geschmeidig. Er schnaubte wie ein Pferd, aber sie kümmerten sich nicht darum. Wolfs gesamter Körper kam danach ebenfalls dran. Dann massierten sie seinen Schwanz und seinen Arsch. Als sie damit fertig waren, stiegen beide auf das Bett. Maren setze sich ohne viel Umstände zu machen, direkt auf seinen Schwanz. Sie fühlte sich dabei sichtlich wohl. Karen aber senkte ihren Unterleib auf sein Gesicht ab. Der Anblick ihrer Votze und ihres Arschlochs hatte schon etwas Bedrohliches an sich.

Die beiden Frauen lebten ihre Geilheit aus. Sie benutzten Wolf wie eine willenlose Puppe, die sich nicht wehren konnte. Von Maren wurde er jetzt wild geritten und Karen rutschte auf seinem Gesicht rauf und runter. Sie rutsche abwechselnd mit ihren Arsch und ihrer Votze über seinen Mund. „Leck um dein Leben!", wies sie ihn an. Die beiden waren ein eingespieltes Team. Auch nahmen sie Rücksicht darauf, dass Wolf immer genug Luft zum atmen bekam. Wolf begann, dem Lecken seinen Spaß abzugewinnen. Erst leckte er sie, dann fickte er sie mit seiner Zunge.

Beide Frauen wichsten schließlich abwechselnd seinen Schwanz. Sie ließen nicht locker. Er brauchte lange, bis er schließlich dann doch kam. Aber es war kein vehementes starkes Abspritzen. Es kam in müden und verhaltenen kleinen Schüben raus. Schnell leckten die beiden alles sauber auf. Maren löste jetzt Wolfs Fesseln, der darüber sichtlich erleichtert war. Aber er war noch nicht ganz entlassen. Maren legte sich auf den Rücken und bedeutete ihm, sie auch zu lecken. Das gefiel ihm schon sichtlich besser. Ich staunte nur, wie er sie fertig machte und dann auch nochmal Karen leckte. Die Zwillinge waren von Wolf beeindruckt, als sie den Raum verließen.

Ich sah Wolf in die Augen. Er war unsicher. Ich wollte ihn nicht. Aber ich konnte ihn auch nicht rauswerfen, indem ich ihm wie sonst, seine Kleidung wegnahm und vor die Wohnungstür warf. Nach einer langen Pause sagte ich: „Zieh dich an und geh bitte!" Danach ging ich ins Wohnzimmer.

Ich war immer noch ziemlich stark angespannt, als ich die Wohnungstür ins Schloss fallen hörte.

Sahra

Sahra sagte, ich hätte Wolf bisher noch gar nicht richtig kennengelernt. Sie schlug vor, dass beim nächsten Treffen nur sie, Wolf und ich anwesend sein sollten. Auch auf Fesselspiele sollten wir verzichten, um seine anderen Neigungen besser herausfinden zu können. Damit hatte sie eigentlich Recht. Als ich Wolf anrief, um das Treffen zu vereinbaren, sagte er schroff „Nein" und legte den Hörer einfach auf. Ich rief ihn mehrmals an, aber jedes Mal war seine Antwort dieselbe und er legte wieder auf. Aber ich ließ nicht locker und flehte ihn an, mir zuliebe doch zuzusagen. Ich befürchtete schon, zu aufdringlich zu sein, aber mein Betteln und Flehen klang nun ja ganz anders als früher.

Ich ärgerte mich darüber und verriet es ihm auch. Ich versprach ihm, mein Verhalten zu ändern. Nach einigen langen Telefongesprächen, sagte er endlich zu. Als es soweit war, stand er vor meiner Tür und ich bat ihn herein. Als Sahra in das Zimmer kam, schien er hocherfreut zu sein. Ich ahnte, dass das Eis gebrochen war und sich alles zum Guten wenden würde. Sahra setzte ihr schönstes Lächeln auf und sagte zu ihm: „Du wirst genug Beschäftigung bekommen." Das war natürlich auch eine versteckte Aufforderung an ihn.

Sahra und ich waren nur spärlich bekleidet und unsere Titten ließen wir mit Absicht aus den Oberteilen herausquellen. Wir stießen zu dritt mit einem Gläschen Sekt an. Dann zogen Sarah und ich ihn auf das Sofa und streichelten seine Oberschenkel. Ich spürte schon, wie ich feucht wurde. Dann stellten wir uns vor ihm hin und ließen alle Hüllen fallen. Wolf starrte uns überrascht an. Dann drehten wir uns um und bückten uns. Wolf, der jetzt unsere Votzen und Arschlöcher sah, konnte seine Begeisterung und Begierde kaum zurückhalten. Wenn Wolf jetzt zugegriffen hätte, hätten wir nichts dagegen gehabt. So aber stellten wir uns links und rechts von ihm, legten seine Hände auf unsere Votzen und ließen uns von ihm kraulen.

Wir hatten ihn soweit, dass er alles für uns tun würde. Nur diesmal wollten wir alles im gegenseitigen Einvernehmen und auf Augenhöhe ablaufen lassen. Wir gingen zusammen mit Wolf ins Badezimmer und umarmten ihn unter der Dusche. Das Befummeln und Einseifen zeigte langsam Wirkung. Ein Mann, zwei Frauen, wen würde er ficken wollen? Wir machten uns schnell vom Konkurrenzdenken frei und ließen der Dinge ihren Lauf. Wir nahmen ihn einfach in den Arm und zeigten ihm, wie er uns von hinten umfassen sollte. Seine Hände lagen schließlich auf meiner Votze. Dann knetete er mir mit einer Hand die Brüste und begann, mit der anderen Hand meine Votze zu fingern. Sahra seifte uns weiterhin ein und rieb sich an meiner Hüfte.

Wolf zog mich an sich. Ich spürte seinen harten Schwanz zwischen meinen Beinen, aber ich wehrte ein Eindringen vorerst ab. Sein Schwanz rutschte zwischen den Schamlippen und stieß dabei so richtig geil auf meine Klitoris zu. Ich ließ meinen Gefühlen freien Lauf. Wolf brachte mich bis an die Kante. Er fingerte mich so geschickt, dass meine Erregung anstieg. Ich sah ihn mit großen Augen an, dass ich mich in seinen Armen hatte fallen lassen. Als ich über die Kante kam, krümmte ich mich und genoss es, in seinen Armen zu liegen und von ihm gehalten zu werden. Er zeigte sich jetzt von seiner fürsorglichen Seite.

Sahra sah mich verständnisvoll an. Sie küsste mich und streichelte dabei sanft über meine Schamlippen. Sicher würde sie mich jetzt lecken wollen. Aber mir war auch klar, dass sie Wolf ausprobieren wollte. Es schien ihr zu gefallen, wie er es mit mir gemacht hatte. Sie stellte sich genauso hin, griff nach seinem Schwanz und hielt ihn zwischen ihre Schamlippen. Als Wolf zu stoßen anfing, klappte es nicht auf Anhieb. So half ich mit Seife nach und hielt den Schwanz von Wolf in Position. Es war ein geiles Gefühl. Wolf konnte jetzt richtig ficken, weil er seine Hände freihatte. Auch Sahra konnte sich ihren eigenen Gefühlen widmen. Ich küsste sie heftig, was Wolf noch mehr erregte. Das Gefühl, seinen Schwanz dirigieren zu können, war einfach grandios.

Meine Gefühle für Sahra steigerten sich. Wolf küsste sie jetzt heftig. Dann küsste ich abwechselnd Wolf und Sahra. Ich spürte, wie sich Sahra ihrem Orgasmus näherte. Eigentlich wollten wir uns zum Finale beide hinknien und Wolf gemeinsam absahnen. Aber blitzschnell entschied ich mich anders. Ich drückte seinen Schwanz einfach tief in ihre Votze. Sahra sah mich mit großen Augen an. Ich nickte nur und ihre Erregung steigerte sich noch mehr.

Wolf reagierte schnell und stieß heftig zu. Ich fingerte seinen Po, um ihn anzuspornen. Ich wollte jetzt, dass er in Sahra kam. Wolf zuckte, als ich seinen Anus rieb. Aber er öffnete sich und ich fickte ihn mit dem Finger. Sahra grinste nur, als sie spürte, wie er zögerte und zuckte. Dann aber konzentrierte sie sich wieder voll auf sich selbst. Sahra gab sich jetzt Wolf und mir vollständig hin. Jeden seiner Stöße begleitete sie mit einem schmachtenden Stöhnen. Sie schien Wolf tiefer in sich haben zu wollen. Sie hob ein Bein an und Wolf hob sie unter dem Po hoch. Sahra umklammerte ihn mit beiden Beinen. Die beiden schaukelten jetzt mehr, als sie fickten. Ich griff beiden in die Pokerbe und stimulierte sie zusätzlich.

Kurz darauf war es um Wolf geschehen. Er brüllte fast, als er kam. Sahra hielt ihn umklammert und segelte ebenfalls über die Kante. Er konnte sich kaum bewegen. Sie genoss es, bis seine Erregung etwas abgeklungen war. Wolf war fix und fertig. Seine Knie zitterten, als er Sahra absetzte. Ich kniete mich neben Sarah und stützte mich nach hinten ab. Sahra schob ihre Votze auf mein Gesicht. Diese Position war für uns beide ja nicht neu. So aber schleckte und leckte ich sie aus und schmeckte zum ersten Mal den Samen von Wolf.

Wolf und ich

Als ich Wolf anrief, legte er sofort wieder auf. Das ging die nächsten drei Mal genauso weiter. Aber ich wollte ihn doch unbedingt wiedersehen. Das Zusammensein zu dritt mit Sahra, Wolf und mir offenbarte mir, dass ich doch etwas für ihn empfinden konnte. Das sagte ich ihm auch, aber er antwortete mir trotzdem nicht. Sein abweisendes Verhalten am Telefon machte mir zu schaffen. Ich versuchte ihm zu erklären, dass ich meine Lektion mittlerweile gelernt hatte. Nachdem wir mindestens vier Wochen keinen Kontakt gehabt hatten, fasste ich mir ein Herz, rief ihn an und gestand, dass ich ihn doch wirklich brauche.

Als er dann zusagte und tatsächlich zu mir kam, verhielt er sich äußerst misstrauisch. Er wartete nicht direkt vor der Tür, sondern etwas davor im Treppenhaus. Als ich heraustrat, schob er mich beiseite und inspizierte zuallererst die Wohnung. Diesmal war er vorsichtig. Ich dachte es mir schon, aber wie sollte ich ihn davon überzeugen, dass ich diesmal keinen Hinterhalt geplant hatte? Ich ging zur

Kommode, nahm die Handfesseln raus und reichte sie ihm mit den Worten: „Fessel du mich, ich vertraue dir!" Das hatte er nicht erwartet. Er schob mich zum Bett und band meine linke Hand am Bettpfosten fest. Dann ging er zur Wohnungstür, schloss sie von innen ab und kam zurück. Er ging also auf Nummer Sicher.

Ich verhielt mich ganz ruhig. Wolf stand bestimmt eine Minute vor meinem Bett und überlegte, was er mit mir machen könnte. „Ich vertraue dir", versicherte ich ihm ein zweites Mal. Ich hatte den Eindruck, dass ihn die Situation schlicht überforderte. So schlüpfte ich auf der freien Handseite aus dem Pullover. Wolf schaute mit großen Augen auf meinen fast entblößten Oberkörper und genoss den Anblick meiner festen, nicht zu großen Brüste und meinen flachen Bauch, auf den ich stolz war. Nach einer Weile fesselte er auch meine freie Hand an den anderen Bettpfosten. Jetzt konnte er seelenruhig meine Vulva betrachten. Außer dem Pullover hatte ich ja nichts angezogen.

Ich wehrte mich nicht. Soll er sich doch ruhig an mir austoben und es genießen! Als er den kleinen Schlüssel für die Handschellen auf der Kommode sah, öffnete er mir die erste Handschelle und zog mir den Pullover ganz aus. Ich sagte ihm, er solle doch auch die Schublade der Kommode öffnen. Ich streckte meine Beine aus und drückte meine Schenkel auffällig zusammen. „Mach es endlich und hol' die

Fußketten raus!", schoss es mir durch den Kopf. Wolf entschied sich für die Lederschlaufen als Fußfesseln. Mit den Ketten spannte er meine Knie nach außen, um mir die Beine auseinander zu spreizen. Dann zurrte er die Ketten an den Bettpfosten vom Kopfende fest, sodass meine beiden Knie fast auf meiner Brust lagen. Jetzt hatte er mich zur Wiener Muschel geschnürt. Ich war seinen Blicken hilflos ausgeliefert und hocherregt.

Alle meine Löcher waren jetzt leicht für ihn zugänglich. Etwas umständlich machte er sich daran, seine Hose auszuziehen. Es schien ihn anzumachen, dass ich zuschaute. Als er die Hose ausgezogen hatte, hielt er mir seinen Schwanz dicht vor die Augen. Ich konnte seine Männlichkeit riechen und lächelte ihn an. Als er seine Eichel über meine Lippen streichen wollte, öffnete ich meinen Mund. Aber er zog seinen Schwanz zurück. Mit den Fingern streichelte er erst meine Muschi und spreizte danach meine Schamlippen. Dann ließ er seine Finger auf meiner Rosette kreisen. Auch meine Klitoris vergaß er nicht zu reizen. Ich war tief in Gedanken versunken, als er so mit mir spielte. Das hatte was von Doktorspiel. Es tat mir aber auch gut.

Dann machte ich ihn auf den Kasten mit meinen Spielzeugen im Kleiderschrank aufmerksam. Er nahm etwas Gleitgel und verteilte es auf meiner Votze und auf meinen Anus. Jetzt schien er Gefallen an dem Spiel gefunden zu haben. Ich war erleichtert. Jetzt wollte er mich erkunden.

Das sah ich als weiteren Erfolg an. Mit einem Dildo pflügte er erst durch meine Schamlippen und über die Klitoris. Danach drang er mit dem Dildo in mich ein. Dort ließ er ihn einfach stecken. Einen zweiten Dildo, ein Vibrator, bekam ich von ihm in den Arsch geschoben.

Der dritte Dildo, den er im Kasten fand, war ein Saugvibrator, eher gedacht für die Klitoris. Innerlich jubelte ich, denn ich wusste, wenn er den benutzt, dann verliere ich mich in meinen Gefühlen. „Mach es, verwöhn mich, ich bin für dich da!", schoss es mir wieder durch den Kopf. Alle drei Dildos zu bedienen, war mit zwei Händen nun mal schwierig. Deshalb stützte er den Dildo in der Votze mit dem Handgelenk und konzentrierte sich nun auf die Klitoris.

Er machte genau das, was ich brauchte und ich liebte ihn dafür. Ich wollte von ihm so richtig durchgefickt werden. Aber ab jetzt war ich nur noch in meinen eigenen Gefühlen und Gedanken versunken und nahm Wolf selbst kaum noch wahr. Ich konzentrierte mich auf den ungeheuren Reiz, den er mir verschaffte, ließ es geschehen und wehrte mich nicht dagegen. Ich war glücklich, einen Orgasmus der besonderen Art zu erleben. Mehr noch, ich war sogar überglücklich, dass er es auch wollte und es sogar ausleben konnte. Als mein Orgasmus abgeklungen war, folgten noch einige kleine Zuckungen. Wolf merkte es sofort, dass es für mich jetzt nicht mehr so angenehm war, gereizt oder verwöhnt zu werden, und hielt sich entsprechend zurück.

Ich sah jetzt unmissverständlich auf seinen Schwanz, den ich jetzt in mir spüren wollte. Ich hoffte, er würde meine Gedanken lesen können. Sicherheitshalber ermunterte ich ihn mit schmachtenden Worten: „Fick mich einfach, Wolf! Fick mich, ich will dich in mir haben!" Ich denke, solche Worte verfehlen nie ihre Wirkung. Was kann einem Mann Besseres passieren, als solch eine direkte Aufforderung? Wolf reagierte sofort und legte alles Spielzeug beiseite. Als er seine Eichel auf meine Schamlippen setzte, hielt ich dagegen. Es war mir, als ob ich ihn in mich einsog. In diesem Moment hätte er alles mit mir machen können. Aber er fickte langsam in kleinen, eher vibrierenden Stößen. Das mag ich sehr, hatte es aber nicht erwartet. Dann war mir klar, er wollte mich lange ficken und mir zeigen, dass er der Mann ist.

Ich hielt Augenkontakt mit ihm. Als er sich auf mich legte und ich das Gewicht seines Körpers spürte, war es mir, als ob er mich schon immer gefickt hätte. Ich spürte, wie ich noch einmal einen Schub bekam und meine Votze auslief. Jetzt küsste er mich und durch meinen Körper zogen Wellen des Glücks. Ich versuchte, mich engzumachen, wurde aber daran gehindert, weil er mir ja die Knie festgebunden hatte. So erwiderte ich heftig seine Küsse und stöhnte dabei, um seinen Erwartungen zu genügen. Jetzt wollte ich ihn ganz und gar, obwohl die gespreizten Beine mit den hochgebundenen Knien schmerzten. Ich drehte mich ein wenig auf die Seite, um den Schmerz zu lindern. Er saugte heftig an meinen Brüsten, dann küssten wir uns. Ich wollte mehr, ich wollte ihn zwischen meinen Beinen einklemmen.

Wolf erkannte, was ich wollte. Als er nach dem Schlüssel griff, mir die Fesseln löste und die Spannung an den Knien weg war, schlang ich sofort meine Beine um ihn, sodass er nicht mehr frei zustoßen konnte. Dann kippte und drehte ich mein Becken und massierte so seinen Schwanz. Ich schwitzte dabei, ließ aber nicht locker, denn ich wollte ihm zeigen, dass ich ihm aufrichtige Geilheit entgegenbringen konnte und seinen Schwanz in mir haben wollte. „Er soll doch bitte nicht locker lassen und weiterstoßen! Bloß nicht rausziehen!", waren meine einzigen Gedanken. So wälzten wir uns hin und her und fickten wild und ungestüm. Aber er stieß nicht zu brutal in mich rein. Ich hätte es schon noch härter vertragen können. Ich hatte das Zeitgefühl längst verloren und wir küssten uns immer wieder. Er war in mir und empfand auch tiefe Glücksgefühle. Wir vergaßen alles um uns herum.

Er hielt mich fest in seinen Armen, als er kam. Merkwürdig, aber das Abspritzen war nicht einmal wichtig für mich. Er wollte mich und ich wollte ihn. Da spürte ich nichts von Reserviertheit oder nur Sex, da war mehr an Gefühlen für ihn. Diese unbegrenzte Geilheit, seine und meine Gefühle erleben zu wollen und dabei ins Nichts versinken zu wollen, wurde immer stärker. Intuitiv nahm ich seine Hand und legte sie auf meine Brust. Sofort streichelte er mich und ich kuschelte mich an ihn ran. Ich zog die Bettdecke über uns und drehte mich zu ihm. Er streichelte mich zärtlich zwischen den Beinen und über meinen Po. Er war so geduldig und einfühlsam. Wolf spielte plötzlich wieder mit meiner Klitoris und brachte mich wiederholt zum Orgasmus. Ich jubelte! Es war einfach schön, so verwöhnt zu werden.

Er schlief schließlich ein und merkte es nicht, dass sein Schwanz rausgerutscht war. Als ich mich wieder an ihn kuschelte, griff ich nach seinem Schwanz. Das Gefühl, einen Schwanz in der Hand zu haben, beglückte mich einfach. Wolf reagierte prompt. Wenn er auch nicht zur vollen Härte erblühte, es war für mich für den Moment genug, ihn zwischen den Schamlippen zu spüren. Ich war nass und spürte kaum noch seine Regungen. Mein Lustloch war so gedehnt, dass ich mich nicht mehr anspannen konnte. So griff ich nach dem Gel, verteilte etwas auf meinen Anus und setzte sein Glied auf meine Rosette. „Mach, was du willst, du Süßer", sagte ich und drückte mich dagegen und animierte ihn, meine Brüste zu kneten.

Er machte es so, wie ich es wollte. Er erfüllte mir Wünsche, von denen ich sooft nur geträumt hatte. Ich war sicher, Wolf würde es nicht vergessen. Wolf und mich verband nun etwas Gemeinsames. Anfangs hatte ich mich dagegen gewehrt. Jetzt war ich glücklich, mich dazu bekennen zu können.

Die Entscheidung

Die Nacht mit Wolf hatte mich im Nachhinein komplett aus der Fassung gebracht. Ich schämte mich und traute mich nicht, ihn auf meine Verhaltensänderungen anzusprechen. Der Grund hierfür war, dass Sahra mir vorher klargemacht hatte, dass es, ohne dass ich mich ändere, nicht weitergehen könne und dass ich unweigerlich als Mauerblümchen verkommen würde. Als dann die Zwillinge Maren und Karen mich auch noch drängten, war mir klar, ich musste mich ändern.

Aber wie sollte ich mich überwinden? Mein Vater hatte sich damals an mir vergriffen und ich floh aus dem Elternhaus. Einige Zeit später ließ sich meine Mutter scheiden. Es war ja nie bis zum Äußersten gekommen, dennoch wollte ich meinen Vater nicht wiedersehen. Das war mit der Grund, warum ich mich bisher niemals für einen Mann entscheiden konnte. Ich liebte den Sex, aber eine feste Beziehung konnte ich nicht eingehen. Dann war da noch dieser andere Mann, der mich schamlos ausgenutzt und mit KO-Tropfen flachgelegt hatte. Vielleicht wäre ich mit ihm freiwillig ins Bett gegangen. So aber hatte er mich missbraucht und jegliches Vertrauen zu Männern noch weiter zerstört.

Die Idee, mich zu rächen, einen Mann zu fesseln und zu bestrafen, kam mir mit der Zeit. So bestrafte ich Wolf für etwas, was er gar nicht getan hatte. Karen und Maren trieben es auch wild und erniedrigten ihn umso mehr. Aber beim vorletzten Treffen mit Sahra und Wolf kamen mir selbst Zweifel auf, ob ich so weiter leben wollte! Die Lust auf Sex und auf einen Mann hatte ich ja schon immer. Spätestens als ich ihn bat, wiederzukommen, spürte ich meine Sehnsucht nach ihm in mir. Beim letzten Treffen nur mit Wolf wurde mir klar, ich bin verliebt in ihn. Aber ich war auch verzweifelt, nicht zu wissen, wie ich ihm meine Gefühle für ihn vermitteln sollte. Wolf wusste von alledem nichts. Was dann aber geschah, das hätte ich im Entferntesten nicht geahnt.

Als er mich beim letzten Treffen fesselte und den dominanten Part übernahm, war es für mich viel einfacher, ihm meine Gefühle zu zeigen. Ich ließ ihn einfach machen. Aber ich war genauso froh darüber, den fordernden Mann in Wolf zu spüren. Genommen zu werden, gewollt zu sein, das wollte ich. Dabei vertraute ich ihm. Das war ja das Verrückte. Wie konnte ich mir denn sicher sein, dass er mir nicht doch noch Gewalt antut? Als er mir dann die Fesseln löste, war ich von den bisherigen Vorbehalten in jeder Hinsicht befreit. Es folgten wundervolle Momente.

Er geilte mich auf und brachte mich zum Orgasmus, so als ob er mir sagen wollte, verwöhnt zu werden ist schöner, als zu quälen. Obwohl gefesselt, fühlte ich mich sicher bei ihm. Mit meinen drei Dildos, die er geschickt einzusetzen wusste und mich damit in den Orgasmus trieb, verschaffte er mir völlig neue Gefühle. Mal einen vorne und einen im Po zu behalten, das kannte ich bereits. Aber der auf der Klitoris, der war die Krönung. Den benutzte ich bisher ja nur alleine. So brachte er mich damit zum „Davonsegeln". Ich verlor mich in meinen Gefühlen der Glückseligkeit.

Jetzt hatte ich zum ersten Mal in meinem Leben einen zärtlichen, fürsorglichen Mann vor mir, der mich küsste und wertzuschätzen schien. „Zieh' ihn nur nicht wieder raus aus der Votze!", hoffte ich in Gedanken. Ich wollte ihn so lange wie möglich in mir spüren. Er sollte einfach nur drin sein. Ich genoss meine Gefühle, meine Nässe, das Auslaufen. Vor allem aber, dass ich seine Geilheit steigern konnte, um ihn bei mir zu halten. Ich wollte, dass er mich benutzt und sich in mir austobt. Für mich da sein, es für mich tun und es dabei gleichzeitig auch für sich tun. War es deshalb schon ein „für uns tun"? Ich wusste es nicht, weil meine Gedanken und Gefühle in mir schwankten. Aber ich war glücklich und überreizt zugleich.

Ich brauchte lange, ehe ich mich wieder beruhigen konnte. Aber ich war auch dankbar, dass ich nicht darüber sprechen musste. Er drückte meine Brüste, streichelte über meinen Po, reizte mich noch einmal mit den Fingern und brachte mich zu einem, ich weiß nicht den wievielten, Orgasmus. Dieser war nicht mehr so tiefgehend. Die Hauptsache für mich war, dass Wolf in meiner Nähe war. Er war für mich da. Er benutzte mich, aber er wollte mich auch gleichzeitig erleben. Was wollte ich denn mehr? Nach vollbrachter „Tat" werden die meisten Männer ruhiger. So spürte ich, dass auch er sich entspannte und kurz darauf sogar einschlief. Wolf schlief bei mir ein! War das nicht auch ein Vertrauensbeweis seinerseits? Ungeahnte Glücksgefühle drängten sich in mir an die Oberfläche.

Ich hatte auf einmal eine Idee, ihm mein Vertrauen gegenüber zu beweisen. Ich hatte ihn vorher ja gefickt und ihn den Arsch ausspülen lassen. Jetzt wollte ich, dass er das auch mit mir macht. Auch für mich ist es eine schöne Gefühlsreise, anal genommen zu werden. Das sind eben andere Gefühle des ausgefüllt Seins und auch irgendwie andere Orgasmen, die damit verbunden sind. Besonders wenn er nur auf die Bauchdecke stößt, also indirekt auf den G-Punkt. Aber das kann man einem Mann doch schnell beibringen. Ihm ist es ja fast egal, wohin er stößt, Hauptsache es ist eng und er kann stoßen. Also schlich ich mich davon, wobei ich beinahe wieder auslief, es aber doch bis unter die Dusche schaffte, bevor das, was mir die Beine runterlief, den Boden erreichte.

Das Gefühl unter der Dusche, das Ausspülen, das Waschen, all das machte mich so glücklich. Waren es Rosenblätter oder die "Wolke Sieben", auf denen ich schwebte? Diese Momente im Leben auszukosten, waren eine wirkliche Bereicherung. Ich war mir sicher, er würde mir den Arsch ficken. Daran hatte ich absolut keinen Zweifel. So trocknete ich mich ab, kuschelte mich im Bett wieder an ihn ran und wartete sehnsüchtig, dass er in mich eindringt. Als er nicht reagierte, musste ich nachhelfen.

So nahm ich seinen Schwanz in die Hand und ließ nicht mehr locker. Es funktionierte genau so, wie ich dachte. Er erregte sich und ich hatte seinen steifen, festen Schwanz in der Hand, der dann auch noch anfing zu stoßen. Ich jubelte, denn das, was dann kam, das konnte er gar nicht mehr verhindern. Er zuckte ein wenig wegen des kälteren Gleitgels, als ich ihn auf meinen Anus setzte. Erst als er drin war und ich beliebig mit dem Druck spielte, es ihm eng machte oder mich entspannte, wurde er schlagartig hellwach.

„Du geiles Luder!", flüsterte er mir zu. Ich war glücklich. Er hatte die Botschaft verstanden, dass ich für ihn da war und von ihm benutzt werden wollte. Und vor allem wollte ich ihn. Ich entschloss mich zu Wolf zu ziehen.

Erfahrungen

Die Fußballer

Fußball war Wolf sein Steckenpferd. Im Gegensatz zu ihm hatte ich keinerlei Ahnung davon. Er schleppte mich dennoch mit zu seinen Vereinsturnieren, wie er das nannte. Mit der Zeit waren mir Begriffe wie Torwart, Verteidiger oder Mittelstürmer einigermaßen geläufig. Von Spieltaktik verstand ich hingegen immer noch rein gar nichts. Mich beeindruckten aber diese kämpfenden Männer auf dem Spielfeld. Diese Männlichkeit, die kräftigen Muskeln und auch die Eleganz der Bewegungen faszinierten mich. Da war aber auch das Schlackern ihrer besten Stücke zwischen den Beinen zu erahnen, was sich dann durch die Hosen abzeichnete. Das machte mich an und Wolf wusste das. Überhaupt tat er alles, um mir Erregungsmöglichkeiten zu verschaffen.

Irgendwie fühlte ich mit den Männern, die dort auf dem Spielfeld schnauften, rannten und kämpften, unweigerlich mit. Wenn sie vor dem Tor waren und schrien „Tu' ihn rein!", dann wurde ich feucht. Aber wehe, wenn einer neben das Tor schoss. Dann konnte ich lautstark und unanständig fluchen. Wolf lachte dann immer. Er wusste genau, dass ich ihn dann zuhause an die Hose ging. Aber nie verstand ich, wie sie mit dem Kopf den Ball ins Tor beförderten. Das musste doch unheimlich weh tun. Auch wenn man dem kleinen Marco zwischen die Beine ging und ihn umwarf, konnte ich mich vor Mitgefühl kaum noch zurückhalten. Wolf beruhigte mich dann: „Ein Verteidiger muss das Grätschen aushalten!" Aber bei dem Wort „Grätschen" hatte ich dann schon wieder ganz andere Gedanken.

Ich wusste, dass im sogenannten Endspiel von einem Turnier ganz besonders gekämpft wird. Schwitzende, fluchende Männer, wohin man blickte. Schlaksige Hosen mit schwingenden Pimmeln darin, das war mittlerweile meine Welt geworden. Zur Vorsicht legte ich immer eine saugfähigere Vorlage ein. Ich genoss es, dass es mich anmachte. Als ob Wolf meine Gedanken erraten hatte, prophezeite er mir: „Vielleicht wirst du bald noch mehr Spaß daran haben!" Ich sah ihn fragend an und er erklärte: „Na, wenn sie gewinnen, dann gibt es immer eine große Party in den Duschräumen." Also Party und Dusche, bei diesen Begriffen spürte ich schon wieder zwischen den Beinen meine Erregung.

Tatsächlich, sie gewannen dieses Endspiel und Wolf jubelte: „Party feiern!", wobei ich erst recht feucht wurde. Wir gingen mit den Männern ins Vereinsheim. Die Tür zur Umkleidekabine war nur angelehnt. Die Männer winkten mit drei Flaschen Sekt. Einige Spieler standen schon unter der Dusche. Die anderen waren halb entkleidet oder nackt. Die Stimmung war bombig. Es roch nach Schweiß, Füßen und Schwänzen. Trikots, Shorts, Strümpfe und Schuhe lagen überall verstreut auf dem Boden herum. Der Sekt machte bereits die Runde. „Ah, Nachschub! Kommt rein und feiert mit!", grölte jemand. Ich öffnete eine Sektflasche, worauf diese die Runde machte. Wolf sah mir beim Trinken zu, lachte nur und senkte bedeutungsvoll seine Augenlider sehr langsam, um mich zu ermutigen.

Die Jungs befanden sich in Hochstimmung. Man konnte es förmlich riechen. Das machte mich hochgradig an. Ich spürte, wie ich geiler wurde. Wolf und einige Jungs hatten ihre Hand schon in der Hose. „Zieh dein Höschen aus!", raunte Wolf mir zu. Damit hatte ich alle Freiheiten von ihm. Ich lachte ihn an und griff unter das Kleid, nicht ohne dabei die Männer zu provozieren. Triumphierend ließ ich den Slip über meinem Kopf kreisen. Es war mucksmäuschenstill geworden. „Wolfgang, du hast das entscheidende Tor geschossen. Du hast einen besonderen Preis verdient!", hörte ich Wolf mit bierernster Stimme sagen. Jetzt war es klar. Wolf wollte, dass ich der Preis bin.

Alles ging so schnell, dass ich es kaum begreifen konnte. Aber ich wollte auch gern der Preis sein. Ich wollte erleben, vor all den Männern gefickt zu werden. Wolf schob mich zu Wolfgang. Ich bückte mich und bot ihm meinen Po an. Wolfgang reagierte sofort und schob mein Kleid hoch. Durch meine gespreizten Beine sah ich jetzt seine angeschwollene rote Eichel und die feinen Adern, die sich über den Schaft zogen. Unter der üppigen Haarpracht schimmerten seine prallen Eier. Ruckzuck hatte er seine Eichel schon auf meine Schamlippen gedrückt. Sein Prügel war hart, sehr hart! Mit ausgewogenem Tempo glitt er bis zum Anschlag in mich hinein. Wolfgang zog seinen Schwanz genüsslich durch.

Erst war ich ziemlich aufgeregt. Doch dann hielt ich dagegen und genoss es. Aber in dieser gebückten Haltung konnte ich mich kaum noch auf den Beinen halten. Wolfgang rammelte heftig, weniger gefühlvoll. So wie der Matador, der sein Opfer beherrschen will. Dann kam er ohne Vorwarnung, kurz aber heftig. Er gab dabei keinen Laut von sich. Mir war schwindlig. Ich konnte kaum noch stehen und wankte. Jemand zog mich zum Tisch, an dem ich mich festhalten konnte. Aber es blieb keine Zeit zur Besinnung. Die Stimmung war jetzt kurz vor dem Siedepunkt. Alle befanden sich jetzt dicht an mir dran und befummelten mich oder hielten ihre Schwänze vor meine Nase. Ich musste was tun.

Als ich den Oberkörper auf den Tisch legte, hatte ich mehr Halt. Wolf reichte mir fürsorglich ein Glas Sekt, das ich hastig austrank. Die Männer riefen im Chor: „Ficken, ficken!" In meinem Kopf war nur noch ein Gedanke: „Ja, fickt mich doch, worauf wartet ihr denn?!" Dann legte ich mich erneut auf den Tisch. In dem Moment blubberte der Samen von Wolfgang aus meiner Votze. Es war einfach nur geil. Keiner sagte mehr etwas. Ein Schwanz wurde mir von der Seite aus angeboten. Aber dann hörte ich, dass Wolf den Verteidiger aufforderte, mich zu ficken. Dann war wieder ein Schwanz in mir. Die Stöße waren heftig. Er hatte den größeren Schwanz und tobte sich unter dem Jubel der anderen aus. Ich war einfach nur glücklich, der Mittelpunkt sein zu dürfen.

Ich war mir sicher, dass Wolf unendlich stolz auf mich sein musste. Denn alle konnten meine einigermaßen knackigen Pobacken, meine gespreizte Pofurche und meine sternartige Rosette vom Poloch genüsslich betrachten. Alles war jetzt mit Schweiß und Vaginalsaft eingenässt. „Gang Bang! Die ficken mich alle. Schaffe ich das? Will ich das überhaupt?", ging es mir siedendheiß durch den Kopf. Endlich mal Männer im Überfluss. Ich beschloss, es darauf ankommen zu lassen. So hielt ich dagegen, stützte mich am Tisch ab und Wellen von Orgasmen und Wärme durchfluteten mich. Es waren keine großen Orgasmen. Aber es floss alles nur so aus mir heraus. Den Orgasmus des Verteidigers spürte ich kaum. Aber dieses Gefühl, was mich jetzt überkam, als der Dritte eindrang, war unbeschreiblich.

Sie alle wollten mich wirklich. Vor dem Vierten trank ich noch ein ganzes Glas Sekt aus. Dabei konnte ich alle Männer in der Runde betrachten. Da war keiner mehr, der nicht seinen harten Schwanz in der Hand hatte. Dann schoben sie Ruan vor. Er war ein Schwarzafrikaner und spielte schon als Kind im Verein. Ich zwinkerte ihm auffordernd zu. Er kam näher, sah mich prüfend an und reichte mir seine ausgestreckte Hand über den Tisch. Ich achtete nur auf ihn, spürte aber noch, wie die Nummer 4 auf meinem Rücken abspritzte und grölend zu seinen Kollegen trat. Ruan aber nahm sein Handtuch, das er um den Hals hatte, wischte mir damit den Rücken ab und drückte es mir zwischen die Beine. Seine dunklen Augen sahen mich durchdringend an. Er drehte mich nicht um, sondern beugte sich runter zu mir und küsste mir auf die Stirn, die Augen und den Mund. Ich genoss seine Küsse.

Als er seine Hose runter streifte, schnellte sein prachtvoller, starker Schwanz hoch. Ich bekam einen Schreck, weil ich diesen Riesenjohnny auch aufnehmen sollte. Ruan war ganz ruhig, hob mich wie eine Feder hoch und ließ mich langsam runter auf seinen Schwanz gleiten. Fast verlor ich meine Sinne. Es schien mich zerreißen zu wollen. Es dauerte und er schien unendlich geduldig zu sein. Es wurde ruhiger um uns herum. Keiner sprach mehr. Ich küsste ihn. Ruan fickte ganz sanft und erwiderte dabei leidenschaftlich meine Küsse. Es war eher ein Schaukeln mit wenig Bewegung in mir und ich verlor jedes Zeitgefühl. „Nein, nicht aufhören, fick mich weiter!", bettelte ich. Aber da lief es schon aus meiner Votze raus.

Ich schwebe

Wolf wusste von meinen Ausflügen. Nicht, dass ich es ihm jedes Mal erzählte, aber ich berichtete ihm davon, wenn er mich danach fragte. Er war stolz auf mich und ich stolz auf ihn, wenn ich oder er eine neue Eroberung gemacht hatte. Ich traf mal einen Typen, von dem ich dachte, er sei schwul, weil er sich entsprechend artikulierte und bewegte. Mit ihm konnte man gute und einfühlsame Gespräche führen. Als er aus dem Bad kam, kuschelte er sich an mich ran. Ich fühlte seine Latte und musste keine Aufbauhilfe leisten. Er küsste mich zärtlich und strich mir auch von unten nach oben über die Brüste, so wie ich das beim Masturbieren auch gerne selber mache. Dann aber drehte er mich um und legte mich flach auf den Bauch. In dieser Position ist es nicht einfach einzudringen. Er fickte auch nicht auf Länge, sondern drückte nur immer seinen Schwanz rein, der aber nicht richtig reinglitt. Dann war er wieder raus.

Irgendwie machte der Kerl mich nervös. Dann aber kam er immer steiler von oben. Mehr so durch die Poritze. Die Region zwischen den Backen wurde feucht und er tat sich etwas leichter. „Komme ich richtig auf den G-Punkt?", fragte er mich nun. Jetzt wusste ich, was der Kerl wollte. Der wollte mich anscheinend total aus dem Häuschen bringen und mir wohl eher eine Vaginal-Massage verabreichen. Also korrigierte ich meine Haltung und kam ihm bei seinem Vorhaben entgegen. Es war wirklich ein neuartiges Gefühl, als seine Eichel über meine kleine raue Fläche rubbelte. Mir selber ist das mit den Fingern nie so perfekt gelungen.

Mir wurde warm und es durchflutete meinen ganzen Körper. Es war mir, als ob er von innen auf mein Schambein fickte. Eigentlich eine unmögliche Position. Männer ficken doch immer gerne über die ganze Länge in die Tiefe, um den größten Lustgewinn davonzutragen. Mit ihm aber spürte ich diese wundersame Erregung in mir, bei der ich mit geschlossenen Augen nur weiße Schleier sehe. Das ist der Moment, an dem ich mich fallen lassen kann und nicht mehr selbst die Handlung bestimme und mein Blick sich verklärt. Manchmal kommen zu den weißen Schleiern vor Augen noch blitzende Sterne dazu. Ab hier gibt es kein Zurück mehr! Der Orgasmus nimmt seinen Lauf.

Ich zog die Beine an und drehte mich auf die Seite. Natürlich rutschte sein Schwanz dabei aus mir raus. Die Knie an die Brust gezogen, seitlich liegend, biete ich den Männern in dieser exponierten Lage einen grandiosen Anblick. Vielleicht können sie ja mein Zucken beobachten oder wie ich ausfließe. Mein Frauenversteher drang erneut in mich ein. Er war noch voll da, mit seiner ganzen Härte. Er war ausdauernd und geduldig, denn er war bisher noch nicht gekommen. Seine ganze Geilheit hatte er sich bewahrt, während er mir Zeit gab, meinen Orgasmus voll zu erleben. Jetzt drang er erneut in mich ein. In der Position, in der ich seitlich mit angezogenen Beinen lag, fickte er auf die ganze Länge. Richtig angepasst, begann er sofort, in mich reinzuhämmern. Er wurde schneller und schneller. Darauf war ich nicht vorbereitet, spürte aber, wie meine Vagina sich zusammenzog, fester wurde und ihn wohl noch mehr reizte. Dann spritzte er ab. Jetzt spürte ich jedes Zucken von ihm.

Träume

Mein fester Partner ist Wolf, aber Herby ist schon ein wilder Ficker, der mich geil machen kann! Er ist immer bereit, mich zu stimulieren. Ich habe im Internet noch niemals einen so süßen, geilen Burschen wie ihn getroffen, der zudem auch noch oft und stilvoll schreibt. Es ist einfach herrlich, am Computer zu sitzen, meinen Dildo „Herby", ich nannte ihn einfach treffenderweise so, in mir zu haben, zu schreiben und mich immer wieder zu reizen. Dildo Herby sitzt dabei wie ein Steuerknüppel in mir, den ich in alle Richtungen drehen kann, damit er schön auf der Klitoris reibt.

Wenn ich daran denke und versonnen auf dem Balkon nackt in der Sonne liege, darf mein Wolf mich gerne aufgeilen. Dann gerate ich ins Träumen. Meine Finger wandern auf meiner nackten Haut zu jener Stelle, wo die süße Verführung lockt. Wolf streichelt meine Klitoris. Dann lasse ich mich fallen und ein Gefühl des Zerschmelzens setzt ein und lasse es mir machen. Ich verspüre alles, als ob es die Wirklichkeit ist. Dabei fühle ich nur noch mich. Meine Votze ist so eng angespannt. Es ist so geil.

Eines Nachmittags lag ich auf meinem Balkon. Alles um mich herum war ruhig und ich konnte einfach prima abschalten und mich auf mein Kopfkino einlassen. Aber genau in dem Moment, schrie sich ein Vogel auf der Balkonbrüstung die Seele aus dem Leib. Er fühlte sich wohl und sang für mich das Lied der Verführung, dem ich gerne nachgab. Ich liebe meinen Körper über alles. Ich weiß, weil ich meinen Körper liebe, kann ich auch Liebe verschenken. Danach brauche ich unter der Dusche eine angenehme Abkühlung. Mein Brausenkopf wird auf Strahl gestellt und einfach darauf gerichtet, wo es am meisten guttut! So habe ich manchmal eine gewaltige Erregung, die nicht enden will. Dann schaue ich mich nach meinem Wolf um. Meine Titten schaukeln für meinen süßen Wolf.

Wenn ich mich bücke, trifft der Wasserstrahl auf meinen Arsch. Dann spüre ich Wolf. Dann geht das Kopfkino so richtig los und ich frage meinen Liebsten: „Du geile Ficksau, willst du in mich eindringen?" Dann wird mir so heiß. Die flutenden Wellen und diese Enge und das Zucken in der Votze verheißen mir weitere Lust. Mein Bulle, du bist der Größte. Ermattet liege ich danach auf dem Bett, ausgepumpt und abgeschlafft. Dann dieses Kitzeln. Ich spüre die Nippel einer Frau auf mir. Oh Gott, Sahra lässt ihre Titten über mich gleiten und säuselt: „Du süßes geiles Ding, hat dich, Herby, so schön geil gemacht, dass du dich versuchen willst?" Quatsch, was weiß der schon! War ja lange genug alleine. Aber jetzt habe ich dich!" Dann spüre ich ihre Zunge, wie sie sich in meine Votze vergräbt. Ich lege meine Beine über ihre Schulter und gebe mich ihr hin. Diese Frau weiß genau, was sie tut und sie macht es nicht zum ersten Mal.

Welle um Welle durchströmt mich und ich werde nass. Es fließt so schön und ich will ihre Votze haben. Ich lecke sie. Sie wird so geil. Ihre Schamlippen sind nass und schmecken wunderbar. Wenn ich ihren Kitzler einsauge, schreit sie auf und beißt in meinen. Ich komme schnell und sie gibt mir noch mehr zum Schmecken. Dann nehme ich einen Schatten wahr. Ich sehe den Schwanz von Wolf, wie er auf die Votze von Sahra zielt. Ehe Sahra auch nur im Geringsten reagieren kann, ist er in ihr und fickt sie gnadenlos. Seine Eier schlagen mir ins Gesicht. Sahras Körper liegt schwer auf mir. So aber kann ich etwas vom Schwanz und von der Votze erhaschen.

Die Zunge von Sahra stößt rhythmisch in meine Votze. Ich bin so erregt, dass ich viele kleine Orgasmen spüre. Ein starkes Kribbeln breitet sich in mir aus. Dann schreit Sahra, weil Wolf mit voller Wucht in sie reinspritzt! Ich halte sie fest, bis die vermengte Ficksahne mir auf die Stirn tropft. Sahra zuckt und wehrt sich gegen irgendetwas imaginäres. Ich sauge mich an ihren Schamlippen fest. Sahra ist jetzt wieder ganz ruhig. Ich schlecke sie aus. Dann lasse ich wieder locker. Sahra dreht sich um und küsst mich zärtlich. Ihre Augen glühen leidenschaftlich. Wir verschmelzen und verlieren uns gemeinsam im Nichts. Wir sehen uns nur noch von innen und sind einen Moment ganz alleine mit uns. Dann kommt das Dunkel und in dem Dunkel blitzen kleine Lichter.

Das sind keine Lichter, das sind die Sterne. Hier auf dem Balkon, auf meiner Gymnastikmatte. Es ist Nacht und so herrlich warm. Kleine Wölkchen ziehen über mir vorbei. Sie sehen zu mir herunter. Sie sehen meine gespreizten Beine, meine Brüste und mein Zucken, das langsam ausklingt. Meine Hände gleiten über meinen Körper. Dieser schmeichelnde Windhauch bewegt den Schlafzimmervorhang. Es erscheint so real. Es ist so schön. Meine Hände streicheln diesen dünnen Stoff. Der Stoff sagt es meiner Muschi. Sie will es, sie will mehr. Es erregt mich, meine Hände machen es einfach. Ich lasse sie, ich schaue ihnen zu. Ich sehe, wie mein Körper sich windet. Es ist alles so vertraut. Es sieht so liebevoll aus. Meine Hände mögen meinen Körper. Mein Körper will meine Hände. Mein Körper will erregt sein. Ich spüre es jetzt intensiv.

Ich denke ganz fest an dich Wolf! Du bist so lieb und du bist neben mir. Ich will dich. Ich spüre deine Wärme und drücke meinen Po in deinen Schoß. Tief und fest hast du geschlafen. Doch irgendetwas spürst du dennoch, denn deine Hand liegt plötzlich zwischen meinen Beinen und bringt mich langsam und gezielt zum Orgasmus. Schnell greif ich nach deinen Schwanz und sauge daran, bis die ersten Tröpfchen kommen, welche ich dir durch einen innigen Kuss auf deine Lippen schmecken lasse. Dann verlassen wir beide zusammen die Wirklichkeit und schweben gemeinsam über die Kante.

Es ist noch nicht genug. Ich vernehme das Gelächter von vergnügten Menschen. Sie haben mir zugeschaut und sich dabei erregt. Sie haben Herby. Herby erregt sie. Da sind die Votzen der Frauen. Herby macht es ja. Herby vervielfältigt sich auf wundersame Art und Weise, sodass jede der Frauen einen Herby in der Hand hält. Einige Männer haben auch einen Herby im Po stecken. Ihre geschickten Hände langen kräftig zu. Ihre Schwänze provozieren mich. Sie erregen mich, sie wollen mich alle haben. Sie wollen mich alle ficken. Licht scheint durch den dünnen Vorhang. Das Fenster ist geöffnet.

So viele Männer mit ihren Schwänzen, so viele Frauen mit ihren Votzen. Sie alle wollen es. Ganz langsam begreife ich, dass Herby mich im Zauber gefangen hält. Aber das ist ja nicht real. Da ist noch was anderes. Das ist nicht Herby. Das bist du, dein Atem, deine Wärme an meiner Seite.
Verwirrung macht sich breit. Es fällt mir schwer, zwischen Traum und Wirklichkeit zu unterscheiden. Deine Eichel ist nass. Liebster, ist es mehr als ein Traum? Ich spüre deinen knüppelharten Schwanz, der so schön hart für mich ist. Meine Anwesenheit hat dich im Schlaf gereizt. Du bist geil geworden. Meine Wärme und mein Po in deinem Schoß haben dich gereizt. Als du deine Latte spürst, musst du einfach zustoßen.

Jetzt hast du den Zugang zwischen meinen Beinen gefunden. Du heißer, süßer Stecher! Je mehr du drückst, desto mehr drehe ich mich. Du hältst mich an den Hüften und ich nehme dich ganz langsam auf. Mit jedem Atemzug ein kleines Stück mehr. Die Sterne tanzen vor meinen Augen. Ein wohliges Gefühl kommt über mich. Keine Hektik, keine Ekstase, nur ein langsames Eindringen. Mit jedem Atemzug nachdrücken, aber nicht mehr. Ich spüre deinen Rhythmus. Immer, wenn du drückst, ziehe ich meine Votze zusammen. Ich bin nass, sehr nass. Aber du fickst ganz ruhig, du fühlst mich. Du fühlst mein Anspannen der Muskeln.

Immer wieder gleitet dein Schwanz ganz ruhig rein und verharrt etwas in der Tiefe. Immer wieder das Engmachen, um es dir schönzumachen. Ich will deine Lust steigern, dir das Gefühl geben, dass ich für dich da bin, dass ich es genieße, mit dir minutenlang zu schweben. Du bist es, den ich will, der mich geil erleben darf, für den ich dagegen halte, der mich wahnsinnig machen darf, dem ich es erlaube, für mich da zu sein. Dann aber der Wechsel meiner Lustgefühle. Ich brauche dich, ich kann nicht mehr nur für dich da sein. Ich will mich selbst. Meine Hand liegt jetzt auf meiner Klitoris. Ein paar schnelle Bewegungen von mir gepaart mit deinen schnellen Stößen und meine Gefühle sind über dem Berg. Ein heftiges Ausatmen, mehr ein Stöhnen, begleitet den Übergang. Dann spürst du mein Vibrieren und mittendrin folgst du mir mit ein paar schnellen tiefen Stößen. Wir verschmelzen, wir verlieren uns im Nichts. Wir sehen uns nur noch von innen und wir sind einen Moment ganz alleine mit uns. Dann holt uns der Schlaf ein. Langsam erlöschen die Lichter bis es ganz dunkel ist.

Bahnfahren

Es gibt Situationen, die man nicht vorhersehen kann. Weil mein Auto in der Werkstatt stand, war ich auf die Bahn angewiesen und machte mich auf den Weg zum Bahnhof. Als ich in den Waggon einsteigen wollte, sah ich ihn direkt vor mir. Beim Anblick seines Knackarsches, wurde ich fast verrückt vor Begeisterung. Fest und wohlgeformt präsentierte er sich mir in der eng anliegenden Baumwollhose. Meine Fantasie drehte augenblicklich durch. Was würde sein, wenn ich ihn auf der Stelle ficken würde? Ich kam einfach nicht zur Ruhe.

Es ergab sich zufällig, dass sich ihm gegenüber noch ein freier Platz befand. Ich setzte mich und starrte fast unentwegt in seine Augen, die mich unweigerlich in ihren Bann zogen. Er machte einen liebenswerten Eindruck auf mich. Ich fragte mich, was da wohl für ein Schwanzexemplar in seiner Hose sein könnte. Meine Vorstellungskraft reichte aus, um meine Pussy fast explodieren zu lassen. Mein Rock rutschte automatisch etwas höher, weil ich meine Schenkel ein wenig öffnete. Nun, einen feuchten Streifen konnte er sicherlich nicht entdecken. Sehr wohl konnte er aber meinen Slip sehen. Was machte das hier alles mit mir? Alle Vögeleien zusammen im Wald hatten mich nicht so geil gemacht wie die Situation hier und heute.

Ich hatte ihn mit meinem Blick fixiert, als ob ich ihn für die Ewigkeit in meinen Erinnerungen festhalten wollte. All das blieb ihm keinesfalls verborgen und er rutschte auf dem Sitz hin und her, als kämpfte er mit seinem Schwanz in der Hose, um nicht sofort aufzufallen. Er wusste wohl nicht so recht, wie er sich mir gegenüber verhalten sollte. Warum hatte ich ihn nicht schon früher mal bemerkt? Fuhr er regelmäßig diese Strecke, oder war es heute nur ein Zufall, dass sich unsere Wege kreuzten? Warum fahre ich eigentlich nicht öfter mit der Bahn? Ich versuchte, die Gedanken über ihn beiseite zu schieben, was mir aber gänzlich misslang. Schlagartig wurde mir klar, dass ich ihn unbedingt ficken wollte.

Die nächsten Tage ließ ich mein Auto stehen. Ich konnte ihn aber weder auf dem Bahnsteig noch in der Bahn ausfindig machen. Aber dann am nächsten Montag traf ich ihn endlich wieder. Er entdeckte mich auch sofort und lächelte kurz zu mir rüber. Es gelang mir beim Einsteigen immerhin, mich so in die Warteschlange einzureihen, dass ich direkt vor ihm war. Und wie durch Zufall fiel mir doch beim Einsteigen ausgerechnet mein Portemonnaie aus der Handtasche. Was sollte ich machen? Ich stand auf der zweiten Stufe und musste mich bücken. Aber der kurze Rock, den ich trug, ließ mich etwas zögern. Dann aber bückte ich mich mutig und hob mein Portemonnaie wieder auf. Er konnte für einen kurzen Moment direkt auf meinen blütenweißen String gucken. Diesmal war er doch sehr bemüht und hielt mir einen Platz gegenüber seinem frei. Im Gedränge auf dem Weg dorthin schob ich meinen Slip vorne etwas beiseite, ehe ich mich ihm gegenüber hinsetzte. Ich setzte mich so, dass er meine glattrasierte Votze sehen konnte. Er wurde leicht nervös und sah mich unsicher an. Abwechselnd schaute er auf meine Votze oder auf meine Brüste. Der Kerl war so süß und verzweifelt. Ich ließ nicht locker. Seine Hand war in der Hosentasche und seine Fingerspitzen schienen seinen Schwanz zu berühren. Mit der anderen Hand zog er seine Jacke darüber, sodass es niemand bemerkte. Ich bestärkte ihn darin durch langsames Schließen der Augenlider. Er machte tatsächlich weiter. Ich ahnte seinen Orgasmus mehr, als dass ich ihn sehen konnte. Erst als er aufstand, erblickte ich den feuchten Fleck auf seiner Hose.

Ich konnte den kommenden Tag kaum erwarten und zog für die Bahnfahrt erst gar keinen Slip an. Ich wollte ihn dazu bringen, mich zu ficken. So war ich eine viertel Stunde früher auf dem Bahnsteig und setzte mich auf eine Bank. Als er auf mich zukam, öffnete ich meine Beine und zog den Rock höher. Er sah es und lächelte. Er schien heute entschlossener und selbstsicherer zu sein. Ich stellte mich neben die Bank, setzte einen Fuß darauf und machte mich absichtlich an meinem Schuh zu schaffen. Jetzt konnte er meine Votze und meinen Arsch in ganzer Pracht von hinten betrachten. Ich ließ mir bewusst viel Zeit dabei. Ich genoss es, ihn so stark für mich einnehmen zu können und spürte, dass es ihm nicht unangenehm war. Er spielte das Spiel mit. Sicherlich hatte er über mich nachgedacht.

Er stellte sich dicht hinter mich und ich hoffte insgeheim schon, er würde zulangen. Er aber richtete mich auf, umfasste mich von hinten und flüsterte mir ins Ohr: „Ich will und werde dich jetzt gleich ficken!" Er blickte sich suchend nach einer ihm dazu geeigneten Möglichkeit um. Ich jubelte innerlich. Ich hatte ihn so weit, drehte mich zu ihm hin und küsste ihn auf den Mund. Es war wundervoll und ich schmolz in seinen Armen. „Wir gehen zu mir!", sagte ich zu ihm und er stimmte zu. Auf dem Weg zu meiner Wohnung wurde ich so feucht, dass es sich anfühlte, als ob es runtertropfen würde. Wir blieben zwischendurch immer wieder stehen und küssten uns. Dann gestand ich ihm: „Ich bin nass und geil auf dich!" Er sagte nichts, nahm meine Hand und legte sie auf seinen Penis. Das fühlte sich gut an. So bekam ich einen ersten Eindruck davon, was mich erwartete. Ich nahm im Gegenzug seine Hand und legte sie auf meine Muschi.

Er drang sogleich mit dem Finger ein. Es dauerte nicht lange und ein kleiner Schauer der Lust zog durch meinen Körper. Er spürte mein Zucken und zog seine Augenbrauen hoch.

Jetzt hatten wir es beide ziemlich eilig, zu meiner Wohnung zu kommen. Dort war es wie in einem billigen Film. Von der Wohnungstür bis zum Bett verteilten sich unsere Klamotten. Für das Frischmachen im Bad ließen wir uns keine Zeit und landeten sofort splitternackt auf dem Bett. Ich hoffte, ihn mir noch genauer ansehen zu können. Aber wir waren zu erregt. Er drang sofort in mich ein und ich war weit, nass und bereitwillig, ihn aufzunehmen. Er rutschte sofort bis zum Anschlag durch und ich spürte ihn in mir. Endlich konnte ich diesen süßen Kerl ficken.

Wir küssten uns wie irre. Ekstatisch prallten unsere Becken lustvoll aufeinander. So etwas passierte nicht jeden Tag. Wir kannten uns ja kaum, aber es war eine gewisse Vertrautheit, die wir füreinander spürten. Er fickte nicht sofort drauflos. Es war, als ob er in mir badete, oder es einfach in mir genoss. Ich wollte es heftiger und musste ihn deshalb mehr reizen. Ich massierte seinen Schwengel mit meiner Vagina. Er hatte wohl nicht vor, so schnell abzuspritzen. Ich begann, seine Grenzen auszutesten und reizte ihn ab und zu, indem ich meine Beine zusammendrückte und ihn damit lustvoll einklemmte. Er sah mir tief in die Augen. Es war eine Mischung von Bewunderung und Erstaunen in seinem Gesichtsausdruck zu erkennen. Ich freute mich riesig, weil dieser Kerl sich alles gefallen ließ und er es selbst so schön genießen konnte.

Aber Ficken funktioniert eben nicht ohne die Steigerung des Reizes. Ich streichelte ihn fester und forderte ihn auf, mich jetzt mit aller Kraft zu nehmen und hart zu ficken. Seine Augen wurden immer größer. „Dann will ich deinen Arsch sehen und dich von hinten ficken!", forderte er mich heraus. Ich ging also in Doggy-Stellung und präsentierte meinen Arsch. Von hinten gefickt zu werden, ist es eben doch anders. Sein Schwanz wurde noch härter und drang brutal in mein Lustloch ein. Vielleicht war sein Wunsch hierfür neulich beim Einsteigen in den Waggon, als ich mich bücken musste, entstanden und hatte seine Fantasien beflügelt.

Ohne jede Vorwarnung und ohne meine Reaktion abzuwarten, drückte er mir vehement seine beiden Daumen in den After. Er schien sich an meinem Anus festzuhalten. Ich schrie auf, weil es im Moment höllisch schmerzte. Aber der Schmerz wich einer unbändigen Lust in mir. Ich jubelte innerlich und meine Gefühle wirbelten durcheinander. Er ließ seinem Drang jetzt freien Lauf und nahm mich rücksichtslos, nur auf seine eigenen Gefühle konzentriert. Er benutzte mich wie ein willenloses Lustobjekt. Ausschließlich seinem eigenen Trieb folgend, hämmerte er erbarmungslos in mich rein. Er gab dabei alles und ich spürte deutlich, als er über die Kante kam. Dann überkam es auch mich so sehr, dass ich einen Moment wie weggetreten war, während ich seine kräftigen Samenstöße genoss.

Express fahren

„Ich bin nur noch diese Woche in der Stadt! Darf ich dich noch einmal wiedersehen? Ich versuche es, am Donnerstagabend zu dir zu kommen. „Dein Bahnfahrer" stand auf dem Zettel, den ich im Briefkasten fand. Mir wurde ganz flau im Magen und, wie immer in solchen Situationen, spürte ich das Ziehen im Bauch.

Am Donnerstag hatte ich mit gemischten Gefühlen zu kämpfen. Doch dann stellte ich mich unter die Dusche. Ich nahm bewusst meinen Körper wahr und sofort hellte sich meine Stimmung wieder auf. Ich spürte schon seine Finger und seine Blicke auf meiner Haut und war schon wieder geil auf ihn.

Wir hatten die Wohnungstür kaum geschlossen, da fiel ich ihm schon um den Hals. „Anara, was machst du denn mit mir? Mir ist schwindelig. Du machst mich wahnsinnig!", brachte er gerade noch hervor. Er holte tief Luft und flüsterte: „Anara deine Küsse verzaubern mich. Du bist so sanft, so lieb. Das spüre ich deutlich, dass auch du mich willst." Unsere Kleidungsstücke flogen in alle Richtungen. Wir hechteten regelrecht auf das Bett und seine Zunge umspielte meine Nippel. Ich zuckte, aber er drückte sich fest an mich. „Dein Bauchnabel ist so süß, da muss ich einfach mit der Zunge reinbohren", sagte er mehr zu sich selbst. Ich hob mein Becken an, um ihm zu signalisieren, dass ich zu allem bereit bin.

„Du bist so süß, so heiß. Ich kann es nicht glauben, ist das für mich? Alles für mich?", sagte er, nachdem er mich ausgiebig betrachtet hatte. Dann teilte seine Zunge meine Schamlippen. Ich begann zu zittern, öffne mich aber umso mehr. Er drang tiefer mit seiner Zunge ein. Er schwärmte ohne Unterlass, ich sei fantastisch, ich sei sein Traum. Der Kerl machte mich verrückt. Ich wollte ihn, ohne Wenn und Aber. „Fang doch endlich an!", wollte ich ihn schon auffordern. Ich überlegte es mir anders, drehte mich um und ergriff seinen Penis. Meine Hände glitten entlang des Schaftes. Ich schob seine Vorhaut rauf und runter. „Anara, du Süße, du machst es mir doch nicht etwa?", schnaufte er. Meine Lippen umschlossen seine Eichel und meine Zunge umspielte sie. Meine Hände ließen seine Eier nicht mehr los.

Mein Atem ging schwer und ich konnte alsbald seine ersten Tropfen schmecken. Er wollte sich widersetzen, aber ich setzte mich einfach auf seinen Penis. Meine Schamlippen waren nun herrlich nass. Ich war weit offen und sein Schwanz glitt leicht rein. Er spürte meine Geilheit, meine Nässe für ihn und die Wärme meiner Vagina umschloss seinen Schwanz. „Oh Anara, was ist das für ein vollkommener Genuss! Deine Vagina fühlt sich an, als wollte sie meinen Schwanz einsaugen", setzte er seine Komplimente fort und hob mich damit hoch in den Himmel der Geilheit. Ich fickte ihn gleichmäßig und langsam. Mal ganz vorne zwischen den Schamlippen, mal tief in mir. Dann aber fasste er mir an die Pobacken und drückte sich fester und tiefer in mich rein. Ich spürte, dass er wilder werden wollte. Er wollte den Lust-Express auf den Schienen der Geilheit zusammen mit mir erleben.

Er genoss mein Stöhnen und freute sich, wie ich mich in seinen Armen fallen lassen konnte. Aber ich versuchte trotzdem, ihn langsam aber sicher abzusahnen. Er wollte alles von mir haben. Mein Körper streckte sich mehr und mehr, meine Votze wurde enger. Mein vaginales Muskelspiel reizte ihn immer mehr. Ich konnte mich nicht mehr kontrollieren. Er bemerkte das sofort an meinem Blick. Jetzt war es bei mir vorbei mit irgendwelcher Selbstbeherrschung und ich ließ mich auf ihn runter sacken. Er schien das erwartet zu haben und war wild entschlossen, selber zu ficken. Seine Beine umspannten mich fester. Ich befreite mich aus seiner Beinzange und hob meinen Po leicht an.

Jetzt fickte er in mich rein. Es war ein stakkatoartiges, schnelles Stechen. Jetzt konnte er nicht mehr anders. Es gab kein Zurück mehr. Er brachte sich über die Kante und entlud sich. Mit seinem Spritzen setzte bei mir das Zucken ein. Unsere Lustsäfte vermischten sich und unsere Herzen schlugen schneller. Unsere Lungen konnten nicht schnell genug mit Luft gefüllt werden. Wir genossen einander. Dieser unglaubliche Kerl aber blieb in mir. Er dachte gar nicht daran, seinen Prügel aus mir rauszuziehen. Ich küsste ihn zärtlich, während er versuchte, seinen Penis in mir zu halten.

Aber dann rutschte er doch raus und sein Samen begann rauszulaufen. Das war mir in diesem Moment aber egal. Ich drehte mich und küsste seinen Schwanz. Ich konnte einfach nicht anders. Dann lutschte ich ihn ab und saugte seine Eier ein. Ich wollte einfach nicht loslassen und ihn weiter verwöhnen. Er reagierte endlich, brachte sich in Position und begann, mich zu lecken. Meinen Lustschleim und seinen Samen, alles saugte er in sich hinein. „Ich mag deine süßen Votzensäfte", hörte ich ihn wie aus weiter Ferne komplimentieren.

Ich spürte dieses pulsierende Glücksgefühl, ihn zum Orgasmus gebracht zu haben. Es fühlte sich so gut an. Zufriedenheit und Ruhe kehrten bei uns ein. Als er sich dann zur Seite drehte, blieb ich so liegen. Meine Beine blieben leicht offen. Ich hatte immer noch dieses herrliche Gefühl, auszulaufen. Ich liebte es. Nur ganz der Ruhe hingeben konnte ich mich noch nicht. Meine Blase meldete sich.

Ich ging zur Toilette, setzte mich und zupfte ein Blatt Klopapier von der Rolle. Die Tür ging auf und er kam zu mir. Mit einem Bein schob er meine Beine auseinander. Ich dachte, er wollte mir beim Pinkeln zuschauen. Aber er nahm seinen Penis in die Hand und zielte genau auf meinen Venushügel. Ich wurde davon derart überracht, dass ich gar nicht reagieren konnte. Treffsicher traf sein Strahl mein Vötzchen und durchspülte meine Schamlippen. Dieses warme Gefühl machte mich wieder vollkommen geil. Er hatte mich doch tatsächlich mit seinem Strahl saubergepisst.

Immer noch unfähig, reagieren zu können, zog er mich von der Toilette weg unter die Dusche. Ich nahm an, er wollte geblasen werden und wollte mich vor ihn in die Hocke setzen. Nur das hätte keinen Sinn gemacht, wo er mich doch gerade gefickt hatte. Jetzt drückte ich ihn runter und tat so, als ob ich geleckt werden wollte, geil genug war ich ja nach dem herrlichen Spielchen mit ihm. Er leckte mich sofort mit Vergnügen und ich genoss es in vollen Zügen. Aber meine immer noch volle Blase, verdarb mir den Spaß. Ich versuchte noch, es einzuhalten, aber das ging nun wirklich nicht mehr. Als er dann so richtig mit der Zunge durchzog, ließ ich es einfach laufen.

Er schreckte zurück. Aber sofort schloss er die Augen und hielt mir sein Gesicht hin. Ich ließ alles über sein Gesicht laufen und er öffnete sogar den Mund. Jetzt hätten wir wohl noch mehr Spaß haben können, aber es dauerte nicht lange. Er stand auf und küsste mich. Seine Hände mit der Seife glitten an meinem Bauch und Rücken runter. Ich ahnte, er versuchte seine Finger vorne und hinten in meinen Löchern unterzubringen. Oh nein, dann dieses Krallen in der Votze und im Arsch. Obwohl ich wusste, wie ich ihn fingern und wichsen konnte, machte es keinen Sinn, weil er ja gerade eben erst gekommen war.

Aber zu meiner Verwunderung war sein Penis immer noch halbsteif. Gerade fest genug zum Wichsen. Also ergriff ich seinen Schwanz und wichste ihn einfach. Er mochte es, ließ von mir ab und genoss das langsame Wichsen meiner warmen Hände. Sein Schwanz wurde wieder härter. Aber so von vorne war das nicht das Wahre. Also stellte ich mich seitlich hinter ihn. So konnte ich zusätzlich meine Titten an seiner Schulter reiben und meine Votze etwas auf seinen Oberschenkel drücken. Das machte ihn an und das Wichsen zeigte Wirkung. Ich bekam seinen Schwanz wieder hoch und jubelte. Ich wollte ihn.

Nun bückte ich mich, setzte seinen Schwanz auf meine Rosette und ließ ihn eindringen. Wenn, dann brauchte er bestimmt einen starken Reiz, um noch einmal zu kommen. Also kniff ich meine Rosette zu, auch um ihn zu zeigen, das ich seinen Orgasmus will. Aber unter der Dusche und mit Shampoo, was gibt es Schöneres, als zu masturbieren. Das schien ihn noch mehr anzumachen. Ich nahm den Badezimmer-Dildo, der immer in greifbarer Nähe liegt, schob ihn mir rein und fickte mich damit selbst. Jetzt begann er in mich reinzuhämmern und brachte mich zu meinem Orgasmus. Ich schrie aus voller Kehle: „Ja mehr, ich will alles!" Ich spürte sein Pulsieren in meinem Arsch. Es überkam mich ein unsagbar schönes Glücksgefühl, dass ihn noch einmal zum Orgasmus bringen konnte.

Das Pornokino

Der Bahnfahrer meldete sich ein letztes Mal, um mir mitzuteilen, dass er beruflich in eine andere Stadt versetzt wurde. Ihn würde ich deshalb bestimmt nie wiedersehen. Auch die zwei „mit sich selbst beschäftigten" Männer, mit denen ich auch gefickt hatte, waren ohnehin nur ein einmaliges Abenteuer. Was mir blieb, war das Bedürfnis, neben Wolf noch andere Männer zu ficken. Ich spürte, dass ich hungrig wie nie war. Mit Männern oder auch Frauen, einfach nach Lust, Laune und Gelegenheit ins Bett zu gehen, war mein Bedürfnis, welches ich zu befriedigen versuchte. Deshalb suchte ich nun nach geeigneten Gelegenheiten.

Daran war Wolf nicht ganz unschuldig. Erst dachte ich, dieses „Verleihen" an die Fußballspieler wäre eine Retourkutsche für das Fesseln und Quälen, was ich ihm angetan hatte. Aber das war wohl nicht der Fall, denn er hatte sich bei den Fußballern ebenfalls erheblich aufgegeilt. Jedenfalls hatte er mich in der Nacht noch zweimal genommen, obwohl ich wirklich genug vom Ficken hatte. Aber ich konnte es spüren, wie geil er dabei geworden war.

Ich wollte endlich Klarheit und musste das Thema ansprechen. So nutzte ich einen gemütlichen Abend bei einer Flasche Wein und fragte ihn nach seinen Empfindungen, die er dabei hatte.

Wolf gab unumwunden zu, dass es seiner Wunschvorstellung entspräche, wenn seine Partnerin für ihn andere Männer fickt. So wie er das sagte, wurde mir der Grund meiner Entscheidung, mich freiwillig von anderen ficken zu lassen, bewusst. Ich hatte es nicht nur für mich, sondern auch für Wolf getan. Es war ungewöhnlich befriedigend für mich, denn ich war dabei so erregt wie selten zuvor. So deutlich wie in diesem Moment war es mir vorher nicht klar gewesen.

Einige Tage später schlug Wolf vor, zusammen mit ihm in ein Pornokino gehen, um sich dort aufzugeilen. Er würde mich dann mal so richtig hart zu ficken. Ich war arglos und glaubte, er träumte davon, dass ich ihn mal um Gnade anbetteln würde. Ich ahnte ja nicht, was in seinem Kopf vorging. Bevor wir zum Pornokino gingen, spülte ich mir sorgfältig den Anus aus. Vielleicht wollte er dort im Pornokino oder hinterher, meinen Arsch ficken.

Im Pornokino ging langsam das Licht aus, weil gleich der erste Film begann. Als es dunkel wurde, nahm neben mir ein Mann Platz. Er war schlank und wirkte sympathisch auf mich. Mehr konnte ich in der Dunkelheit nicht ausmachen. Die Pornofilme waren der Wahnsinn und ich wurde schon richtig geil. Wolf und der fremde Mann hatten bereits ihre Hände im Schritt. Also rieb ich mich auch. Es dauerte eine Weile, dann nahm der Fremde meine Hand und legte sie in seinen Schoß. Zu meiner eigenen Verwunderung zog ich meine Hand nicht zurück, sondern ließ sie dort. Ich blickte fragend rüber zu Wolf. Der nickte sofort zustimmend. Ich hatte also „Grünes Licht", dem Mann den Schwanz zu wichsen und Wolf damit aufzugeilen.

Der Mann öffnete seine Hose und holte umständlich einen wirklich dicken Steifen heraus. Mir blieb der Atem weg und alle Warnlampen gingen bei mir an. Dann aber spürte ich das Streicheln von Wolf in meinem Nacken. Der Schwanz von dem Mann war respektabel groß. Als ich begann, ihn leicht zu wichsen, schob Wolf mein Kleid höher und streichelte über meine nackten Oberschenkel. Ich rutschte auf dem Sitz vor und Wolf hatte leichtes Spiel, mir den Slip bis auf die Knöchel runterzuschieben.

Rechts in meiner Hand hatte ich den strammen Schwanz von dem Mann und links machte jetzt Wolf seine Hose auf. Ich spürte meine Nässe und spreizte bereitwillig die Schenkel. Das ging aber nicht so weit, wie ich wollte, weil der Slip mich noch daran hinderte. Der Mann neben mir bemerkte es und half mir, den Slip ganz abzustreifen und drückte ihn mir grinsend in die Hand. Jetzt spürte ich zwei Hände an meiner Muschi. Ich wurde vor Geilheit fast wahnsinnig und begann, mich reinzusteigern. Ich wichste sie beide und stemmte mein Becken den Griffen der beiden Männer entgegen.

„Kommt, wir gehen in die Kabine!", bestimmte der Fremde plötzlich. Was für eine Kabine? Er nahm einfach meine Hand und zog mich aus dem Vorführraum raus. Wolf folgte uns sofort und blieb hinter mir stehen, als der Mann eine Tür mit der Aufschrift „Members only" aufschloss und öffnete. Wir betraten einen Raum, der mich an ein Hotelzimmer erinnerte. Dort stand ein breites Bett. Sehr schnell lagen wir ohne Klamotten zu dritt nebeneinander darauf. Ich lag zwischen den beiden und der fremde Mann übernahm das Kommando.

Dabei fasste er auch immer wieder an Wolfs Schwanz und Eier. Auch seinen Po und seine Poritze ließ er nicht aus. Mich wunderte, dass Wolf sich das von ihm gefallen ließ. Er schien das richtig zu genießen und streckte sich dem Mann entgegen. Dann aber legte sich der Mann direkt auf mich. Ich sah zu Wolf, der wiederum nickte. Der Kerl schob mir seinen Schwanz, was sage ich, seinen Prügel, in die Votze.

Dabei küsste er mich heftig. Wenn er eine kurze Pause einlegte, musste ich heftig stöhnen. Ich war geil und nass. Es war mir aber auch alles egal. Wolf spielte jetzt mit den Eiern des Mannes und begann dessen Hintern zu streicheln. Der Mann fickte mich jetzt langsamer, um die Liebkosungen von Wolf besser genießen zu können. Mir war klar, Wolf sah zu und genoss, wie ich gefickt wurde. Das war also seine

Traumvorstellung. Er hatte mich also wieder „verliehen" und wurde deshalb geiler. Viel darüber nachdenken konnte ich im Augenblick nicht, denn die Stöße waren wirklich heftig, sodass mir fast die Luft wegblieb.

Wolf schob sich langsam an den Mann ran. Sein steifer Schwanz berührte jetzt dessen Arsch. Ich legte meine Beine über die Schultern des Fremden, damit Wolf mehr Freiraum bekam, den Mann in den Arsch zu ficken. Jetzt aber küsste der Kerl mich umso mehr. Ich spürte indirekt die Stöße von Wolf und der Kerl stöhnte laut auf. Ich sah den Fremden an und genoss es, wie er seine Lust auslebte. Auch er hatte davon geträumt, zu ficken und gefickt zu werden. Dessen war ich mir absolut sicher.

Ich machte mich eng und bewegte mein Becken. Aber das war zwecklos. Der Mann genoss ausgiebig den Schwanz von Wolf in seinem Arsch. Die Stoßbewegungen von Wolf wurden länger und die Abstände der Stöße größer. Wolf würde gleich kommen. Deshalb konzentrierte ich mich auf den eigenen Orgasmus und bewegte mein Becken gleichmäßig weiter. Ich segelte dem Orgasmus entgegen. Dann schwanden mir fast alle Sinne, aber ich hörte noch, wie Wolf einen ungestümen Laut ausstieß und die Atemluft hörbar laut rauspresste.

Der Mann rollte sich von mir runter und Wolf kuschelte sich eng an mich ran. Irgendwie war er jetzt besonders lieb und streichelte mich. Ich sah ihm lange in die Augen und sagte ihm dann: „Du hast mich wieder „verliehen!" Er schluckte heftig und gestand: „Ich wollte dir aber auch zeigen, dass ich gerne mit einem Mann zusammen bin. Aber ich wollte es nicht alleine, ohne dich machen." Er klang so traurig, als ob er sich nicht verstanden fühlte. Ich schlang einfach meine Arme um ihn und küsste ihn zärtlich, damit er seine Zweifel verliert.

Zwei Männer

Wolf machte auch seine Erfahrungen. Das fand oft auf Dienstreisen statt. Wir erlaubten uns gegenseitig diese Art von Freiheiten, mit anderen Menschen Sex zu haben. Sahra, Maren und Karen waren dagegen alle Single und ohne einen direkten Partner. Sie pflegten einen gewissen Bekanntenkreis, mit dem sie Sex hatten. So wie sie es mir erzählten, waren das mehrere Beziehungen parallel und keine ausschweifenden Sexorgien. Sahra erzählte mir mal von einer Hotelbar. Als Wolf auf Dienstreise war, erinnerte ich mich wieder daran.

Sahra beschrieb diese Hotelbar als einen Ort, an dem immer was los war und der von vielen Geschäftsleuten wegen der angenehmen Atmosphäre, die ein wenig Entspannung vor dem nächsten Geschäftstermin versprach, bevorzugt wurde. Ich begab mich zu diesem Hotel und saß allein an der Bar.

Leise Tanzmusik war zu hören. Am Tisch gegenüber saßen zwei Männer. Die beiden schienen einander zugetan zu sein und wirkten sehr vertraut miteinander. Einer der beiden schaute ständig zu mir herüber. Er spendierte mir ein Glas Prosecco und ich stieß mit dem Kerl an. Er war von schlanker Statur und mir durchaus sympathisch. So hatte ich nichts dagegen, dass er mich um einen Tanz bat.

Es kam mir eigentlich sogar sehr entgegen. Ich ließ mich auf einen engen Tanz mit ihm ein und forcierte es sogar. „Wenn er will, dann kann er mich gerne abschleppen", ging es mir durch den Kopf. Es dauerte nicht lange, da spürte ich eine Regung in seiner Hose und sah ihn fragend an. Genau so ein wilder Stecher wäre mir gerade recht. Er hielt sich aber zurück, als sein Tischnachbar zu uns kam und abklatschte. Er fragte, ob er auch mal mit mir tanzen dürfe. Etwas komisch war das schon. Aber ich hatte keine Einwände.

Dieser Mann machte es nicht anders. Er kroch förmlich in mich rein. Dann meinte er ganz beiläufig, dass er ein Hotelzimmer wüsste, wo man doch auch zu dritt tanzen könne. Ich war hellwach. Aber es war kein Alarm. Meinte er zu dritt, also er und sein Kollege? Sowas hatte ich nun nicht im Kopf. Meine Gedanken rasten, aber wie sollte das ablaufen? Ich gab mir einen Ruck, denn zwei Männer gleichzeitig hatte ich noch nie. Innerhalb von Sekunden brannte ich darauf. Wie oft hatte ich es mir vorgestellt, mal mit zwei Männer Sex zu haben. Jetzt wollte ich es wissen und meinen Horizont diesbezüglich erweitern.

Der Gedanke, so zwei wilde Stecher, arbeiten sich an mir ab, war mir recht. Vielleicht machen sie es mir auch anal. „Jetzt sofort? Hmh, vielleicht!", versuchte ich, um anständig zu wirken, meine Bedenken einzubringen. Beide Männer waren ja fremd, da kann man doch nicht sofort zusagen. Die beiden lachten nur und schoben mich zum Fahrstuhl. Ich gebe zu, jetzt hätte ich gehen können, aber ich wollte es jetzt mit den beiden erleben. Schon im Fahrstuhl konnten sie ihre Hände nicht von mir lassen und wurde von zwischen beiden hin und hergereicht. So ging es im Zimmer weiter. Ich wurde überall befummelt. Ich wurde geiler. Auch die Männer puschten sich an mir hoch.

Als ihre Hosen fielen, wurde ich immer neugieriger, welche Vorstellungen die beiden hatten. Vorsichtshalber spülte ich mir eilig den Po aus und kam splitternackt aus dem Bad zurück. Die beiden sollten doch ein paar optische Reize geboten bekommen. Ich versprach mir dadurch natürlich, dass beide mich mit einem härteren Schwanz angehen. Jetzt war ich bereit zum Ficken und wichste ihre Schwänze. Beiden kraulte ich die Eier und legte einen Finger in ihre Pokerben. Als sie reagierten und sich dagegen stemmten, fickte ich ihnen mit dem Finger den Arsch.

Als der eine hart war und ungezügelt stieß, wechselte ich zum anderen. Dann aber wurden beide aktiv und zogen mich zum Bett. Also überließ ich es ihnen, was sie mit mir anstellten. Zu meiner Überraschung küssten sich die beiden. Das hatte ich so nicht erwartet. Sie zogen mich auf das Bett und ich lag rücklings auf einem der beiden. Der fickte sofort genüsslich von unten in mich rein. Der andere tätschelte meine Votze, sah mich an und steckte seinen Finger in den Po von dem anderen Mann. Dieser wurde ruhiger, hielt inne und genoss das sehr. Mich hatte ein schwules Paar angemacht! Oder waren sie bisexuell veranlagt?

Ich war irgendwie irritiert. Was wollten die beiden wirklich? Die tun sich gutes und benutzen mich dazu? Ich wollte doch lieber beide in mir haben. Zwei geile Männer, die mich ficken. Endlich sollte für mich dieser Wunschtraum in Erfüllung gehen. Als ob der Andere es geahnt hatte, gab er mir seinen Schwanz in den Mund und ich wichste ihn auf. Ich geilte mich dabei auf und mit dem anderen Schwanz in der Votze spürte ich meine Geilheit stärker werden und meine Nässe nahm zu. Es war wundervoll, kam aber dann ganz anders.

Der nasse Schwanz aus meinem Mund verschwand und dann spürte ich seine Eichel auf meiner Klitoris. Er drückte darauf und rutschte nach oben. Einen Schwanz in der Votze, der zweite dann auf der Klitoris. Ich lief aus. Das hatte ich auch noch nicht. Aber es kam wieder anders. Ich hatte den Eindruck, der fickte mich nur so, weil er über den Schwanz von dem anderen rutschen wollte. Der reizte seinen Partner,

Freund oder doch wohl seinen Liebhaber. Die beiden benutzen mich für ihr Liebesspiel der besonderen Art.

Dann wurde mir fast schwarz vor Augen. Meine Votze wurde regelrecht aufgerissen. Er drückte rücksichtslos seine Eichel in mich rein. Jetzt hatte ich beide in mir. Sie bewegten sich nicht, ich wimmerte vor Schmerz, aber sie nahmen scheinbar keinerlei Notiz davon. Ich sah in seinen Augen schon etwas wie Sorge, als er sagte: „Willst du es aushalten, es geht ja vorbei?!" Ich ahnte, was er meinte. So brutal aufweitet zu werden ist ja nun nicht das, was sich eine Frau wünscht. Andererseits war es eine neue Erfahrung so aufgeweitet zu werden und gleichzeitig zwei Männer in mir zu haben.

Aber er behielt Recht. Das leichte Gleiten der beiden half ja auch ein wenig, den Schmerz zu verringern. Ich wurde lockerer und spürte, wie die beiden es genossen. Mehr noch, sie küssten sich direkt neben meinem Kopf. Sie spielten mit sich selber. Erst gingen beide vorsichtig gemeinsam rein und raus. Als ich mehr und mehr entkrampfte, ging einer rein, dann raus, dann der andere raus und wieder rein. Ich spürte eine Spannung, eine Geilheit, die neu für mich war. Die beiden fickten mich gegenläufig. Sie wollten mit der Unterseite ihrer Schwänze aufeinander rutschen!

Ja mehr noch. Sie fickten eigentlich nicht mich, sondern sie fickten, reizten und spielten mit sich. Meine Orgasmen waren Ihnen egal. Ich war gekommen und sie ließen mir keine

Chance, meine Wellen abklingen zu lassen. Sie bügelten einfach darüber. Ich spürte, wie sie sich aufbäumten, wenn ihre geile Lust sie dazu antrieb. Sie schienen glücklich zu sein. Endlich hatten sie eine Votze in der sie sich austoben konnten. Und diese Votze ließ sie gewähren und sich ausleben. Diese Votze war ich! Als mir das klar war, stachelte ich sie an: „Los ihr beiden, ihr schafft das! Ihr bringt euch gegenseitig zum Orgasmus. Macht es, fickt mich doch, ich will es spüren!"

Sie kamen beide gleichzeitig. Ich spürte die Flut des Spermas und lief entsprechend aus. Aber die beiden hatten nur noch Augen für sich und konzentrierten sich auf ihre Küsse, die sie sich abwechselnd gaben. Sie schauten mich glücklich an. Sie wollten ja sich. Dann aber schnappte ich mir erst den einen und küsste ihn leidenschaftlich, dann den anderen. Es lief mir der Speichel aus dem Mund. Aber das war egal. Wir spürten, das war ein tiefes, emotionales Erlebnis nicht nur für mich. Manchmal denke ich, sie könnten ruhig mal wiederkommen.

Der Callboy

Sahra erzählte mir, sie hatte für sich einen Callboy gemietet, der bei gutsituierten Damen mittleren Alters gefragt und bestens bekannt war. Er sah gut aus, war gut trainiert und sein Schwanz knüppelhart. Aber das Treffen ging gründlich daneben. Als es zur Sache ging, sei sie durchgedreht, habe seinen Knüppel hart mit der Hand gewichst, seine Eier dabei gedreht, seine Vorhaut weit runtergezogen bis er geschrien hatte, und sich an seinen Schmerzen ergötzt. Er war dann noch gekommen, aber Sex mit ihr gab es nicht mehr. Sie war völlig frustriert.

Jetzt am Telefon war noch spürbar, dass sie sauer war, weil solche Prachtexemplare von Männern nicht um sie werben würden und von ihr gekauft werden müssten. Ihr Frust war jetzt noch deutlich zu spüren. Sie wollte es ja wiedergutmachen, aber der Kerl legte den Hörer immer wieder auf. Er wollte einfach nichts mehr von ihr wissen. Ich solle den Stecher doch anrufen, dann können wir ihn doch beide zusammen ficken und unseren Spaß haben. Richtig geilen und professionellen Sex haben zu können, wäre eben mal was anderes als die übliche Hausmannskost.

Den Kerl zu buchen, war kein Problem. Er kannte mich ja noch nicht. Was ich wollte, wusste ich ja, aber ihm gab ich vor, dass er mit zwei Frauen ficken darf. Das Duschen und Fingern malte ich ihm in den schillerndsten Farben aus, sodass ich schon beim Telefonieren nass war. Er stand pünktlich zum vereinbarten Zeitpunkt vor der Wohnungstür. Ich bat ihn ins Wohnzimmer und schenkte uns ein Glas Sekt ein und erklärte ihm, dass wir ja noch auf Sahra warten müssten, aber trotzdem schonmal einen Schluck trinken könnten.

Sahra spielte ihre Rolle hervorragend. Während ich mit ihm plauderte, blieb sie noch fünf Minuten im Schlafzimmer und zog sich nackt aus. Sahra schlich sich zur Wohnungstür, öffnete sie und klingelte, um so zu tun, als ob sie gerade ankäme. Also stand ich auf, um die Tür zu öffnen. Wie verabredet ging Sahra nackt, wie sie war, sofort zu ihm. Er saß mit dem Rücken zu ihr, so griff sie einfach nach seiner Hand, legte sie auf ihre Brust und küsste ihn.

Ich stand jetzt nackt daneben, nahm die andere Hand und legte sie auf meine Votze. Als er begann, mit dem Mittelfinger einzudringen, fühlte ich mich wunderbar. Sahra sah das, ließ von ihm ab und führte seine andere Hand jetzt zu ihrer Votze. In diesem Moment blitzten seine Augen auf. Jetzt erkannte er Sahra und sein Gesicht erstarrte. Die aber drückte seine Hand fest auf ihre Votze und genoss dabei die Situation. Nun, der Kerl wäre ja kein Profi, wenn er diese Situation nicht überspielen könnte. Und genau das meisterte er großartig.

Wie auf Kommando stellten wir uns etwas breitbeiniger hin, sodass er besser in unsere feuchten Spalten eindringen konnte. Sein langer Mittelfinger war nicht weit weg von meinem G-Punkt und reizte diesen damit ungemein. Dann aber drückte er seinen Daumen auf meine Klitoris und begann ihn langsam gefühlvoll kreisen zu lassen. Sahra schaute erstaunt zu. Beide steigerten wir uns rein und ich denke, unser Callboy spürte das und legte sich mächtig ins Zeug.

Unsere Lustlöcher waren nass und tropften. Wir schauten uns an, wanden uns aus seinem Griff raus und drehten uns gleichzeitig um. Jetzt standen wir tief gebeugt vor ihm und präsentierten ihm unser Votzen und unsere Arschlöcher. Wir waren so nass, dass er genug Flüssigkeit hatte, um beide Votzen zu fingern. Also strich er den Schleim hoch und fingerte uns beide gleichzeitig den Anus. Seine Daumen steckten in unseren Arschlöchern und jeweils zwei seiner Finger in unseren Votzen. Jedenfalls presste ich die Beine zusammen und spürte meinen Orgasmus.

Ich drehte mich zu Sahra, die mir bedeutete, dass sie auch gekommen war. Wir richteten uns wieder auf, nahmen ihn bei der Hand und zogen ihn unter die Dusche. Das war jetzt unser Spiel. Siegesgewiss seiften wir ihn ein, schließlich sollte ja alles schön rutschig sein. Er beteiligte sich auch an der Seifenorgie und seifte uns Weiber auch ordentlich in allen Ritzen und Löchern ein. Seine Löcher und unsere Löcher wurden, so tief der Finger eben reichte, ausgewaschen. Wir fingerten uns gegenseitig, was die Hände hergaben. Und er hatte mit unseren zwei nassen Votzen alle Hände voll zu tun.

Wir wuschen seinen Schwanz und seine Eier zum zigsten Male, als wäre er der größte Dreckstengel der Welt. Seine

Vorhaut und die Eicheln wurden den schönsten Reinigungsritualen unterworfen. Dabei waren wir sehr zärtlich, diesmal nicht so gewaltsam, wie Sahra es beim letzten Mal beschrieb. Sahra setzte sich sogar auf den Boden und saugte seine Eier ein, liebkoste sie im Mund und gab sie wieder frei. Dann kam auch der süße, nun aber deutlich größer gewordene Schwengel dran. Sahra saugte ihn ein und gab ihn an mich weiter. Es war nicht zu heftig, denn wir wollten erstmal nur mit ihm spielen. Diese geile Fingerei wurde immer intensiver. Wir leckten unsere Finger gegenseitig ab. Von der Votze in den Mund, von der Eichel auf die Zunge.

Wir drehten uns nach einer Weile um, sodass er nach Belieben mit seinem Prügel in uns eindringen konnte. Er strich anfangs mit der Eichel durch unsere Votzenschlitze und seine Finger fickten unsere Ärsche. Ich drehte fast durch. Aber immer, wenn es sehr intensiv wurde, zog ich mich zurück und lenkte ihn wieder Richtung Sahra, die es genau so machte. Er konnte jeweils immer nur kurz eindringen. So beackerte er abwechselnd unsere nassen Spalten. Sein Schwanz wurde härter und ich befürchtete, dass er bald kommen würde. Das aber galt es zu verhindern.

Also griff ich mir Sahra und wir legten uns im 69er-Pack aufs Bett und begannen uns gegenseitig zu lecken. Heftig und geil fuhren unsere Zungen durch die Schamlippen. Wir kannten uns zu gut und hatten wieder diese süßen kleinen

Orgasmen. Der Kerl schaute uns zu, hatte seine Latte in der Hand, war aber sichtlich vorsichtig mit dem Wichsen. Dann kam er auf mich zu. Ich spürte seinen Schwanz, wie er eindrang und Sahra heftig zu lecken begann.

Der Kerl fickte mich immer heftiger. Aber das wollte ich nicht. Ab und an zog er seinen Schwanz aus der Votze und steckte ihn in den darunterliegenden Mund von Sahra. Der Reiz für ihn mag groß gewesen sein. Ich wollte keinesfalls, dass er kommt und drehte mich zusammen mit ihm zur Seite, sodass ich jetzt rücklings auf ihm lag. Sahra stand jetzt auf und saugte meine Klitoris. Mir wurde schwindelig, ausgefüllt zu sein und zusätzlich noch gesaugt zu werden. Aber es sollte noch schöner werden.

Ich drehte mich um und saß jetzt auf ihm. So konnte ich ihn kontrollieren und ihn in der Tiefe in mir wirken lassen. Dabei versuchte ich natürlich jede seiner Bewegungen zu kontrollieren. Er, dieser gekaufte Sexprotz mit seinen tollen, ungeahnten Möglichkeiten, spielte das Spiel mit mir mit. Aber wir überraschten ihn dennoch. Als Sahra zurückkam, hatte sie den Strap-on umgeschnallt. Ich beugte mich locker tief nach vorne und sie drang problemlos ein. Sein Gesicht sprach Bände. Als er das Ficken von Sahra in mir spürte, wurden seine Augen noch größer, denn er spürte den Reiz auf seinen Penis.

Ich sah ihn an und fragte: „Willst du?" Ohne eine Antwort abzuwarten, drehte ich mich nach unten. Sahra reagierte blitzschnell und drang in ihn ein. Er protestierte nicht, er ließ es geschehen und ich spürte die Stöße von Sahra. Sahra fickte mich indirekt. Ich war so etwas von geil, wie ich es selten gewesen war. Als ich mich nach unten drehte und Sahra wieder in mich eingedrungen war, spürte ich seine wachsende Spannung. Ich gab ihm mehr Raum. Von beiden Seiten wurde ich jetzt gefickt. Meine beiden Löcher waren bis aufs Äußerste angespannt. Ich war überglücklich. Sahra hielt inne und ich feuerte beide an: „Los, fickt mich!"

Er explodierte förmlich, stieß wie wild in mich rein. War das Wut, Geilheit oder einfach Lust? Er hatte bisher ja nicht kommen müssen. Aber er wollte doch so gerne. Und jetzt kam er urgewaltig! Sein Zucken übertrug sich auch über den Strap-on auf Sahra, die nur noch ihre Augen verdrehte.

Jan

Jan

Als Wolf nach meiner Nacht mit den zwei Männern von der Dienstreise wieder zurückgekommen war, erzählte ich ihm davon. Nein, nicht in allen Details, aber immerhin soviel, dass es eben zwei Männer waren, die sich vorrangig mit sich untereinander vergnügten. Auch, dass die Männer in mir miteinander Sex haben wollten und dass sie sich selbst mehr fühlen wollten als mich. Wolf sah mich nachdenklich an. Er wusste genau, dass mich das beschäftigte. Und mehr noch, er sagte mir, dass er es verstehen wolle, um besser mit mir mitfühlen zu können.

Aus diesem Anlass erzählte Wolf mir, dass er oft daran denke, auch mal mit einem Mann Sex zu haben und dessen Schwanz zu saugen, bis er explodiert. Er war 16 Jahre alt, als er genau das mit seinen Freunden zusammen erlebt hatte. Das damalige Gefühl hat er bis heute nicht vergessen können. Und wenn ich ihn einen blase, könne er empfinden, was ich dabei fühle. Er wusste ja auch von Sahra und mir, wie es ist, wenn eine Frau oral befriedigt wird. Er weiß in etwa, was ich dabei empfinde und ich weiß, was er dabei empfindet, wenn er es mir macht. Wir waren da ganz offen und akzeptierten es, auch mal andere zu befriedigen. Wir waren in dieser Beziehung überaus tolerant.

Diese besonderen Jugenderlebnisse von Wolf dauerten ungefähr ein Jahr an. Später gab es keine Kontakte dieser Art mehr. Wolf und ich sprachen auch über die Fußballfeier, die einzigartig blieb. Er als Zeremonienmeister und ich als willige Fickstute. Der offene Austausch darüber haben uns eher zusammen geschweißt. Wolf und ich wussten genau, was in dem anderen von uns vorging. Da war dieser Respekt und diese Akzeptanz, unsere Geilheit eben auch mit anderen auszuleben. Für mich war es dennoch schwierig mir vorzustellen, was Wolf empfand, als die Mannschaft mich fickte. Zumindest war er ja gekommen. Seine Hose war nass, was allerdings keiner bemerkt hatte.

Die darauf folgende Silvesterfeier sollte einiges verändern. Um Mitternacht gingen wir nach draußen und ließen unsere Silvesterraketen steigen und die Böller krachen. Mit dabei war ein Bekannter aus dem Nachbarhaus. Er half emsig mit, die Raketen aufzustellen. Er war ein Student und hieß Jan. Wir standen schon oft am Gartenzaun mit ihm zusammen. Ich mochte es, wenn er mir in den Ausschnitt schaute und versuchte, meine Körperkonturen unter dem Kleid zu erahnen. Wolf hatte es mal miterlebt und mir zu verstehen gegeben, dass er es auch gemerkt hatte. Im Grunde genommen hatten wir so nur ein wenig Spaß gehabt. Jetzt aber in der Silvesterstimmung schmiegte ich mich beim Tanzen eng an den Burschen und Wolf sah uns zu. Wir tranken Sekt und die Stimmung war aufgelockert. Dieser Jan war ein strammer Bursche.

Ich spürte beim Tanzen kein übermäßiges Verlangen nach Jan. Wolf sagte aber plötzlich zu mir: „Schau Liebes, was du gemacht hast! Jan hat ja einen nassen Fleck in der Hose!" Meine Reaktion darauf verstand ich selber nicht. „Das bekommen wir hin!", sagte ich und half ihm, sich auf den Tisch zu setzen. Dort zog ich ihm die Hose aus. Ich versuchte, sie mit einem Föhn zu trocknen. Aber jetzt sah ich

Jan seine Lust umso mehr. In seiner Unterhose war der Teufel los. Er setzte sich provozierend hin. Sein Schwanz stand deutlich ab und seine Erregung war deutlich zu erkennen. Jan nahm meine Hand und legte sie auf die Beule seiner Unterhose. Wolf holte eine Decke, die er auf den Tisch legte und stellte einen Stuhl davor, sodass Jan seine Füße auf der Stuhllehne positionieren konnte. Wolf und ich standen nun links und rechts von Jan und streichelten seinen Penis. „Würdest du es dir für uns machen?", fragte Wolf ihn unverblümt. Jan hatte damit wohl kein Problem. Er spürte, dass wir uns an seinen Körper nicht sattsehen konnten. Er zog seine Unterhose aus und legte die Hand von Wolf auf seinen Schwanz.

Wolf war sehr vorsichtig. Er zog die Vorhaut zurück und legte die glänzende Eichel frei. Ich war sofort zur Stelle und leckte ihn. Jan stöhnte und stieß zu. Wolf begann, mich auszuziehen, während ich Jan seinen Schwanz blies. Dann zog Wolf sich ebenfalls aus und drang von hinten in mich ein. Er begann, mich zu ficken. Ich hielt kräftig dagegen und blies um so erregter den Schwanz von Jan, der jetzt begann, beständig von unten in meinen Mund zu ficken. Wolf unterbrach sein Ficken und ich zog intuitiv Jan zum Bett ins Schlafzimmer. Wolf kam nach und legte sich sofort auf das Bett. Ich setzte mich auf Wolf und trieb mir seinen Penis tief in meine Votze. Dann zog ich Jan am Schwanz und positionierte seinen Schwanz auf meine Rosette und sagte zu ihm: „Fick da rein, süßer Jan! Fick mich! Fick mir den Arsch. Lass uns beide deine Geilheit spüren. Lass uns deine Jugend spüren und uns an dich ergötzen!"

Jan konnte unendlich lange in mir sein und ficken. Ich spürte ihn intensiv in mir. Nie möchte ich das jemals vergessen. Mein einziger Wunsch in diesem Moment war, ihn wieder zu ficken und noch viel mehr an ihm zusammen mit Wolf auszuprobieren.

Absahnen

Wolf war nach der Silvesternacht noch mehrere Wochen auffällig nachdenklich. Ich spürte, dass die Ereignisse der Silvesternacht ihn irgendwie beschäftigten. So sprach ich ihn darauf an. Aber er ging in keinster Weise darauf ein. Es machte ja auch keinen Sinn, ihn zu drängen, um etwas über seine Gedankengänge in Erfahrung zu bringen. Soweit kannten wir uns ja. Merkwürdig war nur, dass er mich in letzter Zeit des Öfteren nach Jan fragte. Dabei hatten wir in den Wintermonaten kaum Kontakt zu ihm gehabt, weil man sich wegen der Witterung seltener im Garten aufhielt und deshalb die Gartenzaungespräche ausblieben. Diese lockeren, durchaus anzüglichen Gespräche dort vermisste ich auch.

Aber da hatte ich so meine Bedenken und Gedankengänge. Würde das denn wieder so unverfänglich wie vor der Silvesternacht sein können? Silvester ist nun mal viel geschehen und das Verhältnis zu ihm und umgekehrt mit Sicherheit beeinflusst. Würde ich oder Wolf alles wieder so machen? Da Wolf mit seinen Gedanken nicht rausrückte, erzählte ich ihm von meinen Gedanken. Für Wolf musste es klar sein, dass es jetzt eine andere Situation war. Aber wie seine Einschätzung aussah, das verriet er mir leider nicht. Als ich ihm sagte, dass ich mit einem so jungen und spontan handelnden Kerl gerne mal ficken wolle, verblüffte mich seine knappe Antwort: „Ich auch!"

Wolf lachte, als er meinen überraschten Gesichtsausdruck wahrnahm. Dann aber offenbarte er mir: „So wie wir gefickt haben, habe ich sehr wohl auch Gefühle für Jan entwickelt!" Er war also auch von ihm angetan. Wolf sagte, er hätte sich von Jan auch gerne oral befriedigen lassen oder dass er selbst Jan oral befriedigt. Außerdem hätte er den Wunsch, auch von Jan anal gefickt zu werden. Das war es also, was Wolf so intensiv beschäftigte. Er traute sich aber nicht, mir seinen Hang zur homosexuellen Erotik zu gestehen. Dabei wusste er doch, dass auch ich lesbische Gefühle empfinde.

Damit war diese Angelegenheit aber auch kein Thema mehr zwischen Wolf und mir. Dann aber begann es in meinem Kopf zu arbeiten. Wie bekomme ich die beiden zusammen? Wie kann es denn gelingen, dass sich beide nicht nur mögen, sondern auch gegenseitig voneinander Befriedigung erhalten wollen? Das schien mir ein fast unmögliches Unterfangen zu sein. Eines war mir klar, ich musste Jan wieder sehen und ihn verführen, um sein Vertrauen zu gewinnen und seine Lust auf mich zu entfachen. Konnte das überhaupt gelingen? Schließlich war er um die 20 Jahre jünger als ich.

Ich erzählte Wolf von meiner Absicht, den Jan zu verführen, um herauszufinden, ob da mehr drin ist als bei dem Silvestertreffen. Wolf war zu einem ausführlicheren Arzttermin in die Stadt gefahren. Also fragte ich Jan, ob er mir helfen würde, den undichten Abfluss von der Küchenspüle zu reparieren. Ich spürte bereits am Telefon, dass Jan ahnte, dass ich was von ihm wollte. Wieso sollte er ausgerechnet jetzt helfen? Ich dachte immerfort an seine Hände und wollte sie wieder auf meiner Haut spüren. Das hatte beim ersten Mal mit ihm den Ausschlag gegeben, dass er mich gefühlsmäßig vereinnahmen konnte. Jan sagte glücklicherweise ohne zu zögern zu. Auch ihm schien es mit mir gefallen zu haben, denn als Studentensingle ohne Freundin hatte er es sich vermutlich immer alleine gemacht.

Kaum war Jan bei mir in der Wohnung, spielten meine Gefühle verrückt. Mein Morgenmantel trug ich ohne etwas drunter. Jan schien den Anblick, den ich ihm bot, zu genießen. Ich hielt den Morgenmantel ja auch nur mit der Hand zusammen und gewährte ihm Einblicke. Immerhin hatte ich noch keine Hängetitten und meine Nippel ragten noch etwas in die Höhe. Mein Bauch war ebenfalls noch straff und mein Po hing auch noch nicht in den Kniekehlen.

„Endlich habe ich dich für mich alleine!", sagte ich zu Jan, setzte mich auf das Bett und spreizte meine Schenkel für ihn. Meine Muschi war noch etwas verdeckt. Einen kurzen Augenblick lang war Jan verunsichert, denn er zögerte. Dann aber kam er zu mir und schob den Bademantel beiseite. Jan sah mich lange an. Meine Votze schimmerte rosa und die Blicke von Jan kehrten immer wieder dahin zurück. Ich habe schon versucht, meine Beine wieder zu schließen. Als er dann aber seine Hose öffnete, lächelte ich ihn erwartungsvoll an und stützte mich mit den Armen nach hinten ab und zeigte ihm meine ganze Pracht.

Jan blieb ganz cool. Er hatte es nicht eilig und genoss die Situation. Da stand er nun vor mir, keinen halben Meter entfernt, und spielte mit seinem Schwanz und zog die Vorhaut zurück. Er tat etwas Spucke auf die Eichel und leckt sich die Finger ab. Dann begann er, die Vorhaut rauf und runter zu schieben. Als ich meine Hand ausstreckte, wich er zurück. Er wichste genüsslich und sein Schwanz wuchs dabei kräftig. Ich kippte deutlich mein Becken, um ihn in Fahrt zu bringen und stimulierte mich damit auch selbst. Es dauerte eine Ewigkeit, aber dann kam Jan immer näher.

Sein Schwanz glitt mit Leichtigkeit in meine nasse Votze. Ich genoss es, auch wenn es mich noch sonderlich reizte. Ich sagte ihm, dass diese geile Nässe nur für ihn ist und machte ihn mit meinen Worten noch mehr an. Jans Schwanz versank tief in mir. Obwohl er stark erregt war, blieb er ruhig und wollte nicht wild ficken. Sein sanftes Gleiten bescherte mir jetzt doch einige kleine Orgasmen. Allein dafür war ich ihm schon dankbar. Ich spürte die brutale Härte seines pulsierenden Schwanzes. Meine Augen flehten ihn an, aber er ließ sich nicht beirren. Es schien, dass er langsam auf sein Ziel hinarbeiten wollte. Hatte er doch jetzt eine nasse Votze und keinen Handbetrieb. Dann war es so weit. Er spritzte derart heftig in mich rein, dass mein Vötzchen vor Lust zuckte. Als er sich zurückzog, verschränkte ich instinktiv sofort meine Beine, damit nicht gleich alles rauslief.

Dann hörten wir die Stimme von Wolf: „Jetzt lass mich mal ran, junger Mann!" Wolf hatte wohl geahnt, dass Jan zu mir kam. Jan sah mich erst an und dann schauten wir beide fragend Richtung Wolf. Wolf bückte sich, anstatt irgendetwas erklärender Weise von sich zu geben, zu mir runter. Seine Absicht war klar. Ich öffnete sofort meine Beine und Wolf begann, meine Muschi zu lecken. Das tat mir natürlich gut. Aber meine Sorge galt Jan. Fühlte der sich in diesem Augenblick nicht vielleicht vernachlässigt oder gar betrogen? Aber Jan interessierte sich jetzt offensichtlich mehr für den Arsch und den Schwanz von Wolf.

Wolfs schöne Latte stand jetzt aufrecht. Er hatte wohl Jan und mir schon eine Weile zugeschaut und sich dazu hart gewichst. Jetzt aber hockte er zwischen meinen Beinen und präsentierte Jan seinen Arsch, seine Eier und seinen Schwanz. Jan griff nach dem Penis von Wolf und streifte dessen Vorhaut zurück. Wolf, der das genoss, ließ von mir ab und legte sich auf den Rücken. Sofort setzte ich mich auf sein Gesicht. Sein Schwanz ragte jetzt provozierend in die Höhe. Jan nahm ihn sofort in den Mund und fickte ihn mit den Lippen.

Jetzt wirbelte Wolfs Zunge in meiner Lustmuschi. Jan hob seinen Kopf und schaute zu, wie Wolf mich leckte und ausschleckte. Dann fickte Jan unbeirrt Wolfs Latte weiter. Ich bekam den Eindruck, dass auch er es nicht zum ersten Mal macht. Als er den warmen Samenstrom von Wolf in seinem Mund spürte, wartete er ganz ruhig ab, bis Wolfs Orgasmus verklungen war. Das Samenschlucken bereitete ihm keine Probleme. Fast theatralisch nahm er den Schwanz aus dem Mund und schob die Vorhaut wieder über die Eichel. Alles nach dem Motto „Ordnung muss sein". Ich war glücklich, denn das war mehr, als ich erhofft hatte. Ich hatte alles richtig gemacht und ein gutes Gewissen dazu.

Vertraute Lust

Für mich hatte sich einiges verändert. Es war das erste Mal, dass ich von so einem jungen Kerl gefickt wurde. Er war immerhin über 20 Jahre jünger. Es folgten viele dieser unruhigen Nächte, die mich verrückt machten. Immer öfter wurde ich mit einer feuchten Muschi wach und meine Finger begannen dann ihr Werk. Ich dachte an seine Stange, oder dass er sich vielleicht gerade einen runter wichste und malte mir aus, wie er mich das nächste Mal in allen Löchern ficken könnte. Wolf spürte diese Unruhe, machte dazu aber keine weiteren Bemerkungen.

Wir trafen Jan, der ja einer unserer Nachbarn war, und grüßten uns ganz normal. Aber dann drehte ich mich nochmal nach ihm um und sagte, er solle doch ruhig öfter vorbeikommen, wenn es seine Zeit erlauben würde. Und Wolf sagte, dass auch er das toll finden würde. Ich war darüber einen Moment lang völlig sprachlos. Seine Bemerkung ließ meine Gefühle fast überschäumen, aber verunsicherte mich auch gleichzeitig. Ich ließ es mir erstmal nicht anmerken. Dabei staute sich in mir eine Art geile Wut auf. Am liebsten hätte ich mir Jan gleich gegriffen und mit ihm gefickt.

Unsere Offerte stieß bei Jan nicht auf taube Ohren. Er klingelte wenig später an unserer Tür und ich ließ ihn rein. Wolf war gerade weggegangen. Nachdem ich die Tür geschlossen hatte, begann ich mich auszuziehen und fragte ihn, ob er es nicht sofort machen möchte. Er nickte wortlos und zog sich ebenfalls komplett aus. Nackt, wie wir waren, zog ich ihn an seinem noch nicht ganz erigierten Penis unter die Dusche. Das war doch immer unverfänglich. Natürlich würde es mit Ficken enden. Aber etwas Vorspiel musste schon sein.

Es dauerte ja auch nicht ewig lange. Etwas einseifen und sein Schwanz stand jetzt felsenfest. Diese jungen Kerle sind sofort bereit. Ja, ich gebe zu, es war wie ein schöner Traum für mich. Ich forderte ihn auf, er solle mich jetzt auch einseifen. Er stellte sich dabei sehr geschickt an. Seine jugendlichen Hände liebkosten meine Schamlippen und Pokerbe. Wohlig wand ich mich unter seinen Berührungen. Ich drückte meine Schenkel zusammen und öffnete sie wieder. Meine Lustgefühle drängten an die Oberfläche. Er hielt meine Hände fest und drückte mich fester an sich ran. Er fingerte mich vorne und hinten gleichzeitig.

Dann drangen seine Finger ein. Dabei war er nicht nur geschickt, sondern auch raffiniert. Ich spürte, wie er sich langsam an meine Gefühlswelt herantastete. Ich wusste ja, dass ich in meinem Alter, für so einen jungen Spund auch ein Versuchsobjekt war. So ließ ich ihn probieren und die Wirkung auf mich spüren. Ich wand mich und konnte mich nicht mehr auf den Beinen halten. So ging ich, von seinen Fingern bis zum Äußersten gereizt, unweigerlich in die Knie und bekam prompt einen Orgasmus. Diesen konnte er mit seinen Fingern in mir genau spüren. Ich war mir ziemlich sicher, dass Jan nur darauf gewartet hatte, mit mir allein sein zu können.

Natürlich war ich positiv überrascht, dass er überhaupt zu mir gekommen war, denn ich hatte gedacht, die ganze Angelegenheit würde im Sande verlaufen. Nachdem mein Orgasmus abgeklungen war, wichste ich jetzt gierig seinen Schwanz. Er wollte jetzt abspritzen, aber genau das wollte ich nicht. Auch wenn er, trotz seines Alters, schon relativ lange durchhalten konnte, wollte ich doch mehr. In diesem Moment war ich versessen auf ihn und blies ihm ganz vorsichtig seinen Schwanz und kraulte versonnen seine Eier. Und als ich meine Hand zwischen seine Beine zum Arsch drückte, spreizte er bereitwillig seine Schenkel.

Als ich über seine Rosette strich, zuckte er leicht zusammen und hielt dagegen. Ich war sehr überrascht. So ein junger Kerl, der am Anus derart empfindlich ist? Ich sah ihn in die Augen. Sein erwartungsvoller und sehnsüchtiger Gesichtsausdruck war überdeutlich wahrzunehmen. Also drückte ich meinen Finger in seinen Po rein. Er hielt dagegen und griff nach meiner Hand. Erst dachte ich, er wollte mich wegstoßen. Nein, das Gegenteil war der Fall! Erstaunt sah ich ihn fragend an. Er lächelte und nickte zur Bestätigung. Ich stand auf und drehte ihn um. Jan stütze sich an der Wand ab. Ich drückte seinen Oberkörper runter und ehe er sich versah, fickte ich seinen Arsch mit einem Finger.

Er stöhnte und schien so richtig in Schwung zu kommen. Dann fiel mir ein, wie er Wolf geblasen hatte. Jan hatte wohl schon einige Erfahrungen mit Männern sammeln können. Ich fickte ihn jetzt mit zwei Fingern gleichzeitig. Sein Schwanz tropfte noch nicht. Er war nicht wirklich gefordert. Also warf ich mir einen Bademantel über und gab ihm einen aus dem Kleiderschrank, aber nicht ohne nach meinem Einsteckdildo zu greifen. Wir legten uns aufs Bett. Er sah mich fragend an, als er sich auf den Rücken legen sollte und die Knie weit hochnehmen sollte.

In der Stellung kam ich bequem an seinen Schwanz und sein Po. Mit Gleitcreme drang ich mit dem Dildo in ihn ein. Seine Augen wurden immer größer und die ersten kleinen Tropfen kamen aus seiner Eichel. Also hatte das doch eine Wirkung auf seine Prostata. So fickte ich ihn kräftiger. Und wie erwartet, sein Schwanz ließ in der Steifigkeit nach. Seine Gefühle waren jetzt nach innen gerichtet. Ihn zu wichsen oder dass er sich selber wichst und ich ihn ficke, das wollte ich nicht. Ich wollte ihn hinterher ja auch noch in mir spüren.

Als er genug hatte, lachte ich ihn triumphierend an. Ich kuschelte mich an Jan, damit ich seinen Schwanz wieder in voller Härte spüren konnte. Dabei spielte ich auch mit meinem Einsteckdildo. Ihn in mir zu haben und dann zu bewegen ist immer noch etwas anderes, als sich nur allein mit den Fingern zu reizen. Jan bekam das mit und übernahm den Dildo wie einen Steuerknüppel für meine Lüste. Er stellte sich dabei sehr gefühlvoll an. Als ich merkte, dass ich auf einen Orgasmus zusteuere, wenn er so weiter macht, ermutigte ich ihn: „Los, hol' mich ab, mach mir einen Orgasmus!" Seine Augen glänzten, als ich mich vor Erregung wand und die Wellen in mir ausklingen ließ. Ich hatte ihm gegenüber keine Hemmungen mehr. Jan war dadurch noch mehr erregt. So legte ich mich danach auf den Rücken und setzte seinen Schwanz auf meine Rosette, ohne den Einsteckdildo aus der Votze zu nehmen.

Jan staunte nicht schlecht. Ich rührte den Einsteckdildo und er spürte es in meinem Arsch. Er fickte wirklich wunderbar in langen Zügen. Ich machte mich eng, kniff also zu und ließ ihn damit ja auch spüren, dass ich es mochte. Der Dildo in meiner Votze füllte mich zusätzlich zu seinem Schwanz in meinem Arsch aus. Ich entschwebte in meinem Himmelreich der Glückseligkeit. Erst als er kam, ließ mich sein Zucken wieder in diese Welt zurückkommen.

Der Freund von Jan

Ständig musste ich an Jan denken. Wie hatte er das bloß angestellt? Ich konnte ihm auch nicht aus dem Weg gehen, denn er wohnte im gleichen Haus und lief mir ständig über den Weg. So ertappte ich mich, dass ich gerade dann die Treppe hinunterging, als er heraufkam. Ich tat so, als sei ich überrascht. Er aber schaute mich an, fasste in meinen Schritt und sagte: „Du musst es dir nicht selber machen. Ich mache es gerne für dich!" Aber dann entschuldigte er sich und ging alleine zu seiner Wohnung.

Es war schon merkwürdig. Dazu kam aber auch, dass Wolf ihn genauso gerne mochte. Was war das für eine verrückte Konstellation? Einmal Jan, der mich total vereinnahmt hat, dann Wolf, der mich bestärkte und ermutigte, ihn zu ficken. Dann aber Wolf und Jan, die es auch sehr gut miteinander konnten. Ich spürte immer diese Geilheit, die dadurch in mir war. Ich wollte nicht irgendwas, ich wollte Jan, ich wollte Wolf und ich wollte Jan und Wolf.

Beim Einkaufen merkte ich, was Jans Äußerung vorhin für eine Wirkung auf mich hatte. Ich schob den Einkaufswagen und war froh, mich daran festhalten zu können. Ich drohte fast auszulaufen. Am liebsten wäre ich schnell auf die Toilette gegangen und hätte es mir gemacht. Dann aber sah ich die verheißungsvollen und mit Sehnsucht erfüllten Augen von Jan vor mir. Ich sah seine Latte und seine Eier, die ich gelutscht hatte. Nein, nicht selbst besorgen. Ich wollte Jan. Der sollte es mir machen. Jan sollte mich ficken. Nicht irgendeiner, sondern ich wollte, dass Jan es mir macht und mich erlebt.

Ich beendete meinen Einkauf und fuhr zurück nach Hause. Während der Fahrt strich ich mir immer wieder über den Rock. Ich wurde geiler und geiler. Ich steigerte mich mich immer mehr rein. Im Treppenhaus zog ich bereits mein Höschen aus, stürmte die Treppe hinauf und klingelte bei

Jan. Ungeduldig, wie ich war, noch bevor Jan die Tür öffnete, knöpfte ich den Rock auf und ließ ihn fallen. Aber hinter mir auf dem Treppenabsatz stand auf einmal sein Freund. Ich stand dort fast nackt und sein Freund glotzte mich an, als Jan die Tür öffnete.

Als Jan die Situation erfasst hatte, nahm er mich in den Arm und sagte verschmitzt grinsend: „Ich verstehe, ein Notfall!" Dann erblickte er im Treppenhaus seinen Freund und ließ auch ihn rein. Jan kümmerte sich rührend um mich. Er streichelte und küsste mich überaus zärtlich. „Fick mich! Ich will deinen Schwanz sehen, wie geil er auf mich ist!", forderte ich ihn auf. Erst verstand er nicht, ließ aber dann die Hose runter. Ich ging in Doggystellung und verteilte mit den Fingern etwas Spucke auf meiner Rosette. Unmissverständlich und mit festem Griff setze er seine Eichel auf meinen Arsch und drang langsam ein. Es war sehr eng für ihn, sodass er jammerte und schwitzte. Er kam einfach nicht ins Ficken, so wie ich mir das wünschte.

Er drückte sich heftig an mich und ich musste schon kräftig dagegen halten. Dabei ging meine Hand nicht von meiner Votze. So langsam kam Jan in Schwung. Jetzt genoss ich die Ruhe und Gelassenheit, mit der er meinen Arsch fickte. Sein Schwanz glitt beständig rein und raus. Dann bemerkte ich, dass sein Freund sich seinen Schwanz wichste, während er uns zuschaute. Die Adern an seinem Schwanz traten deutlich hervor. Er schien superhart zu sein. Ich griff nach ihm, und zog ihn zu mir. Er verstand das sofort und ich lutschte ihn heftig, aber gleichzeitig blasen und gefickt zu werden, war nicht so leicht zu koordinieren. Es war auch kompliziert, eine Hand an der Votze zu haben, den Arsch gefickt zu bekommen und noch einen Schwanz zu blasen. Also klopfte ich mehr oder weniger auf die Matratze. Jans Freund verstand das sofort und legte sich neben mich. Dabei wichste er seinen harten Schwanz und gestand, so ist das Zuschauen einfacher. Ich küsste ihn, robbte mich von Jan Stück für Stück zu ihm rüber. Jan erriet, was ich wollte. Einen Moment hielt er inne und ich konnte ein Bein über seinen Freund heben. Im nächsten Moment hatte ich diesen herrlichen Schwanz in meiner Votze.

Der Freund schaute mir ins Gesicht und ab und zu an mir vorbei, um auch alles mitzubekommen. Ich küsste ihn wie selbstverständlich. Der Kerl war gut. Er gab mir auch die Vertrautheit, die ich ja mit Jan schon hatte. Küssen und zwei junge Männer, die vom Alter her meine Söhne hätten sein könnten. Ich verstand die Welt nicht mehr. Was war das für ein Rausch? Die beiden stocherten unablässig in mich rein. Es gab keine genaueren Absprachen zwischen uns. Wir lebten uns einfach aus. Vielleicht war es ja gerade das, was mir diesen Rausch versetzte.

Dieses ausgefüllt sein, nicht mehr verstehen, was da mit mir passiert. Die Stöße nicht mehr einordnen zu können, war etwas, was ich liebte. Ja, ich war geil und befand mich mitten in einem Rausch. Es sollte ewig so weitergehen, aber einen Orgasmus strebte ich auch nicht an. Das Gefühl der Steigerung der Erregung war verschwunden. Ich hatte jetzt das Gefühl, gebraucht zu werden und die Erwartung, dass es in der Votze oder im Arsch anfängt zu zucken und ich meine Aufgabe erfüllt hatte.

Einen Orgasmus haben zu wollen, das wollte ich nicht mehr unbedingt. Da war ich darüber hinaus. Es waren ständige Schübe von Votzenschleim. Ich hatte eher das Gefühl, ich laufe unablässig, ohne enden zu wollen, aus. Dann aber schafften die beiden, sich doch auf einen passenden Rhythmus zu einigen. Ich schloss die Augen und war zwischen den Jungs eingeklemmt. Jetzt stießen sie abwechselnd in mich rein. Dann begann Jan, seine Stöße zu variieren. Er verzögerte, um bald darauf wieder im gleichen Takt wie sein Freund zuzustoßen.

Dann aber stoppte Jan und sagte selbstbewusst: „Jetzt bist du dran! Jetzt wird dein Arsch entjungfert!" Es durchfuhr mich wie ein Blitz! Aus den Träumen gerissen, war mir klar, dass galt nicht mir. Jan hatte ja bereits mit Wolf gefickt. Also galt es dem Kerl unter mir. Jan stand auf und kommandierte: „Jetzt kommst du auf den Bock!". Dann holte er eine recht harte Rolle, auf die ich meinen Arsch legen sollte. Das war nicht bequem. Ich hatte ja die Knie dabei fast auf meinen Titten und sollte dazu auch die Beine noch breit machen.

Der Kerl legte sich auf mich, drang aber in meinen Arsch ein. Mir war das Recht, weil ich keinen Orgasmus erwartete, aber in dieser Position doch schön mit meiner Klitoris spielen konnte. Ich war gespannt, was nun passiert. Der Kerl hatte seinen Arsch weit nach oben gerichtet. Jan stellte fest, dass der Arsch seines Freundes von meinem Schleim schön nass war und er es wohl leicht haben würde. Ganz ruhig und gelassen weitete Jan seinem Freund den Arsch mit den Fingern auf.

Überhaupt erschien es mir merkwürdig. Jetzt seinen Freund das erste Mal den Arsch zu ficken, jetzt, wo ich dabei war! Dann begriff ich es. Die beiden waren bereits vorher schon verabredet gewesen und ich hatte mich dazwischen gedrängt. Es lief ja trotzdem gut. Also warum sollten sie nicht machen, was sie ursprünglich vorhatten? Jedoch fragte mich Jan, ob es mir gut geht. Die beiden lasteten schwer auf mich und ich bat darum, dass sich sein Freund zusätzlich auf dem Bett abstützen sollte. Momentan stützte ich ihn ganz alleine mit den Ellenbogen auf der Matratze und den Händen unter seiner Schulter ab.

Außerdem kam ich so nicht mehr an meine Klitoris. Dann aber drang Jan ein. Ich sah in das schmerzverzerrte Gesicht seines Freundes. Es dauerte schon eine Weile, bis Jan langsam rein und rausglitt. Sein, sich langsam steigerndes Stöhnen, verriet sein größer werdendes Lustempfinden. Er wurde immer entspannter und lockerer. „Das ist ja so geil!", rief er plötzlich. Jetzt waren wir alle auf einer Wellenlänge und ich spürte indirekt die Stöße von Jan. Sein Freund aber begriff sehr schnell und parierte gekonnt jeden Stoß von Jan.

Die beiden beeindruckten mich schon. Aber bald verloren sie langsam die Kontrolle, weil sie den Orgasmus wollen. Der Kerl über mir schnaufte schwer und blies mir seinen Atem ins Gesicht. Als er sein Gesicht verzog und wie verkrampft auf mir lag, spürte ich sein Spritzen. Ich konnte es kaum glauben. Ein Mann wird gefickt und spritzt ab! Dann war auch Jan ganz still und muss wohl gekommen sein. Schade, seinen Orgasmus hatte ich nicht spüren können.

Jan für Wolf

Ich wollte es Wolf nicht verschweigen und erzählte ihm, was ich gerade mit Jan und seinem Freund erlebt und damit meine Lust gesteigert hatte. Natürlich wollte ich ihn damit aufgeilen und heiß machen, damit er mich fickt. Und ich lag richtig mit meiner Einschätzung. Wolf fühlte sich bestätigt in seiner Lust auf Jan. Das gab er unumwunden zu. Das Ficken mit Jan beflügelte also unser beider Verhalten.

So entwickelte sich mit Wolf und mir ein Ritual. Er kam dann schon mal zu mir in die Küche und umarmte mich so lange, bis ich nachgab und die Beine öffnete. Dann gab er zu, dass es die Geschichten mit Jan seien, die ihn so geil machten.

Das gehörte irgendwie dazu. Ich musste unweigerlich lachen und prustete immer los: „Geil auf Jan sein, aber mich ficken!" Wolf antwortete dann immer: „Ja, es sei eben so. Und wenn ich deshalb schon eine Latte bekommen habe, muss ich mich eben an dir abreagieren!" Prompt kam danach immer sein Wunsch, dass ich Jan für ihn einladen solle.

Nach dem letzten Erlebnis mit Jan und seinem Freund schien mir das gar nicht so abwegig. Vielleicht war Wolf ja wirklich nicht abgeneigt. Immer wenn Wolf an Jan dachte, wurde er richtig geil. Das wurde immer deutlicher, als er von mir wusste, wie Jan mich mit seinem Freund zusammen gefickt hatte. Aber wie bringe ich Jan dazu? Eines Nachmittags ging ich noch mal unter die Dusche, spülte vorausschauend meinen Anus aus und machte mich zurecht. Das Top, welches ich auswählte, war tief ausgeschnitten.

Soweit ich Jan einschätzen konnte, würde er diesen Einblick in meinen Ausschnitt dankbar annehmen und genießen wollen. So ging ich zu ihm rauf und setzte das verführerischste Lächeln auf und lud ihn zu einer Tasse Kaffee ein. Jan wäre nicht Jan, wenn er nicht genau gewusst hätte, was das bedeutete. Er begriff sofort und machte auch keinen Hehl daraus. Seine Augen blitzten erwartungsvoll auf und sein Lächeln verstärkte sich. Und geil schien er auch zu sein. Jedenfalls zupfte er vorne an seiner Hose herum, obwohl ich seinen erigierten Penis nicht erkennen konnte.

Er bat sich 15 Minuten Zeit aus, um noch duschen zu können. Dann stand er vor der Tür. In der Zwischenzeit hatte ich mein Top gegen eine transparente Bluse getauscht und war oben praktisch nackt. Dazu trug ich eine weite, sehr kurze Hose ohne ein Höschen darunter. Als wir uns an den Couchtisch setzten, ich hatte zum Kaffee gedeckt, konnte er direkt auf meine Vulva schauen. Als ich den Kaffee eingoss, viel ihm die dritte Tasse auf und sein Blick war ein einziges Fragezeichen. Ich reagierte aber nicht sonderlich darauf.

Als ich mich vorbeugte und er meine Titten in ihrer ganzen Pracht sehen konnte, stand er plötzlich auf. „Oh Mann, da wird mir die Hose zu eng!", stellte er, mehr zu sich selbst sagend, fest. Ich beschloss, die Initiative zu ergreifen. Ich nahm ihn bei der Hand, ließ meine Bluse fallen und zog ihn hinter mir her ins Schlafzimmer. Wir entledigten uns unserer Kleidung und hechteten beide eilig auf das Bett. Ich spürte diese herrliche Geilheit und die geschärften Sinne, die für alle Reize auf Empfang geschaltet waren. Erwartungsvoll blickte ich auf den Penis von Jan.

Der aber hatte sich umgedreht und sah Wolf, der hinter ihm in Unterhosen und offenem Hemd stand. Jan ahnte natürlich, was da kommen könnte und ich freute mich, dass er das zu akzeptieren schien. Ich freute mich für Wolf, ihm ein schönes Erlebnis verschaffen zu können, bei dem er zusehen kann, wie ich gefickt werde. Mit einer Hand griff ich unter meinem Po durch an meine Votze. Meine andere Hand kam von oben. So bot ich Jan meine auseinandergezogenen Schamlippen an. Das brachte Jan erst recht um den Verstand.

Sofort krabbelte er zwischen meine Beine, nahm meine Hände beiseite und vergrub sein Gesicht in meine Schamlippen. Ich jubelte innerlich. Dieser Kerl war so süß, so jugendlich und eben doch so profihaft, dass ich einfach kommen musste. Dazu fingerte er mich und saugte gleichzeitig meine Klitoris ein. Er ließ mir keine Chance, meinen Orgasmus herauszuzögern. Hinter ihm stand Wolf, der genüsslich zuschaute und seinen Schwanz aufwichste. Dabei ließ es sich Jan aber nicht nehmen, ihm seinen Arsch zu präsentieren.

Jan wusste also genau, was ihm noch bevorstand. Spätestens als Wolf ihm über die Rosette strich und Jan heftig zuckte, wusste auch Wolf, dass Jan gefickt werden wollte. So robbte Jan auf meine Höhe und drang ohne Umschweife in meine Lustgrotte ein. Ich war so nass, dass Jan leichtes Spiel hatte. Sofort begann er gleichmäßig zu stoßen. Ich war selig, denn ich hatte beide Männer im Spiel. Wolfs Finger drangen langsam und bedächtig in den Arsch von Jan ein. Ich spürte jetzt Jans Finger neben seinem Schwanz in meiner Votze. Er holte sich den Schleim, um sein Arschloch für Wolf besser zu schmieren.

Bevor Wolf in ihn eindrang, änderte Jan die Spielregeln. Er ging raus aus mir, nahm meine Knie hoch und drückte sie auf meine Brust. Dann drang er ohne viel Vorbereitung in mein exponiertes Arschloch ein. Ich fluchte wild und unterdrückte den anfänglichen Überraschungsschmerz. Jan war ja nass genug, sodass er sofort ins Gleiten kam und mein Schmerz wurde zu einem Lustschmerz, der nach und nach nachließ. Aber das war das Signal für Wolf, der schnell und ohne Hemmungen in Jan eindrang. Jan stöhnte laut auf und hielt dagegen. Um mich konnte er sich erstmal nicht mehr kümmern.

Die Stöße von Wolf waren brutal. Er hämmerte seinen Schwanz in den Arsch von Jan, der dadurch von mir abließ. Er ließ mir jetzt viel Raum, dass ich meine Votze bequem anfassen konnte. Was wollte ich denn mehr? Mein Wolf fickte den Jan! Ich spürte seine Erregung und seine Gefühle und Jan wurde von zwei Seiten verwöhnt. Ab und zu kniff ich mein Poloch noch zu und machte es für Jan noch reizvoller. Ich steuerte beliebig meine Erregung und hoffte, dass Wolf lange ficken würde, ohne vorzeitig zu kommen.

Jan schien immer geiler zu werden. Immer mehr stemmte er sich Wolf entgegen. Dabei hatte ich den Eindruck, dass er nicht mehr an mich dachte, denn sein Schwanz wurde weicher. Das Ficken in den Arsch nahm ihm seine Härte. Dennoch schien seine Erregung zuzunehmen. Es hatte den Anschein, dass er sich so richtig reinsteigerte. Er wollte wohl, dass Wolf ihm den Arsch vollspritzt. Nun komm schon, du Hund", hörte ich ihn brummen. Wolf verausgabte sich wie lange nicht mehr. Er schwitzte am ganzen Körper. Wie aus heiterem Himmel legte er den Kopf in den Nacken und schrie: „Du Drecksau!" Dann kam er.

Jan spürte das natürlich. Er war ganz still und hielt dabei die Augen geschlossen. Es schien, er arbeitete mit seinem After und begleitete somit das Abspritzen von Wolf. Dann aber zog sich Wolf zurück und keuchte nur noch. Erst jetzt schien es Jan bewusst zu werden, dass er ja noch in mir steckte. Ich fühlte nicht mehr viel, denn es gelang ihm nicht, seinen Penis rein und rauszubewegen. Wolf schien das zu bemerken und feuerte ihn an: „Los, du kannst das, mach sie fertig! Reiß ihr den Arsch auf!"

„Männer unter sich", dachte ich noch, als Jan doch tatsächlich wieder in meinen Arsch fickte. Erst ganz langsam, aber dann schien er doch wieder aufzublühen. Er glitt wieder rein und raus. Mein After war aber auch schon so etwas von ausgeleiert, dass ich kaum noch damit zukneifen konnte. Wolf klatschte auf den Po von Jan: „Du sollst richtig ficken!", stachelte er ihn an. Und Jan schien alle seine Kräfte zu mobilisieren und begann, seinen Prügel in mich reinzurammen. Ich spürte eine entfesselte Urgewalt in ihm. Seine Eier klatschten jedes Mal lautstark auf meinen Arsch, wenn er zustieß.

Dann spürte ich dieses Zucken. Dieses unendliche geile Gefühl, ihn zum Abspritzen gebracht zu haben. Jan wollte mich ficken und hatte es getan. Wolf wollte, dass Jan mich fickt. Wolf hatte Jan gefickt und ich hatte zu seiner Geilheit beigetragen. Ich war überglücklich, die beiden zu haben. Na ja, nicht ganz, denn eigentlich hatte ich ja nur Wolf, aber ich hatte mit Jan zusätzlich noch einen Playboy.

Männer

Irgendwie stand unsere Welt Kopf. Allein nur der Gedanke daran, dass Jan alles wie selbstverständlich mitmachte, geilte mich schon auf. Wenn ich mit Wolf im Bett lag und fickte, ging mir dieser Gedanke nicht aus dem Kopf. Ich flüsterte Wolf dann ins Ohr: „Wenn Jan jetzt zuschauen würde ..." Dann war Wolf nicht mehr zu bremsen und fickte umso wilder in mich rein. Er fickte mich dann von vorne und hinten. Er war zärtlich, aber dennoch fordernd. Wolf benutzte mich, wie ich es liebte. Ja, man kann sagen, er machte es mir, wie es besser nicht sein konnte. Hinterher war ich immer ziemlich fertig.

Wenn ich allein war, war ich immer angespannt, weil die Gedanken an Jan mich nicht losließen. Sicher bekannte ich mich dazu, ein geiles Luder zu sein. Aber was gibt es Schöneres, als seine Geilheit in vollen Zügen zu genießen? Mit Jan aber verband mich noch etwas, was mich seit dem Tag mit Wolf und den Fußballspielern verfolgte. Warum wurde ich so geil, wenn ich mich Jan hingebe und Wolf uns beiden zusieht und auch noch Beifall klatscht?

Ich ficke Jan für ihn, um seine Anerkennung zu bekommen? Tue ich ihm den Gefallen, um ihn nicht zu verlieren? Ist es typisch weiblich, dem Partner oder Mann gefallen zu wollen? Immer wenn ich darüber nachdachte, fand ich keine Antworten, spürte mich aber so intensiv, dass ich fast schon automatisch zu einem Dildo griff, um mich zu befriedigen. War dieses Denken an Jan so etwas wie ein Fetisch? Einerseits fühlte ich mich doch wohl bei dem Gedanken, andererseits suchte ich verzweifelt nach einer Begründung, warum ich so fühlte.

Als Jan einmal vor der Tür stand und mir einen Blumenstrauß in die Hand drückte, war ich völlig verwirrt und verstand die Welt nicht mehr. Entgeistert nahm ich diesen Blumenstrauß an und bat Jan herein. Dann aber kam Wolf aus dem Wohnzimmer dazu und begrüßte Jan. Ja mehr noch, die beiden umarmten und küssten sich. Nun, das machten die beiden ja nur, wenn wir zusammen im Bett waren. Aber so öffentlich im Flur, das war irgendwie anders. Wolf klärte mich auf: „Ja, ich habe vergessen, dir zu sagen, dass ich Jan eingeladen habe!"

In diesem Moment war mir klar, dass Wolf genauso geil wurde, wenn er sich mit Jan vergnügte und ich den beiden dabei zuschaue. Das war eine tiefgreifende Gemeinsamkeit, die uns verband und tiefes Vertrauen schenkte. Erst jetzt wurde mir bewusst, warum Wolf vorher so lange im Bad war. Also ging ich auch erstmal ins Bad und machte mich schleunigst frisch, denn ich wollte dabei sein, wenn es losging und auch gerne mitbestimmen, was den Ablauf betrifft. Dass diese Kerle immer an meinen Arsch wollten, war mir klar. So hoffte ich insgeheim, einer fickt mich vorne und einer von hinten in den Arsch. Ich liebte doch diesen Schwebezustand, zwischen den beiden hin- und hergerissen zu werden.

Natürlich brauchte ich etwas Zeit im Bad und ärgerte mich schon, dass ich nicht vorbereitet war. Als ich ins Schlafzimmer kam, waren die beiden schon auf dem Bett. Wolf fickte genüsslich den Arsch von Jan, der in Doggy-Stellung vor ihm kniete. Er hatte ihn fest an den Hüften gepackt, stieß in ihn rein und zog sich langsam wieder raus. Es schien, als ob er die Hüfte wegstieß und wieder zu sich heranzog. Jan unterstützte Wolfs Bewegungen mit den Armen. Die beiden wirkten so harmonisch und auf sich konzentriert, dass ich mich gar nicht einmischen wollte.

Ich setzte mich auf den Sessel, legte ein Bein über die Lehne und führte meine Hand an meine Votze. Meine Finger gruben sich beharrlich in sie rein. „Nur Ficken ist schöner!", dachte ich noch, als mir das Muskelspiel von Jans Körper auffiel. Gleichmäßig spannten sich seine Pobacken und seine Oberschenkel. Sein Becken kippte leicht, wenn Wolf seinen Schwanz nach vorne raus in den Arsch von Jan schob. Jan schien ganz entspannt zu sein. Er stöhnte zufrieden vor sich hin. Ich rieb mir derweil meine Klitoris. Natürlich war ich im Nu nass. Aber das reichte mir nicht. So holte ich meinen Stoßdildo und fickte mich damit selbst.

Wolf wurde auf einmal hektischer und atmete stoßweise. Er warf mir einen entschuldigenden Blick zu und legte seinen Kopf in den Nacken. Seine Bewegungen waren nicht mehr so harmonisch wie eben. Er presste sich richtig fest auf Jan rauf, sodass er die Knie anhob und wohl abspritzte. Meine „schmutzigen" Gedanken bei dem Anblick gingen mit mir durch: „Jetzt pisst er ihn voll!" Nein, ich war nicht erschrocken über meine Gedanken, eher über den Laut, den Wolf ausstieß. Es schien, als wollte er mir damit sagen: „Was für ein geiles Ficken!"

Wolf stand auf, streckte sich und kam zu mir. Er küsste mich kurz auf den Mund und ging ins Bad. Jan rappelte sich etwas benommen auf. Auch er musste seine Gelenke etwas bewegen, weil er doch ziemlich lange in der Doggy-Stellung verharrt hatte. Dabei nahm er seinen Schwanz in die Hand und wichste ihn hart. Er schaute mich grinsend an. Ich nickte und machte eine einladende Bewegung mit den Beinen, indem ich meine Schenkel spreizte. Er starrte auf meine Votze und den Dildo darin. Entschlossen zog er den Dildo raus und leckte mir die Votze. So vor dem Sessel kniend, mit meinen Beinen über seiner Schulter, war es für mich nicht allzu bequem. Viel lieber hätte ich seinen Schwanz gehabt.

Jan hatte meinen Gedanken erraten und drang in mich ein. Sein Schwanz war aber noch nicht so hart. Ein richtiges Ficken war das noch nicht. Doch er wurde langsam härter. Ich jubelte schon und wartete auf die harten, beständigen Stöße, als er zurückzog und sich mit einer entschuldigenden Geste wegdrehte. Erst jetzt merkte ich, dass Wolf ihm eine Hand auf die Schulter gelegt hatte. Jetzt ging Wolf in die Doggy-Stellung und Jan setzte sein Schwanz auf die Rosette von Wolf.

Die beiden hatten es wahr gemacht und sich verabredet. Und dabei ließen sie mich außen vor. Ich war etwas geknickt, weil ich nicht Teil des Geschehens sein konnte. So griff ich erneut nach meinem Stoßdildo, stellte ihn auf die stärkste Stufe und stopfte ihn mir in die Votze rein. Ich hielt ihn mit beiden Händen fest und spürte ihn tief in mir. Dabei schaute ich Wolf und Jan zu. Jan fickte jetzt in langen Zügen, was mich wütend machte. Ich drückte meinen Stoßdildo noch fester rein. Jetzt spürte ich seine Wirkung. Ich wusste, ein Orgasmus ist nicht mehr weit entfernt.

War es jetzt der Dildo oder der Anblick der beiden vor mir? Ich wusste es nicht so recht. Sie fickten jetzt so harmonisch, dass es mich emotional tief berührte und auch anmachte. Gleichmäßig fickte ich jetzt in mich rein und steigerte nicht nur meine Begierde, sondern auch meine Erregung. Jetzt wollte ich mich! Ich schloss die Augen und geilte mich immer weiter auf. Jetzt war ich mit mir allein. Jetzt waren meine geilen Gefühle da. Meine Geilheit, so wie ich es immer spüre, wenn ich allein bin. Dann endlich, meine Erlösung, begleitet vom schweren Atmen.

Als ich mich etwas beruhigt hatte, spritzte Jan gerade auf den Rücken von Wolf. Als er fertig war, schaute er zu mir, als ob er mich einladen wollte. Ich begriff nicht sofort. Erst als er aufstand und neben dem Bett mit seiner Hand Richtung Wolfs Rücken zeigte, begriff ich und kniete mich auf das Bett und begann, Jans Sperma aufzulecken. Jan küsste mich noch kurz und ging ins Bad. Ich ließ mir Zeit mit dem Lecken und Wolf schnurrte zufrieden wie ein Kater. Es schien ihm sehr zu gefallen.

Ich legte mich neben ihn auf den Rücken und sah Wolf in die Augen. Ohne den Kontakt zu verlieren, legte sich Wolf auf den Bauch. Es war wohl mehr ein Zusammensacken. Er atmete immer noch schwer, aber streichelte sanft meine Titten. Dann küsste er mich. Er schmeckte Jan seinen Samen und das erregte ihn wieder. Ich spürte das sehr intensiv. Wolfs Küsse bedeckten meinen ganzen Körper.

Ich sah gerade noch Jan kurz ins Zimmer schauen. Er war vollständig angezogen, winkte mit der Hand und Sekunden später klappte die Wohnungstür. Wolf vergrub sein Gesicht geradezu in meiner Votze. Was war das, was er fühlte und warum war er so intensiv? Dann ahnte ich es. Er wollte sich auf diese Art und Weise bei mir bedanken, dass ich zugeschaut hatte und dass ich beiden ja damit meine

Zustimmung gegeben hatte. Als Wolf neben mir lag, kuschelte ich mich ganz entspannt an ihn. Wir schliefen beide zufrieden ein!

Unser Leben mit Jan

Jan, dieser junge Mann von nebenan, hatte Wolf und mich verzaubert. Wir sprachen oft über ihn und malten uns geile Situationen aus. Wir stellten fest, dass wir noch nie so hungrig auf geilen Sex waren wie in dieser Zeit. Ich kuschelte mich dann immer auf der Couch an Wolf ran. Es dauerte dann nie lange, bis er seine Hand in meine Jeans schob und zielsicher meine Klitoris fand, die er dann rieb. Wie sollte es anders sein, natürlich öffnete ich ihm seine Hose.

Auch Wolf hatte sich verändert. War ich erst einmal an seiner Hose, dann genoss er diese Spielerei viel intensiver als jemals zuvor. Es war ja nicht nur dieses Spielen und Fingern miteinander. Wenn Wolf untenrum zu sehr behaart war, dann rasierte ich ihn kurzerhand. Das alles ließ unsere Vertrautheit miteinander größer werden. Fast wie selbstverständlich ließ er sich von mir auch den Arsch rasieren. Manchmal brauchte er kaum etwas anderes, als diese Vertrautheit, und dachte noch nicht einmal daran, mich zu ficken.

Wir nahmen uns dafür immer viel Zeit. Manchmal lief der Fernseher, aber der war nur Nebensache und wir schauten kaum hin. Wir waren viel zu sehr mit uns beschäftigt. Ging ich dann zwischendurch raus zum Pinkeln, folgte er mir und pisste mir, während ich auf der Toilette saß, zwischen die Beine. Daraus entwickelten sich dann verschiedene Varianten. Er liebte es, wenn ich mich auf seine Schenkel setzte, mich eng an ihn ran schob und auf den Bauch pisste, sodass es ihm zwischen den Beinen runterlief. Man kann darüber denken, was man will; uns bereitete es jedes Mal einen Riesenspaß.

Eine andere Variante bestand daraus, dass er mir in der Dusche, während ich in der Doggystellung verharrte, auf die Rosette pisste. Dabei musste er genau zielen. Für mich war das immer sehr aufregend. Ich fingerte mich dabei und bekam schon mal einen kleinen Orgasmus. Aber Wolf hatte damit nicht genug. Also schob ich mir einen Dildo rein. Das war für Wolf wie ein Porno mit mir als Hauptdarstellerin. Wenn ich dann zur Steigerung den Stoßdildo nahm und meine Rosette dann mit jedem Stoß zu atmen begann, konnte er nicht mehr pissen, weil er eine Latte bekam.

Das waren die Momente, in denen er verzweifelt mit voller Blase meinen Arsch fickte. Dadurch erhielt er einen zusätzlichen Reiz, der ihn besonders anmachte. Für ihn war es ein außergewöhnlicher Kick. Nur hinterher hatte er oft ein unangenehmes, manchmal fast schmerzhaftes Gefühl, wenn er pissen musste. Dann schickte er mich aber immer raus. Vielleicht wollte er aber nur alleine wichsen, um das schmerzhafte Gefühl loszuwerden. Unserer Vertrautheit tat das natürlich keinen Abbruch.

Lustig wurde es immer, wenn er in Doggystellung ging und ich auf seine Rosette zielte. Das machte ihn ungemein an. Er liebte seine geile Frau, so drückte er sich dann immer aus, besonders. Wichsen in der Position war ja kaum möglich, aber wenn er dann in der Dusche saß, sollte ich immer meine Schamlippen spreizen und ihm auf die Brust pissen. Er mochte es sehr, dabei zuzuschauen, wie der Pipistrahl aus dem Löchlein kam. Das aber verschaffte ihm immer eine Latte, die ich ihm dann im Bett abarbeiten durfte.

Wolf war ungemein angetan von Jans jugendlichem Verhalten. Ich sagte ihm, dass dieser junge Mann, mit seinem Elan und seiner Unvoreingenommenheit auch mich mehr und mehr in seinen Bann zog. Ich erwischte mich bei solchen süßen und „unartigen" Gedanken, dass ich sogar in der Küche eine Pause einlegte, die Hose kurz öffnete und es mir machte. Wir Frauen sind da eben anders als Männer. Wir brauchen nicht mehr als den mentalen Anreiz, auch Kopfkino genannt. Wenn ich dann in Gedanken den Schwanz von Jan vor mir sah, ihn massierte, leckte und blies, dann musste so ein kleiner Orgasmus zwischendurch einfach sein.

Wolf und ich sprachen offen darüber. Ihm ging es ähnlich. Wir teilten uns oft unsere bildhaften Vorstellungen mit und geilten uns dabei gegenseitig auf. Meistens griffen wir uns einfach in die eigene Hose oder die des Anderen und gaben uns unseren Gefühlen hin. Das war ein gegenseitiges Aufschaukeln. Nicht selten gipfelte das Ganze mit dem Einsatz von meinen Spielzeugen, den Vibratoren oder dem Stoßdildo. Insbesondere hatte es Wolf der Stoßdildo angetan. So fickte ich schon mal mit einem normalen Dildo seinen Arsch und mit dem Stoßdildo meine Votze. Das gefiel ihm immer besonders gut.

Wir verabredeten uns oft mit Jan, wenn wir ihn im Treppenhaus trafen. Das geschah nicht zufällig, sondern wir fingen ihn systematisch ab, wenn wir ihn zum Beispiel die Treppe runterstürmen hörten. Wolf fragte ihn dann einfach: „Vielleicht heute Nachmittag wieder?" Das genügte völlig. Jan antwortete darauf, wie sooft: „Kein Problem, ich bin bis dann wieder zurück!" Es bedurfte dann keiner Absprache, denn es war zur Gewohnheit geworden, dass wir uns immer um 16 Uhr trafen. Jan hatte dann lediglich einen Jogginganzug an, den er auf dem Weg ins Schlafzimmer einfach fallen ließ. Praktischerweise verzichtete er gleich auf Unterwäsche.

Manchmal war ich im Zweifel, ob Jan dann lieber zu mir oder zu Wolf wollte. Oft bemerkte ich ein Augenzwinkern zwischen Wolf und Jan. Aber ich machte mir nicht zu viele Gedanken darüber. Manchmal geilte sich Jan, während er mit Wolf fickte, so an meinem Zuschauen auf, dass ich das

Gefühl hatte, er wolle jetzt lieber mit mir alleine sein. Eine Frau völlig außer Kontrolle zu bringen, war ja nicht nur für mich eine Ausnahmesituation. Auch Wolf fand Gefallen daran. So lernte ich schnell, mich völlig fallen zu lassen. Es bedurfte ja nur ein wenig Massage und ein wenig Schwanzlutschen, dann war Jan bereit. Diese jungen Bengel sind schnell bei der Sache. Jan entschied dann selbst, ob er mir die Votze oder den Arsch fickt. Ich war für die beiden die perfekte Zweilochstute.

Wolf war es egal, ob er mich von vorne oder hinten fickt. Er genoss den Kick, dass mich Jan fickt und dass ich mich ihm hingebe. Sobald Jan in mir drin war und seinen Rhythmus gefunden hatte, kam er dazu. Ich ließ mich dann fallen und mich benutzen. Völlig in mich gekehrt, konnte ich so meine Gefühle auskosten. Die beiden in mir, mal harmonisch, mal gegeneinander zustoßend, sich dabei selbst zu reizen, machte mich immer wieder an. Es war ein Rausch der Sinne.

Hatten die beiden sich dann in mir ergossen und ihr Schwengel aus mir rausgezogen, lief es so schön nass aus mir raus. Ich wollte meinen schönen Gefühlszustand erhalten und nahm anschließend schon mal zwei dieser dicken Dildos und füllte mich damit einfach wieder aus. Dann wurde ich zum Spielball der beiden. Sie hatten Spaß daran, mich an die Grenze des Erträglichen zu bringen. Wolf und

Jan fickten mich dann mit den Dildos weiter, bis ich so erschöpft war, dass ich einschlief.

Dann aber teilte Jan uns mit, dass er aus seiner Wohnung ausziehen müsse, weil er sein Studium nur an einer anderen Universität fortsetzen konnte. Die Vorstellung, auf Jan verzichten zu müssen, war entsetzlich für uns. Wir beruhigten uns mit der Tatsache, dass es eine außergewöhnliche Zeit mit Jan war. Die uns mit Dankbarkeit erfüllte. Nicht nur die gemeinsamen Erfahrungen mit Jan waren ein wertvolles Geschenk. Auch die Vertrautheit von Wolf und mir wurde dadurch größer.

Wellness

Ausspannen

Sahra hatte mir schon lange vorgeschlagen, zusammen mit ihr einen Wellness-Urlaub zu machen. Aber irgendwie kamen wir terminlich nicht zusammen. Sie war schon mal dort gewesen und es hatte ihr gut gefallen. Sauna, Schwimmbad, Massage, Wellness, Beauty, alles sei da. Endlich hatten wir einen passenden Termin ausmachen können. Leider wurde sie krank und ich musste allein dorthin fahren. Die Hotelwirtin war eine schlanke Frau, die darauf achtete, sich sehr körperbetont zu kleiden. Ihre Brüste fielen mir sofort auf. Sie trug ein bayrisches Dirndl, das ihre Brüste fast rausfallen ließ.

Ich machte ihr Komplimente, zumal sie älter war als ich. Sie begleitete mich in das große Hotelzimmer und half mir sogar, den Koffer auszupacken. Das wertete ich als eine Art Zuneigung, denn das war natürlich nicht ihre Aufgabe gewesen. Ich spürte eine Anziehungskraft, die zwischen uns beiden zu existieren schien. Sie wollte das Zimmer nicht verlassen. Ich ahnte die Lesbe in ihr, war mir aber nicht sicher. Schließlich bedauerte sie, dass Sahra nicht dabei sei, die sie doch so gut kennen würde. Das war für mich ein klares Indiz, dass sie Frauen mag. Wir tauschten prüfende Blicke aus, um keinesfalls eine Reaktion des anderen zu verpassen.

Als sie mich fragte, was ich jetzt bis zum Abendessen vorhabe, zuckte ich nur mit den Schultern und fragte sie, was sie denn vorschlagen würde. Sie schlug vor, zum Beispiel einen Bikini anzuziehen und an den Pool zum Sonnen legen. Wie selbstverständlich reichte sie mir meinen Bikini, den sie geschickt aus meinem Köfferchen, das ich bereits geöffnet hatte, herausfischte. Jetzt wollte ich es genau wissen. Wer war sie und was wollte sie von mir? Sie war sympathisch und lieb. Ich wusste, wenn sie mich anfassen würde, wäre ich bereit. Aber den ersten Schritt wollte ich nicht machen, oder doch?

So drehte ich mich zum Bett, legte erst das Top ab und zog dann die Hose aus. Ich spürte genau, wie sie mich fixierte. Und genau das ließ eine erste kleine Erregung in mir aufkommen. Dieses wundervolle und leichte Ziehen in meinem Vötzchen, das immer dann zu spüren ist, wenn ich feucht werde. Also legte ich BH und Höschen ab und drehte mich zu ihr um. Ich wusste, meine Brüste können sich sehen lassen. So legte ich mir langsam den BH an. Sie aber starrte auf meine rasierte Muschi. Betont umständlich hob ich mein Höschen vom Fußboden auf. Damit gab ich ihr etwas Zeit, meine Muschi in aller Ruhe zu begutachten.

Sie begleitete mich anschließend zum Pool und wies mir eine etwas abseitsstehende Liege zu. Ich machte es mir darauf mit den Handtüchern und Bademantel gemütlich, legte den BH ab und genoss die Sonne. Es dauerte nicht lange, als zu meinem Erstaunen auch sie sich im Bikini zu mir gesellte und mir anbot: „Nenn mich einfach Julia. Sahra sagte mir, du bist die Anara." Ein Verdacht kam in mir auf. Sahra hat mich hier geplant allein hergeschickt. In meinem Kopf schwirrten tausenderlei Gedanken. Viele von Sahras Bemerkungen in der Vergangenheit machten jetzt Sinn. Sahra war oft hier. Vielleicht wollte sie mich diesmal an ihre Freundin weiterreichen.

Julia fragte, ob ich Lust hätte, mit zu ihr auf ihre private Terrasse zu kommen. Hier könne sie ja schlecht als Chefin den BH ablegen. Und wenn ich möchte, könnten wir uns dort ja auch bei einem Drink unterhalten. Ihre private Terrasse wirkte auf mich wie ein kleines Paradies. Dort standen einige Palmen und eine ganze Menge anderer exotischer Gewächse. Wie selbstverständlich legten wir unsere Oberteile ab. Einen Moment zögerte ich, dann schob ich auch das Höschen runter. Es schien, als ob sie einen Moment die Luft anhielt. Ich drehte mich gerade zu ihr, da hatte sie auch schon ihr Höschen ausgezogen. Julia hatte einen tollen Körper und prächtige Brüste. Sie war wie ich sorgsam rasiert. Wir erkundeten uns gegenseitig mit unseren Blicken. Ihre inneren Schamlippen waren auffälliger als meine.

„Du bist sehr hübsch und gepflegt!", sagte ich zu ihr und legte mich auf eine ihrer Liegen. Ich schloss meine Augen und ließ den Moment auf mich wirken. Ich öffnete meine Augen wieder, als ich eine Berührung spürte. Julia hatte sich über mich gebeugt und wollte mich eincremen. Sie verteilte die Sonnenmilch zwischen ihren Handflächen und begann mich am Ansatz, meines Halses und den Schultern einzucremen. War es die Lotion, oder waren es die sanften Berührungen ihrer Hände? Es fühlte sich wunderschön an. Sie cremte mich sehr gefühlvoll ein. Als sie meine Brüste berührte, überkam mich das bekannte Wohlgefühl, das sowohl an meine Brustwarzen, als auch an meinen Schoß, die untrüglichen Signale sandte.

Ich fühlte, wie mir die Feuchte zwischen die Schenkel schoss, als sie gekonnt meine Nippel reizte. Zuerst mit den Fingern, später mit ihren Lippen und ihrer Zunge. Ich bemerkte ein sonderbares Vibrieren, welches von ihren Händen, ihrer Zunge, ja, von ihrem gesamten Körper auszugehen schien. Ohne dass sie besonders ihre Zunge bewegte, übertrug es sich auch auf mich. Ihre Zungenspitze umkreiste meine Nippel, leckte die Höfe und ihre Hände massierten gekonnt die Reste der Sonnenmilch in meine Haut ein. Mir war längst klar, dass sie mich wollte. Aber ich wollte sie jetzt auch. So nahm ich ihren Kopf zwischen meine Hände, zog sie zu mir herunter und küsste sie. Sofort legte sie ihre Hand zwischen meine Beine.

Die Geilheit hatte uns eingeholt. Jetzt war mir endgültig klar, dass Sahra mich an Julia weitergereicht hatte. Dafür war ich ihr nicht einmal böse. Die Hände von Julia wanderten tiefer, streichelten mich jetzt oberhalb der Vulva. Sie spürte, dass ich nur darauf wartete, dass ihre Hände tiefer wanderten. Ich kippte schnell mein Becken, um ihr den Zugang zur Muschi zu erleichtern. Ein leises Lächeln glitt über ihre Züge. War es die Belustigung über meine Eile, oder war es der Triumph, mich erobert zu haben? Egal, ich wollte sie haben, sie spüren und sie erleben. Ihre Hände und ihre Küsse hatten mich geil und bereit gemacht.

Ich war bereit, von ihr noch mehr Zärtlichkeiten zu empfangen und in einem Meer von Orgasmen zu versinken.

Ich öffnete meine Schenkel und bot ihr meine Votze an. Schnell kniete sie sich seitlich zu mir, schaute mich mit einem entwaffnenden, süßen Lächeln an und begann, meine Muschi zu öffnen. Sie hatte wunderbare schmale Hände mit langen Fingern. Ihre Nägel waren gepflegt und der perlmuttfarbene Nagellack, den sie aufgetragen hatte, passte gut zu dem hellen Braun ihrer Haut. Ganz zart strich sie durch meine Spalte, ergriff dann mit beiden Händen meine Schamlippen und zog sie langsam und vorsichtig auseinander.

Ich atmete tief durch. Ich war gespannt, wie sie weitermachen würde. Es wirkte auf mich wie eine Zeremonie. Sie gab mir Gelegenheit, jede Phase ihres Tuns zu genießen. Um mich begann sich alles zu drehen. Als ich ihre Zunge am Eingang meiner Scheide spürte und ihre Zungenspitze in mich eindrang, war es um mich geschehen. Da war es wieder, das sonderbare Vibrieren. Ich glaubte, wahnsinnig zu werden. Keine Frage, meine Vagina produzierte geilen Saft und ich fühlte, wie es mir bis zum Po hinab rann.

Mein Becken zuckte in wilden Fickbewegungen gegen Julias Kopf, aber sie presste mich fest auf die Liege runter und begann, meinen Saft zu saugen. Immer tiefer drang ihre Zunge in mich ein. Dann fühlte ich ihre Finger, wie sie nach meiner Klitoris suchten und sie aus ihrer Hautfalte befreiten. Mit ihre Zunge liebkoste sie jetzt meinen kleinen Vorwitz.

Tausende kleine Blitze zuckten durch meinen Bauch. Ich stöhnte meine Geilheit aus mir heraus. Sie ließ mir etwas Bewegungsfreiheit und mein Becken hämmerte gegen ihren Kopf. Ich krallte meine Finger in ihr Haar, presste ihr Gesicht in meinen Schoß und ermunterte sie mit geilen Worten, mich weiter zu ficken.

Mein Verhalten spornte sie weiter an. Ich fühlte ihre schlanken Finger in meine Scheide eindringen und meinen G-Punkt stimulieren. Ihr Ringfinger glitt meinen Damm hinab und umspielte meine Rosette, während ihre Zunge weiter meinen Kitzler bearbeitete. Ich konnte es nicht mehr aushalten. In mir brachen alle Dämme. Ich kam und erlebte einen wunderschönen Orgasmus. Sie quittierte die Zuckungen meiner Scheide mit verständnisvollem Lächeln und leckte sie anschließend liebevoll. Ein weiteres Mal strich sie mit ihren Fingerkuppen über meinen G-Punkt, was ohne Verzug einen weiteren Orgasmus in mir auslöste. Julia wusste genau, was mich erregen konnte. Sie war dabei dennoch so einfühlsam. Sie wusste mich zu nehmen, als ob wir uns schon viele Jahre kennen würden.

Julia

Als sie dann von mir abließ, sank ich erschöpft zurück. Ich brauchte wirklich ein wenig Ruhe, um mich wieder zu erholen. Julia zeigte Verständnis für meine Situation und lächelte mild. Dabei streichelte sie mir ganz sanft über den Kopf. Sie ging wortlos ins Haus und kam mit zwei Cocktails und einer Schale mit Eiswürfeln zurück. Sie reichte mir ein Cocktailglas und prostete mir zu. „Das wird dir guttun", sagte sie und lächelte mich an. Wir stießen an und der Duft von Fruchtsaft und Alkohol ließ ein wohliges Gefühl durch meinen Körper ziehen. Ich fühlte, wie meine Erschöpfung langsam verschwand.

Julia hatte ihre Liege so aufgestellt, dass ich sie beobachten konnte. Ich schaute zu ihr hinüber und musterte ihre Figur. Sie war recht schlank und gut proportioniert. Einzig ihre Brüste waren im Verhältnis zu den sonstigen Maßen eher etwas zu groß. Aber durch ihre Form und vor allem durch ihre wunderschönen großen Nippel war das kein Nachteil. Sofort entstand bei mir der Wunsch, ihre Nippel wieder in einen erigierten Zustand zu versetzen, so wie ich sie vorhin gesehen hatte, als sie mir den Weg in das Meer der Erotik wies. Das Besondere an ihren Brüsten war auch die wunderschöne dunkelbraune Farbe ihrer Krönchen.

All dieses, ihr pechschwarzes Haar und ihr durchgehend bronzefarbener Teint, machten aus ihr eine Schönheit, die mich als Frau reizte. Ich beobachtete, wie sie einen Eiswürfel zwischen den Fingern hielt und sich damit über die Schenkel fuhr. Sollte ich das als Fingerzeig verstehen? Ich stand auf, kniete mich neben sie, nahm auch einen Eiswürfel aus der Schale und berührte damit ihren linken Nippel. Sie zuckte etwas zusammen und ihre Brustspitze versteifte sich augenblicklich. Mit ihrem verträumten Lächeln zeigte sie mir, dass sie es mochte.

Ich umkreiste ihren Nippel mit dem Eiswürfel, der zwischen meinen Fingern schnell kleiner wurde. So setzte ich das Spiel mit einem neuen Eiswürfel an der anderen Brust fort. Ihre Nippel standen jetzt beide aufrecht. Dieses verführerische Bild zwang mich geradezu, mich über sie zu beugen und an den Spitzen abwechselnd zu knabbern. Sie quittierte meine Zärtlichkeiten mit einem wohligen Stöhnen. Ich wurde kühner und nahm die geilen Stängel zwischen die Zähne. Ganz zart biss ich hinein und sie offenbarte mir ihr Wohlgefühl durch lautes Stöhnen.

Ihre Reaktionen und ihre Hingabe spornten mich zu weiteren Aktivitäten an. Ich massierte ihre Brüste und bedachte ihre Brustwarzen mit allerlei Aufmerksamkeiten durch meinen Mund unter Mithilfe von Lippen, Zunge und Zähnen und auch mit meinen Fingern. Julia hielt die Augen geschlossen. Auf ihrem Gesicht lag ein verklärtes Lächeln. Meine Hände glitten tiefer. Willig hob sie den Po an. Ihr Schamhügel war frisch rasiert, nur ein schmaler Streifen Schamhaar verlief schnurgerade bis zum Beginn ihrer Spalte. Da sie die Schenkel geschlossen hielt, gab sie zunächst nicht viel davon preis.

Zwei dunkelbraune, fast schwarze Läppchen schauten aus ihrer Votze raus. Ich ließ ein Eisstückchen links und rechts auf den Schamlippen entlanggleiten. Julia quietschte vor Lustempfinden. Sie sah mich an und öffnete ganz langsam die Beine. Meine Lippen näherten sich ihren. Ich sah ihr in die Augen. Ja, ich wollte ihren Orgasmus spüren. Ich wollte sie für mich haben. Es sollte unser gemeinsames Erlebnis sein. Zärtlich küsste ich ihre Augen und ihren Mund. Ich wollte sie und mich erleben, uns spüren. Es sollte ihr und mir etwas bedeuten und in Erinnerung behalten werden.

Julia öffnete mir ihr Paradies, indem sie ihre Schenkel noch weiter spreizte. Ich erschrak etwas, weil solche prächtigen Schamlippen hatte ich bisher nur auf Fotos gesehen. War sie deshalb ein wenig zögerlich? Die kleinen Läppchen, die so vorwitzig aus ihrem Spalt geschaut hatten, entpuppten sich nun als recht große Schamlippen, die wie Wächter vor ihrer Vagina gefaltet waren. Als Julia die Schenkel noch weiter spreizte, konnte ich ihr blutrotes, pulsierendes Loch betrachten. Julia war also noch viel erregter, als sie es mir bisher zugestehen wollte. Der Lustschlund glänzte nass und die schimmernde Feuchte an den Innenseiten ihrer Schenkel, die ich zunächst für Schweiß gehalten hatte, entpuppte sich als kräftig abgesetzter Liebessaft aus ihrer erregten Muschi.

Ich schaute auf ihre Votze und blickte dann in ihre Augen. Offensichtlich erregte mein jüngeres Alter sie sehr. Deshalb sagte ich ihr: „Du magst offensichtlich jüngere Frauen sehr gerne!" Julia schluckte heftig und brachte kein Wort heraus. Ich aber setzte meine Lippen auf ihre Schamlippen und leckte sie erst einmal gründlich durch. Dann suchte ich mit der Zunge und den Lippen nach ihrer Klitoris. Dann spürte ich sie und saugte sie kräftig in den Mund, um sie aus der Hautfalte zu befreien. Es war schwierig, sie nicht zu verlieren oder sie wieder aufzunehmen, wenn meine Zunge tief in ihr war, um diesen Geschmack, der sich so schwer beschreiben ließ, aufzunehmen.

Julia erregte sich immer mehr. Ihre Anspannung nahm zu. Ich fühlte den Druck ihrer Fingernägel auf meiner Kopfhaut. Sie stöhnte, ließ mich los, fasste in ihre Kniekehlen und zog die Beine noch höher, um mir mein Schlecken zu erleichtern. Ich tastete mit dem Finger nach ihrem Kitzler. Blutrot schaute seine winzige Spitze aus ihrer Scham. Ich legte ihn frei. Er war jetzt so groß wie ihre Nippel und auffällig hart angeschwollen. Ich leckte zwei, dreimal mit der Zunge darüber, saugte ihn wieder ein, um ihn mit der Zungenspitze zu verwöhnen. In diesem Moment begann Julia zu zittern.

Dann kam sie fast ohne Vorwarnung. Ein lautes Stöhnen, mehr ein pfeifendes Ausatmen, leitete den Orgasmus ein. Schnell führte ich zwei Finger in ihre Scheide, gerade noch rechtzeitig genug, um ihre pulsierende, sich anspannende Vagina zu erleben. Sie entlud sich wie ein Vulkan, sodass ich ihr beinahe den Mund zugehalten hätte, so hemmungslos schrie sie ihre Geilheit hinaus. Mit den Fingern in ihrer Vagina, meine Lippen fest um ihren Kitzler, entlockte ich ihr den letzten Rest ihrer Orgasmus-Sahne. Als sie ruhiger wurde und das Sekret ins Laufen kam, leckte ich sie so lange zärtlich, bis sie langsam wieder in die Realität zurückfand.

Tamara

Auch ich entspannte mich jetzt langsam. Plötzlich nahm ich ein Geräusch wahr, blickte hoch und erschrak fürchterlich. Dort an der Terrassentür stand eine schwarzhaarige Frau, deren Alter ich auf etwa 40 Jahre schätzte. Sie trug ein langes, durchsichtiges Gewand, das bis zu den Fußknöcheln hinabreichte. Die nackten Füße wirkten durch die goldfarbigen Stilettos, die sie trug, sehr sexy. Ihre Brustwarzen zeichneten sich durch den Stoff ihres Gewandes ab und die nicht zu großen Brüste schienen recht straff und fest zu sein. Durch den dünnen Stoff konnte ich bei ihr keine Schambehaarung feststellen, aber die Konturen der Schamlippen waren erkennbar.

Während ich sie gebannt anstarrte, kam sie auf mich zu und öffnete dabei geschickt den Klettverschluss ihres Gewands, ließ es einfach runterfallen und stand nun nackt vor mir. Sie sah gut durchtrainiert aus. Ihre glänzende Vulva war sorgsam rasiert und beherbergte eine auffällig große Klitoris, die wie ein kleiner, zwei cm langer Minipenis aussah. „Anara, das ist meine Frau", sagte Julia zu mir. „Und ich heiße Tamara, nenne mich einfach Tami", sagte die Frau zu mir. Ich bekam vor Staunen und Überraschung kein Wort heraus. Tamara strich unbekümmert durch meine Po-Kerbe. Es war ein so intensives Gefühl, dass sich meine Scheidenmuskeln reflexartig zusammenzogen. Sie griff zwischen meine Schenkel und begann, meine Klitoris zu streicheln. Dann legte sie sanft zwei Finger auf meinen Anus. Ich zuckte zusammen. Zum Glück nahm mich Julia bei der Hand und ging mit mir ins Badezimmer.

„Gib mir einen Augenblick, ich will mich ausspülen. Danach hast du das Bad für dich. Wir warten im Schlafzimmer", sagte Julia zu mir. Ich bekam immer noch kein Wort heraus. Als ich meinen Anus auch ausgespült hatte und ins Schlafzimmer kam, sah ich auf dem Tisch einen weinroten Einsteckdildo, so einen wie ich auch besaß, liegen. Julia lag im Bett auf dem Rücken und Tami hatte einen Fickgürtel umgeschnallt. Mein Gott, auf diesen Gürtel waren gleich zwei verschieden dicke Penisse auf geschnallt. Einer mit vielleicht 3 cm, der andere mit ungefähr 5 cm Umfang. Das war für den Anfang schon gewaltig. Davon gehört hatte ich schon, aber es nie selbst ausprobiert oder beobachten können. Mein kleiner Analdildo war ja höchsten zweieinhalb und der Vaginaldildo nicht über dreieinhalb Zentimeter vom Umfang. Aber das hier, das war schon heftig.

Julia stemmte sich heftig dagegen. Gleitcreme brauchte sie eigentlich keine. Für den After allerdings schon. Als es Tami gelang, diese Marterrübe in Julia reinzubekommen, lachte diese nur und meinte: „Los, Tami gib es deinem Liebling, mach mich zur Schnecke!" Dann rammelte Tami wie wild, als ob sie einen Preis dafür bekommen würde. Mir fiel auf, dass ihre Titten kaum schwankten. Ihr Körper bestand scheinbar überwiegend aus Sehnen und Muskeln. Eines war sicher, sie fickte länger, als ein Mann dazu imstande gewesen wäre. Einen Orgasmus konnte ich weder bei Julia noch bei Tami erkennen.

Die beiden hatten mit Sicherheit voneinander die Signale, die ihre Körper senden, zu fühlen und zu deuten gelernt. Tami hörte abrupt auf, Julia zu ficken. Emotionslos ging sie ins Bad. Julia brauchte eine Minute, bis sie ansprechbar war. „Jetzt bist du dran!", sagte sie zu mir. Jetzt brachte ich mein erstes Wort, mehr ein Schrei, heraus: „Nein!" „Doch!", meinte Julia und lächelte mir zu. „Du musst es unbedingt erlebt haben!" Ich gestehe, mein Kreislauf kam auf Touren. Wie sollte das denn geschehen? Doch da war Tami schon wieder da und sah mich ebenfalls lächelnd an.

Für mich war es eine Herausforderung, diese riesigen Dinger aufzunehmen. Es war harte Arbeit und auch die entsprechende Geduld notwendig. Tami besaß diese

Geduld. Sie ging sehr behutsam vor, nahm auch mal den Druck zurück. Ich verlor jedes Zeitgefühl, dachte aber in keinem Moment ans Aufhören. Ich wollte es erleben und ich wollte von Tami bis zur Erschöpfung gefickt werden. Julia hielt mir fürsorglich die Hand und als Tami richtig penetrieren konnte, küsste Julia mich.

Da war nicht nur das Gefühl, ausgefüllt zu sein, sondern dazu gesellten sich anfangs auch das Gefühl der Überdehnung und des Schmerzes. Langsam kam in mir die Zufriedenheit auf, dieses Monster von Dildos aufgenommen zu haben. Es fühlte sich ja auch immer besser an. Jetzt musste meine Zufriedenheit einer aufkommenden Ficklust weichen. Ich war nass und es lief mir an den Schamlippen und Arschbacken runter. Mein Schleim mischte sich mit der Gleitcreme, als ich kräftig dagegen hielt. Tami ging sofort tiefer. Das war so geil. Dann tanzten Sterne vor meinen Augen. War das der Orgasmus? Tami meinte später, dass er das gewesen wäre. Aber er war ganz anders als sonst. Tami verschwand genauso emotionslos wie vorhin im Badezimmer.

Als Tami wieder ins Schlafzimmer kam, hatte sie den Gürtel abgewaschen. Jetzt erst entdeckte ich, dass der Gürtel noch einen dritten Dildo, der als Einsteckdildo für die Trägerin vorgesehen war, besaß. Und dieser Einsteckdildo war von enormer Größe. Und genau das bekam ich zu spüren, als Tami mir den Gürtel umschnallte. „Nein! Nicht!", schrie ich fast. Wieder musste Julia mich beruhigen: „Aber ja, du schaffst das!" Nach der Fickerei fiel es mir nicht so schwer, den Monsterdildo aufzunehmen. Ich war genug aufgeweitet. Aber das Gefühl in meiner Votze war nicht mehr so angenehm. Als ich aber die geilen, erwartungsvollen Augen von Tami sah, kam in mir eine diabolische Lust auf. Ja, ich wollte sie ficken, ihren Körper erleben, wie dieser reagiert. Sie war bis jetzt für mich eine andere Dimension, sie spielte für mich in einer höheren Liga. Ich hatte noch nie so einen trainierten Körper erlebt.

Das Eindringen war leicht. Tami war es gewohnt und ich kam sehr schnell in einen Rhythmus, weil ich ja diese männliche Schubbewegung von meinem Einsteckdildo gewohnt war. Tami schaute mir in die Augen. Sie schien dem Ficken eine große Lust abzugewinnen. Sie legte den Kopf in den Nacken und starrte zur Decke. Als sie dann heftig ausatmete, wusste ich, sie hatte einen Orgasmus. Zur Bestätigung drückte mir Julia die Hand, nahm dann meinen Kopf fest in ihre Hände und küsste mich. Dieses Mitfühlen der Gefühle zwischen uns war schon bemerkenswert.

Aber dann wollte ich es anders. Ich öffnete die Verschlüsse des Gürtels und zog den Einsteckdildo aus meiner Votze und warf den Gürtel quer durchs Schlafzimmer. Tami bekam vor Schreck den Mund nicht mehr zu. Ich legte mich auf sie darauf und küsste sie heftig. Meine Votze rutschte auf ihrer und ich griff fest in ihre Brüste. Ich küsste ihre Augen, ihren

Hals und nahm mir dann ihre Nippel vor. Es schien ihr zu gefallen, wenn auch ihre Signale, die sie sendete, äußerst schwach waren. Aber ich wollte einfach ihren Körper erleben. Einen Körper, der fester und härter war, als alles, was ich je als Mann unter oder auf mir gehabt hatte.

Dann rutschte ich gezielt mit meiner Votze auf ihrer Votze herum. Ihre kleine, harte Pimmelklitoris glitt mir durch die Schamlippen und über die eigene Klitoris. Ich verspürte eine riesige Lust, mir an diesem kleinen Ding einen Orgasmus zu verschaffen, und hielt mich nicht mehr zurück. Es war ein neues Gefühl für mich. Meine gleitenden Bewegungen wurden länger, bis ich ihre Klitoris auch an meinem Arsch spürte. Das war unglaublich, wie mich das anmachte. Auch wenn ich es noch nicht so erlebt hatte, wusste ich, jetzt bekomme ich gleich einen Orgasmus. Ich sah Tami an, die mich mit regungsloser Miene ansah, als ob sie es so auch noch nie erlebt hätte.

Dann kam es aber anders. Ich sah Tränen in den Augen von Tami, die jetzt mein Becken hochstemmte. Julia zuckte mit den Schultern. Dann fickte Tami, ähnlich fordernd wie ein Mann, von unten in mich rein. Sie war dabei nur viel schneller. Ihre Votze klatschte auf meine. Diese kleine Spitze landete dabei immer ziemlich genau auf meine Klitoris. Offensichtlich war der Reiz so für Tami am größten. Dann legte sie wieder ihren Kopf in den Nacken. Ich wurde von einer unvergesslichen Orgasmuswoge getragen. Tami stoppte plötzlich und umklammerte mich mit ihren Beinen so heftig, dass es schmerzte. Sie hielt einen Moment inne, löste die Umklammerung und lief panikartig ins Bad.

Entsetzt sah ich Julia an, die ratlos ihrer Tami nachschaute. „Was ist passiert?", stammelte ich. Es dauerte einen Moment, bis Julia mir antwortete: „Du hast nichts falsch gemacht! Du hast die andere Seite von Tami entdeckt, die ich erst nach vielen Monaten herausgefunden hatte. Sie ist jetzt einfach nur zutiefst berührt. Es ist, als ob sie auch wie ein Mann fühlen kann. So ist es nun mal. Ich liebe beide Seiten von ihr. Sprich mit ihr nicht darüber. Sie wird dir dankbar sein."

Waldgeister

Dieses Erlebnis mit Julia und Tami war schon eine berührende Geschichte. Als ich mich von den beiden verabschiedete, hatte auch Julia Tränen in den Augen. Zum Glück war es nicht sehr spät geworden, doch die Emotionen und Gefühle beschäftigten mich noch beim Einschlafen. Körperlich war ich total geschafft. Es war anstrengend, mit diesem Gürtel zu ficken, zumal dieser Gürtel zwei Aufsätze hatte. Der lange Schlaf und das Frühstück taten mir gut. Nur im Kopf kam ich mit den Emotionen noch nicht klar.

Dann unterbrach die Bedienung meine Gedanken und teilte mir mit, dass ich von Julia und Tamara zum Abendessen eingeladen sei. Sollte das etwa so weitergehen? Alles in allem hatte ich damit wirklich nicht gerechnet. So beschloss ich, ein wenig draußen zu joggen. Vom Hotel aus führte ein Weg quer durch die Felder bis zum Waldrand. Genau das brauchte ich jetzt zum Runterkommen und den Kopf freizumachen. Als ich an ein paar Büschen vorbeilief, hörte ich sogar ein paar Grillen zirpen.

Diese spontane Reaktion von Tami ließ mir keine Ruhe. So setzte ich mich auf eine Bank und hatte einen schönen Blick über die Wiesen und entfernte Felder, um darüber nachzudenken. Genau in meiner Blickrichtung tummelten sich zwei Kaninchen. Offensichtlich ein Rammler, der seine Zippe jagte. Als er auf sie draufsprang, konnte ich seine unglaublich schnellen Rammlerbewegungen beobachten. Ich wurde schlagartig wieder an den gestrigen Abend erinnert. Erneut innerlich aufgewühlt, ging ich in den Wald. Das Rauschen der Baumgipfel nahm mich gefangen und ich beruhigte mich wieder.

Im Wald muss ich meistens erstmal pinkeln. Das geht gar nicht anders. So wie auch jetzt. Aber ich zögerte es hinaus. Der Reiz, pinkeln zu müssen, ließ meine Triebe erwachen. Da waren sie wieder, meine Waldgeister, und riefen mir zu: „Mach es doch, pinkel doch!" Wir schauen dir gerne zu!" Ich ging zu einem Baum und umarmte ihn. Der Baum gab mir neue innere Kraft. „So ist das Leben eben", schien er mir zuzuflüstern. Ich wurde noch ruhiger. Dann aber vernahm ich wieder diese quirligen und vorlauten Waldgeister, die mich aufforderten: „Vergiss nicht zu pinkeln, Anara, sonst geht es noch ins Höschen!" Also machte ich Anstalten, am Baum in die Hocke zu gehen. Aber halt, da war ja noch ein Holzstapel, den ich bisher übersehen hatte. Ich liebe Holzstapel, weil von ihnen eine mystische Ausstrahlung auf mich auszugehen scheint. „Langsam, langsam, Anara! Ich rufe die anderen zum Zuschauen", plapperte einer der Waldgeister. Ich schob die Hose und das Höschen runter und hockte mich hin. Alsbald lästerten die Waldgeister: „Geil, süße Anara! Tut es dir gut, Anara? Macht es dich an?"

Meine Waldgeister, der Holzstapel, der Geruch des Waldes verführten mich nach dem Pinkeln, sodass es nicht beim Abtrocknen blieb. Meine Finger wurden wie von magischen Kräften geführt. „Wir wollen dich ganz und gar erleben!", flüsterten mir diese Biester von Waldgeistern zu. Und sie legten wahrhaftig noch eine Schippe drauf: „Gestern wohl zu viel gefickt, kannst du heute nicht mehr?" Wie sollte ich mich vernünftig fingern, ohne aus der Hose zu steigen? „Weg mit der Hose!", kommentierten die Waldgeister lautstark. Mühsam zog ich ein Bein aus der Hose und stellte mich breitbeinig hin. Sofort kam meine Geilheit auf und es ging mir um Längen besser. Ich zog bis zum Orgasmus durch.

„Du bist aber auch eine Süße!", skandierten meine Waldgeister.

Ich wundere mich schon lange nicht mehr darüber. Aber ich brauchte es und es ging mir viel besser. Ich spürte eine Fröhlichkeit, ja sogar ein wenig Glück. Tamara so erregt zu haben, erfüllte mich mit Stolz, ja sogar mit etwas Genugtuung. Tamara mochte mich wohl mehr, als sie sich eingestehen wollte. „Schön, dass du bei uns warst und dass wir helfen konnten", hörte ich meine Waldgeister plappern. Ich bin mir sicher, dass sie das ernst meinten. Und wenn ich sie brauche, sind sie für mich da.

Zurück im Hotel dachte ich daran, ein ausgedehntes Nachmittagsschläfchen zu machen. Aber daran war nicht zu denken. Julia, die mich erspähte, fragte ohne Vorwarnung, ob ich schon mal als Nutte gearbeitet hätte. So richtig als Nutte gegen Bezahlung? Morgen für einen Zuhälter? Entrüstet wies ich das zurück. Aber eigentlich wollte ich auch wissen, wie das denn so ist. Ich wollte ohnehin einen Mann und stimmte infolgedessen zu. Dabei dachte ich weniger nie an das Geld, als an das durchgefickt zu werden.

Julia lachte: „Sei heute Abend nicht überrascht, wenn dir das einer vorschlagen wird!" Er wird dich dafür fürstlich belohnen, denn er braucht das und will dir durch das Bezahlen nichts schuldig bleiben. Julia, die meine aufkommenden Zweifel bemerkte, nahm mich einfach in den

Arm, drückte mich und meinte: „Du machst das. Du hast ja noch Zeit, darüber nachzudenken."

Ich überlegte, was ich für diese Aktion nachher anziehen konnte. Nur das kleine Schwarze schien mir geeignet dafür. Dazu müssten die Haftschalen und der kleine String doch ausreichen. Merkwürdig, irgendwelche Bedenken, mich als Nutte herzugeben, meldeten sich nicht mehr. Tamara und Julia sahen wirklich bezaubernd aus. Beide waren dezent geschminkt und elegant gekleidet. Da konnte ich in meinem schwarzen Kleinen nicht mithalten. Aber ich konnte, wenn ich wollte, sehr körperbetont auftreten. Und genau das tat ich jetzt und wurde von den beiden bewundert.

Als ich zu ihnen an den Tisch kam, saß dort auch ein Mann, der vielleicht 10 Jahre älter als ich war. Er hatte gepflegte, graumelierte Haare und stellte sich mir als Addy vor, lachte mich an und bewunderte meine Figur. Er zog mich mit seinen Blicken aus. Dennoch war er zuvorkommend und bot mir den Platz an, indem er aufstand und mir den Stuhl zurechtrückte, damit ich mich bequem hinsetzen konnte. Ich setzte mich und überlegte, ob ich mit ihm ficken sollte.

Dann wurde ich von meinen Gedanken mit dem üblichen Smalltalk abgelenkt. Auch das in Aussicht gestellte Dreigangmenü ließ meine Stimmung aufhellen. Ich wurde trotzdem langsam unruhig, weil noch nichts von seiner Seite aus passierte. Aber auch dieses Nichtspassieren machte mich komischerweise geil. Ich spürte, wie ich aus heiterem

Himmel feucht wurde. Dann aber nach dem Dessert erzählte er, dass er eine Filmausrüstung besäße und gerne kleine Filme dreht. Er sei immer auf der Suche nach Statisten und Mitspielern in kleinen Rollen.

Es sei außerdem ein Hobby von ihm, Menschen zusammenzubringen und sie zu animieren, intime Dinge zu tun, die sie sich selber nie zugetraut hätten. Er liebte es, wenn man ihm das dazu nötige Vertrauen schenkte. Bis jetzt gab es keine Hinweise auf Prostitution, Porno-Dreh oder Bezahlung. Ich fragte ihn vorsorglich, wie viele Menschen er denn heute zusammenbringen wolle. Seine Antwort war, dass er sich vier bis fünf Personen vorgestellt hätte.

„Wenn diese Menschen dann noch kreativ mitmachten und eigene Ideen einbrächten, wäre das optimal", ergänzte er noch. Ich fragte nach, was für Personen das denn sein sollten. Er antwortete: „Vielleicht zwei Männer und zwei Frauen, die eben das machen, was Männer und Frauen miteinander machen. Mehr bekam ich nicht aus ihm heraus und das Gespräch nahm erstmal einen anderen Verlauf. Erst als wir aufstanden, fragte er, ob ich mit ihm noch an die Bar gehen würde.

Addy war auch an der Bar mit Informationen äußerst zurückhaltend. Er sagte nicht viel über sein Projekt. Stattdessen erzählte er von seinem Bauernhof, auf dem er aufgewachsen sei, und ein paar Anekdoten seiner Schulzeit. Auch erwähnte er, dass er eine Beratungsfirma gegründet hätte. Aber selbst darüber verriet er nichts Näheres. Mich wunderte schon, dass er mich nicht ausfragte. Ich fand ihn trotzdem sehr sympathisch. Wenn er es so gewollt hätte, hätte ich mich ficken lassen. Aber so war er für mich eine Art Geschäftsmann oder ein Porno-Filmer, der mit diesem besonderen Kick verschaffen könnte. Ich war gespannt.

Der Porno

Ich hatte mich in der Garderobe ausgezogen und einen Bademantel übergeworfen. Neugierig betrat ich den Raum, in dem gefilmt werden sollte. Niemand war zu sehen, aber einen kurzen Moment später begrüßte Addy mich mit einem Nicken, nahm mir den Bademantel ab, drehte mich und begutachtete mich ausführlich. Wie ein Gaul beim Verkauf kam ich mir dabei vor. „Bücken!", befahl er barsch. Ehe ich mich versah, zog er einen Finger durch meine Schamlippen. Erschrocken drehte ich mich um und sah, dass er seine Finger ableckte. „Alles gut! Perfekt rasiert und nass", brummte er vor sich hin.

Als sie den Raum betrat, war ich betroffen. Ein süßes Püppchen, zart und mit Kleidergröße um die 36. Sie hatte sehr hübsche Augen, kleine Tittchen und zwischen ihren Beinen baumelte so ein kleiner Wicht. „Ich bin Johanna und du die Anara?", sagte sie. Sie kam dicht an mich heran, sodass ich meine Hände an ihre Hüften legte und sie an mich heranzog. Ich drückte meine Brüste auf ihre. Sanft bewegte ich meinen Oberkörper hin und her und ich spürte von Johanna sofort eine Antwort darauf.

Wir umarmten und küssten uns. „Leg deine Hand auf meine Votze!", sagte sie zu mir. Sofort legte ich meine Hand auf diesen kleinen Lümmel. Es dauerte nicht lange und ich spürte, wie der kleine Lümmel sich regte. Ihren Finger, der sich seinen Weg bahnte, bemerkte ich jetzt erst. Ich drückte sie auf das Bett und sie spreizte bereitwillig ihre Beine. Dann verwöhnte ich sie. Addy, der alles mit seiner Filmkamera dokumentierte, beachteten wir gar nicht weiter. Ich saugte zärtlich an diesem süßen Spargel. Ich wollte ihn haben, ihn schmecken, ihn spritzen fühlen. Aber Johanna tippte mir auf die Schultern. Sie lachte ganz lieb: „Nicht gleich spritzen, ich will dich doch ficken!"

Bevor es dazu kam, hörte ich Addys Anweisung an Johanna: „Leg dich auf den Rücken!" Johanna tat es sofort, ohne Widerspruch. Mich fuhr er dann unwirsch an: „Reite sie, aber ganz langsam, damit ich das richtig darauf bekomme!" Auch ich ließ mich von Addy herumkommandieren und entsprach auch seinen Anweisungen, als er ständig meine Haltung bemängelte. Ich bewunderte Johanna, die ihren Penis absolut hart halten konnte. Dieses süße kleine Ding spürte ich ja kaum. Es war halt wie der kleine Handtaschenfreund für zwischendurch.

Johanna zog mich zu sich runter und küsste mich. Das mochte ich sehr. Nachdem Addy alles gefilmt hatte, drückte ich die Brüste von Johanna. Auch das musste ausführlich wiederholt werden. Spaß war das jetzt wirklich nicht mehr. Dann aber ging er hinter mich und schnauzte: „Arsch raus!". Auch das machte ich und vermutete, er wollte jetzt alle Löcher und Johannas süße Eier mit dem in mir steckenden Minipimmel filmen. Doch das war es nicht, worauf er hinaus wollte. Ich erschrak über das kalte Gefühl auf meiner Rosette, das plötzlich da war.

Das kalte Gefühl kam von der Gleitcreme, die Addy auf meinen Anus geklatscht hatte. Dann steckte er mir zwei Finger rein. Addy brauchte etwas Zeit dafür, was mir recht war. Dann aber spürte ich eine Eichel, die von meiner Votze aus über meinen Arsch strich. Es musste also noch jemand dazugekommen sein, der mich jetzt ficken sollte. Dieser Jemand steckte seine Eichel in meine Votze, wo sie sich zu dem süßen Pimmel von Johanna gesellte. Ich schrie vor Schmerz, weil mir dieses gehörige Aufweiten ungewohnt war. Dann forderte Addy sogar, dass ich den Schrei wiederhole. Richtiges Ficken war es jedenfalls nicht.

Aber, als das vorbei war, kam noch ein Schwanz ins Spiel. Der zwängte sich jetzt aber in meinen Arsch. So unerfahren war ich ja auch nicht, aber das Ding da, das musste ich erst mal verkraften. Ich verzog mein Gesicht zu einer Fratze, was dann wiederholt von Addy gefilmt wurde. Ich ertrug es ohne echte Emotionen. Als er dann endlich fickte, schaute mich Johanna mit ihren süßen, großen Augen an und flüsterte: „Ich kann ihn spüren, er rutscht so schön auf meinem Schwanz rum!"

„Dann sollte er noch heftiger ficken, um dich um den Verstand zu bringen", sagte ich eigentlich mehr zu Johanna. Addy bekam es trotzdem mit und trieb den Stecher an und Johanna musste sagen, wie es sich für sie anfühlte. Das war zu viel an Reizen, und die süße Johanna kam in mir und der Kerl pumpte mir den Arsch voll. Und ich? Nein, da war nichts, nur dieses Gefühl, endlos ausgefüllt zu sein. Ich schaute in das glückliche und stolze Gesicht von Johanna.

Ich richtete mich auf. Von den Männern war nichts mehr zu sehen. Auch Addy war weg. Erst jetzt merkte ich, wie benommen ich wirklich war. Die vielen Anweisungen von Addy umzusetzen, war unglaublich anstrengend. Johanna reichte mir ein Glas Wasser. Sie hatte einen Bademantel angezogen und reichte mir meinen. Nachdem ich etwas getrunken hatte, saßen wir einfach nur schweigend nebeneinander auf dem Bett.

Julia kam rein und gab jedem von uns beiden einen Umschlag. Wir schauten sie fragend an und sie erklärte uns, dass Addy schon gegangen war und dass sie uns die Umschläge geben sollte. Wir öffneten die Umschläge und holten jeder 1000 Euro raus. Ich hatte meinen Körper also für 1000 Euro verkauft. Irgendwie war das schon ein ziemlich komisches Gefühl.

„Na komm!", meinte Johanna und half mir auf. Ich holte meine Tasche aus der Garderobe und wir machten uns auf, in unser Zimmer zu gehen. Dann aber überraschte sie mich, als sie einfach mit in mein Zimmer kam. „Auch gut!", dachte ich, ging ins Bad und stellte mich erstmal unter die Dusche. Wie sooft hockte ich mich hin und pinkelte, als Johanna sich gegenüber hinhockte und wie selbstverständlich mit ihrem Schnippel auf den Abfluss zielte. Mich wunderte gar nichts mehr. Dafür war ich zu müde und froh, mich ins Bett legen zu können.

Johanna

Johanna kuschelte sich von hinten an mich ran. Ich nahm vor Erschöpfung und Müdigkeit kaum Notiz davon und schlief auf der Stelle ein. Wilde Träume suchten mich heim. Eine Stimme befahl mir in diesen Träumen, dies oder das zu tun: „Spreiz deine Beine weiter auseinander, ich will deine Votze sehen! Reibe dir die Klitoris! Los, mach dein Arschloch auf und zu, ich will deine ganze Geilheit!" Auch wenn ich das alles ja schon kannte und auch schon gemacht hatte, war es dennoch schrecklich, es nach diesem fiesen Befehlston machen zu müssen. Ich wollte es lieber harmonisch auf Augenhöhe und nicht in so einem Ton.

Mitten im Traum spürte ich schon wieder so ein Ding an meinem Arsch und Hände, die an meinen Titten spielten. Das war kein Traum. Jetzt war ich wieder hellwach und drehte mich zu Johanna. Sie hatte ihren Kopf auf einen Arm gestützt und sah mich lachend an. Ich zog sie über mich und küsste sie leidenschaftlich. Johanna drückte ihre Titten auf meine. Diese sanften kreisenden Bewegungen von Frauen machten mich sofort an und ihre Küsse vernebelten meine Wahrnehmung.

Schnell steckte sie ihren süßen, kleinen Penis in meine Votze. Aber sie fickte nicht. Vielmehr drückte sie ihn immer nur rein und zog ihn wieder fast ganz raus. Dabei rollte sie dann mit ihrem Becken und klemmte so meine Klitoris mit ein und reizte sie. Wir hatten innerhalb weniger Bewegungen unseren Rhythmus gefunden. Sie drückte sich noch weiter tief rein und rollte noch intensiver mit der Hüfte. Ich stemmte mich lustvoll dagegen. Dann zog sie sich ganz zurück und drang erneut in mich ein. Das Zerren an meinen Schamlippen und der Druck auf die Klitoris machten mich geiler denn je.

Ich warnte Johanna vor meinem Orgasmus, denn ich wollte lange schweben. Prompt hielt sie inne, verblieb in mir und drückte ihre Brüste auf meine. Ihre leidenschaftlichen Küsse waren ein Traum. Sie war die Aktive, die mich zum

Orgasmus treiben wollte. Sie wollte es mir schön machen, mich verwöhnen. Aber dann, wie aus dem Nichts heraus, begann sie zu ficken. So schnell rein und raus, wie ich es noch nie erlebt hatte. Sie hielt das Tempo bei und meine Votze spannte sich.

Ich kam, aber sie spürte es nicht und machte weiter. Dann aber blieb sie tief in mir stecken. Ich sah ihre glasigen Augen und spürte ihr Zucken in mir. Ich hielt sie fest, genoss sie und ihre Gefühle. Das nachfolgende Entspannen und der Ausdruck ihrer Zufriedenheit werde ich wohl niemals vergessen. Ich war glücklich und entspannt. Dann schliefen wir gemeinsam ein. Ein denkwürdiger Tag. Als wir wach wurden, war es bereits 19 Uhr. Zeit, sich ein wenig zurechtzumachen und was zu essen.

Es war am Tisch schon merkwürdig. Einerseits hatten wir schon Hunger, andererseits hatten wir nur Augen für uns. Unsere Füße berührten sich ständig und streichelten einander. Und weil die Tischdecke so schön lang war, berührten die Zehenspitzen schonmal die Schenkelinnenseiten des Gegenübers. Wir hatten noch viel vor.

Auf dem Zimmer ging es dann weiter. Johanna fiel regelrecht über mich her. Nun, ich war willig, neugierig und geil. Was würde sie machen? Wollte sie schon wieder ficken. Konnte sie das, nach der kurzen Zeit? Wir tranken den Wein, den wir am Tisch nicht mehr geschafft hatten und rissen uns die

Höschen runter. Ich stürzte mich auf den kleinen Penis von Johanna und schleckte ihn ab. Die Vorhaut streifte ich runter und nahm ihre Minieichel zum Schmecken in den Mund. Der kleine Mann wurde nicht steif. Ich konnte ihn und ihre Eier mühelos in meinen Mund stopfen. Johanna lachte nur. Sie fand es lustig, was ich da mit ihr machte.

Als ich aber meine Titten über den kleinen Wicht streifte, machte mich das geil. Ich machte mich über ihre Titten her und rieb meine Votze druckvoll auf ihren Oberschenkeln. Johanna wusste genau, dass sie irgendetwas tun musste. Ich war eben geil und total auf sie fixiert. So drehte sie mich und ihr Kopf verschwand zwischen meinen Beinen. Ihre Zunge war fordernd und kräftig. Ich quietschte, als sie meine Klitoris ein saugte. Mit ihren scheinbar immer länger werdenden Fingern tauchte sie in mein Lustschloss ein.

Johanna fand sofort den G-Punkt und ließ mich segeln. Sie schickte mich auf die Reise in den süßen Orgasmustod. Mir war alles egal. Ich spürte noch drei Finger, die sie dann einsetzte und mich heftig damit zu ficken begann und ich war auf dem Trip der Sinne. Ich spürte eine Aufweitung der Vagina, aber ich registrierte nicht, was es war. Dann aber gab es einen Ruck und Ruhe kehrte ein. Nichts geschah mehr. Ich kam etwas runter. Jetzt bemerkte ich, dass Johannas gesamte Hand in mir steckte.

Sie drehte ihre Faust, drückte tief rein und zog wieder an. Es war ein Stampfen, wie ein Dampfer auf einem Fluss, der mühsam gegen eine Strömung anging. Sie drückte auf die Blase. Wie soll ich denn einhalten? Zu spät! Ein kleiner Strahl entwich meiner Harnröhre. Johanna lachte nur kurz auf und machte unbeirrt weiter. Jetzt drehte sie die Faust. Was war das? Jetzt kamen hohe Wellen auf und der Dampfer stampfte heftig. Mir wurde schwindelig. Alles verschwamm vor meinen Augen. Ich entkrampfte und stöhnte unablässig.

War es dieses Stampfen, was mich zu den Spitzen der Lust getrieben hatte? Johanna spürte es genau was ich fühlte. Meine Erregung ging langsam zurück. Langsam zog sie die Hand zurück. Jetzt kam dieses Gefühl der totalen Erschöpfung auf, als ob mich ein gewaltiger Penis penetriert hätte. Die Zunge von Johanna liebkoste mich. Sozusagen als Dankeschön dafür, dass ich mich von ihr in die höchsten Genüsse hab treiben lassen.

Wir kuschelten uns eng aneinander. Ich schlief schnell ein. Als sich Johanna bewegte und ich dadurch wach wurde, fühlte ich mich großartig. Es kribbelte in meinem Bauch. Ein süßes Kribbeln, das mir zeigte, dass da alles wieder zurechtgerückt wurde. Aber das Kribbeln mischte sich mit dem Druck der Blase, die aus heiterem Himmel übermächtig wurde. Ich sprang auf und hockte mich in die Duschwanne. Johanna lachte nur. Sie war erfahren genug. Dann aber richtete sich ihr Strahl direkt auf meine Votze. Ein warmer, scharfer Strahl, der mich schon wieder geil werden ließ.

So kuschelten wir wieder im Bett. Aber nach einer Pause stand sie kurz auf, ging zu ihrer Tasche und kam mit dem weinroten Einsteckdildo zurück. Den hatte ich bei Tamara gesehen. Sie hat sich also mit Tamara über mich unterhalten. „Bitte zeig mir, dass du mich magst!", bettelte sie mich fast an. Ich war perplex. Ich stopfte mir die Seite mit der Kugel, die so groß wie ein Golfball war, rein. Johanna quietschte, als ich mit der anderen Seite in sie eindrang. Dann hielt sie nur noch dagegen. Ihr kleiner Pimmel wurde steif und tropfte ohne Unterlass. Ich zielte jetzt nur noch auf ihre Prostata.

Ich ließ mir viel Zeit für sie. Es war kein heftiger Fick, eher ein liebevolles Hinauszögern. Johanna bestätigte mir das immer wieder: „Das ist gut, das tut so gut, das brauche ich!" Es klang nach einer Selbstbestätigung für ihre Gefühle. Sie wollte genommen werden. Sie konnte aktiv penetrieren, brauchte aber genauso auch diesen eher passiven Teil. Ein wirkliches Ende gab es bei ihr irgendwie nicht. Sie hatte keinen ausgeprägten Orgasmus. Das wollte sie wohl auch nicht. Sie wollte einfach geliebt werden und selber lieben dürfen!

Im Morgengrauen stand Johanna dann vor mir am Bett. Sie war bereits komplett angezogen und sah mich an. Als ich die Augen öffnete, sagte sie leise: „Ich danke dir, Anara. Du hast mir sehr gutgetan." Ich konnte das, was sie gerade sagte, nicht richtig einordnen. Als sie sich umgedreht hatte und zur

Tür ging, begriff ich schlagartig, dass es ein Abschied für immer sein sollte.

Die Rückkehr

Während der Rückfahrt dachte ich öfter an Wolf als an Johanna. Was hatte er sich wohl für heute wieder ausgedacht? Als er mich begrüßte, ahnte ich schon, dass er mich vernaschen wollte. Mir konnte er nichts vormachen. Als ich dann zur Küche reinschaute, war alles klar. Er hatte wieder die dicke weiche Decke auf den Tisch gelegt, die Gläser bereitgestellt und den Sekt kaltgestellt. Ich kannte meinen Stecher. Ich musste mich erstmal sammeln und ging dann auf die Toilette. Hinterher stellte ich mich unter die Dusche, um mich zu entspannen und frisch zu machen. Soviel Zeit sollte schon sein.

Sein Grinsen war unverkennbar, als er mit einem Glas Sekt ankam. So dauerte es nicht lange, als er mich auf den Tisch hob, mich streichelte und mir dann sofort mein Höschen auszog. Nachdem er mich „mundgerecht" platziert hatte, stellte er einen Stuhl vor den Tisch und rückte sich meine Beine zurecht. Seine Konzentration galt meiner Klitoris und meiner Grotte, wie er mein Vötzchen oft nannte. Er brauchte nicht lange und ich war nass. Ich wusste genau, was er jetzt fühlte. Er liebte „seine" Grotte, wenn sie sich ihm glänzend wie eine geöffnete Auster präsentierte. Er schlürfte sie aus und reizte mich dabei noch mehr.

Wolf wusste das genau. Ich ließ ihm den Spaß. Wenn er so an mir interessiert ist, ist das doch wunderbar. Ficken, ausgeschlürft zu werden, ist doch immer geil. Ich produzierte genug Schleim für ihn. Auch meine Fantasie hatte das Bild von der schaumgeborenen Votze aus dem Meer übernommen. Er schlürfte und leckte meine Schamlippen mit seiner Zunge. Glücklich genoss ich seine Liebkosungen. Sein Gesicht versank in meiner Auster. Ich stöhnte und bettle nach mehr. Ein herrliches Gefühl, unsere Geilheit gemeinsam zu steigern.

Doch dann rührte sich sein Schwanz und er forderte mehr von mir. Mit Lecken war es jetzt vorbei. Er stand auf und sein Schwanz suchte sich seinen Weg zu meinem Mund. Ich dachte, er küsst mich erst, um mich vorzubereiten. Aber er nahm meinen Kopf zwischen seine Hände und führt seinen steifen Schwanz ohne zu warten in meinen Mund ein. Ganz langsam fickte er mich mit seinem Lustbringer. Als Zustimmung streichelte ich seine Eier. Ich wusste genau, dass er dann recht schnell kommt. Es ist dann immer ein sinnliches Spiel, ihn herauszuzögern, ihn weiter zu reizen, gewähren zu lassen und letztendlich abspritzen zu lassen.

Seine Samenschübe waren stark und kräftig. Ich hatte ihm gefehlt. Das Schlucken war wundervoll. Wie das Absaugen seiner Liebe. Nach wenigen Augenblicken musste er mich einfach küssen. Er wollte seinen Samen schmecken und auch etwas zum Schlucken haben. Wenn Wolf so aufgeheizt ist, hat er sich schnell wieder erholt. Es kam einfach, wie ich es erwartet habe. Seinen Schwanz konnte ich schnell wieder hart wichsen und verwöhnen. Ich liebte das und ließ mir auch Zeit. Wusste ich doch, dass er jetzt bis zu einem weiteren Orgasmus viel länger brauchte.

Ich war noch nass, sodass er schnell eindringen konnte. Natürlich stöhnte ich ein wenig, was ihm immer guttat. So beginnt er heftig und rhythmisch zu ficken. Ich hielt kräftig dagegen und verstärkte damit seine Stöße. Dabei entstanden Geräusche, die an ein genüssliches Schmatzen erinnerten. Ich lief aus. Meine Auster und sein Schwanz waren innig vereint. Ich spürte seine immer noch gut gefüllten Eier auf meinen Schamlippen aufschlagen. Ab und zu drückte er seinen Schwanz ganz fest in meine Auster und rotierte mit seinem Becken. Ein geiles Gefühl, das er damit in mir aufkommen ließ, war die Folge davon.

Doch dann musste er schon länger und heftiger ficken, um genügend Reize für seinen Orgasmus zu erhalten. Es war ein Stakkato der Gefühle. Ich weiß nicht, wie oft ich da gekommen war. Aber jetzt wollte ich es mit ihm zusammen. Das gelang mir dann auch. Ich wollte dieses Mischen unserer Ficksäfte bewusst erleben. Es ist immer ein hingabevolles Versinken in den Wogen der Wollust. Über uns schlugen die Wogen zusammen und wir erleben uns eng umschlungen. Herrlich zu spüren, wie die Erregung nachlässt und einer liebevollen Befriedigung Platz macht.

Was genug ist, ist genug. Ich war für die nächsten Tage erstmal gesättigt und wollte etwas neue Kraft schöpfen. So meldete ich mich auch nicht bei Karin zurück. Ein wenig vor mich hin dösen und von Wolf in die Arme genommen zu werden, reichte mir vorerst vollkommen aus und ließ mich meine Kraft wieder zurückkommen. Nach einigen Tagen erzählte ich Wolf, was ich alles erlebt hatte, sodass er sich ein Bild davon machen konnte. Manchmal hatte ich dabei meine Finger im Höschen, oder Wolf steckte mir seinen Schwanz in den Mund.

Dann aber erzählte mir Wolf, wie er mit Jan gevögelt hatte und wie intensiv er von ihm im Arsch gefickt worden war. Jan hatte ihm die Prostata massiert. Zuerst mit den Fingern und dann mit seinem Schwanz. Wolf gestand mir, dass er es nie zuvor so intensiv erlebt hatte. Er war dann in Doggystellung und massierte sich dabei seine Eichel. Sein Orgasmus war dann irgendwie ganz anders. Mir war klar, Wolf war deutlich stärker an Männern interessiert, als es anfangs den Anschein hatte. Ich wollte ihn auch nicht davon abbringen. Genauso wenig wollte ich ja auf Frauen verzichten.

Ich besorgte mir einen Umschnallgürtel. Der war ja für Männer besser geeignet als mein Einsteckdildo. Als wir dann mal wieder kuschelten, ging ich ins Badezimmer, legte den Umschnallgürtel an und kam dann damit nackt und einer

Tube Gleitcreme zurück. Wolf machte eine ganz neue Erfahrung. Ich konnte ihn beliebig lange ficken. Auch konnte ich den Dildo gut positionieren und zielsicher von oben auf seine Prostata richten. Wolf war mehr als erstaunt. Es war anders, aber auch sehr schön für ihn, wie er mir erklärte. Dann sagte er auch mal, dass er dabei nicht unbedingt einen Orgasmus haben müsste. Wir hatten etwas Neues probiert, das uns noch stärker miteinander verband.

Bea

Meine Chefin

Mein Chef verlieh mich alsbald an eine Firma, wo auf mich eine Spezialaufgabe wartete. Die Inhaberin nahm sich sehr viel Zeit für mich. Eine Woche lang gingen wir von früh bis spät abends durch den Betrieb und sie erklärte mir jeden Arbeitsschritt, den sie für wichtig hielt. Danach stellte sie mir viele Vorschläge vor, die bereits diskutiert, aber nie umgesetzt wurden. Schnell wurde ich mit der Chefin vertrauter. Sie schien an mir interessiert zu sein. So tranken wir schon mal ein Glas Sekt und nicht nur Kaffee zusammen.

Erst jetzt, in dieser eher lockeren Atmosphäre, sah ich sie mit anderen Augen. Sie war zwar älter, aber sie besaß eine tolle sportliche Figur. Auf dem Betriebsfest bot sie mir auch das Du an. Ich sollte sie einfach Bea nennen. Wir tranken und die Stimmung auf der Feier wurde ausgelassener. Von den Männern traute sich scheinbar keiner, mit mir zu tanzen, geschweige denn an den Tisch zu kommen. Also flachsten wir und sie tanzte mit mir. Die Art, wie sie mich anfasste, kannte ich von anderen Frauen, hatte es aber bei ihr nicht vermutet.

Zunächst fiel mir weiter nichts auf. Wir saßen den ganzen Abend zusammen und erzählten viel. Einige verließen schon das Fest. Bea regelte noch einiges und war auch kurz davor zu gehen. Ich küsste sie zur Verabschiedung auf die Wange. Als sich unsere Augen trafen, war mir sofort klar, was Bea von mir wollte. Wir stellten uns etwas abseits und küssten uns leidenschaftlich. Wir wollten beide mehr.

Es ergab sich fast wie von selbst, dass wir in meiner Wohnung landeten. Ja ich spürte deutlich, sie erregt mich und ließ es selbst auch zu. Ich wollte diese Frau auskosten. Schließlich lag Bea nackt vor mir. Ich spürte, wie sehr sie es genoss, von mir angeschaut zu werden. Ich bewunderte ihre herrlichen Titten, den schlanken Körper und ihre sorgsam blank rasierte Votze. Sie war zwar älter und ihre Haut war nicht mehr so ganz glatt wie meine, aber das stellte kein Problem zwischen uns dar. Wir streichelten uns gegenseitig.

Ich spielte an ihren schon harten Nippeln und bedeckte ihren ganzen Körper von oben bis unten mit zarten Küsschen. Ohne Aufforderung spreizt sie ihre Schenkel, dass ich bequem mit meinem Kopf dazwischenkam.

Mit meiner Zunge reizte ich ihre Klitoris und saugte gierig an ihren Schamlippen. Mit den Fingern zog ich ihre Schamlippen auseinander, stecke meine Zunge tief in das rosarote Fleisch ihrer Votze und ficke sie einfach. Dann leckte und saugte ich hingebungsvoll ihre Klitoris, während ich mit zwei Fingern ihre Lustgrotte erkundete. Bea gab schnurrende Töne von sich und drückte meinen Kopf fest in ihr Paradies. Dabei erregte sie sich mehr und mehr und wurde unruhiger. Sie stieß ihr Becken nach vorn.

Es schien so, als ob sie es nicht mehr aushalten konnte. Sie verlangte mehr. Also drehte ich mich und senkte meine Votze auf ihr Gesicht. In dieser 69er-Stellung saugte und leckte Bea mit der gleichen Lust meine Pussy, wie ich ihre. Dann jedoch wagt sie mehr und ich spürte ihre Finger in meinem Po. Sie traute sich einiges. Sie fickte meine Votze und den Arsch, dass ich Mühe hatte, mit ihr mitzuhalten. Wir gaben uns unserer Leidenschaft hin und genossen lange unsere Geilheit, bis uns unsere Orgasmen durchschüttelten.

Erschöpft zog Bea die Decke über uns und wir schliefen sofort ein. Als ich aufwachte, ging ich ganz leise ins Badezimmer. Unter der Dusche stellte ich mich breitbeinig hin und ließ es laufen als Bea hereinkam, schaute sie mir zu, wie es aus mir herauslief und kam zu mir unter die Dusche. Sekunden später spürte ich ihren Strahl an meinem Bein. Schnell hielt ich meine Hand wie eine Glocke über ihre Votze, sodass sich die Wärme der Pisse über ihre Votze verteilte. Bea stöhnte auf: „Du bist ja noch geiler als ich!" So nass wie wir waren, zog sie mich wieder zurück ins Schlafzimmer.

Im letzten Moment griff ich nach den Badehandtüchern, die ich schnell auf das Bett legte. Wir landeten sofort wieder im Bett. Bea verschränkte ihre Beine in meine Beine. Ihr Becken zuckte heftig und die Stöße ihrer Votze auf meine, bereiteten uns wieder wundervolle Gefühle. Wir befanden uns schon wieder auf einem Ficktripp. Schnell löste ich mich und holte aus dem Kleiderschrank meinen Einsteckdildo, meinen neuen Strapless Strap-On mit Vibrator Funktion. Bea sah mich mit großen Augen an, als ich einen Fuß auf das Bett stellte, um die Beine zu spreizen und den Strap-On mit dem Kugelteil voran einführte. Als ich damit aufs Bett krabbelte und ihn einschaltete, öffnete sie automatisch ihre Beine und zog die Knie weit hoch bis an ihre Titten.

Ihre Votze und ihr Arsch boten mir einen unglaublich geilen Anblick. Sagt man nicht Wiener Muschel dazu? Ich ließ die Dildospitze über ihre Rosette und Schamlippen gleiten. Als ich in ihre Votze eindrang, öffnete sie weit ihren Mund und ich konnte ihr leises Stöhnen vernehmen. Ich robbte mich weiter hoch, auf ihre Unterschenkel. So hing ich mit meinen

Armen auf der Unterseite ihrer weit gespreizten Schenkel. Ohne Mühe drang ich tief in sie ein und stellte den Vibrator auf die höchste Stufe. Bei dem Reiz musste ich nicht viel ficken. Langsam ließ ich ihn rein- und rausgleiten.

Bea stöhnte jetzt lauter. Das machte mich noch geiler. Das Penetrieren mit dem Vibrator und ihre spürbare Geilheit ließen mich Sterne sehen. Es wurde einfach weiß vor meinen Augen. Mühsam konnte ich mich halten und erlebte einen Wahnsinnsrausch. Alles schien zu vibrieren und zu zucken. Es war wie eine Herde Wildpferde, die durch meinen Körper galoppierten. Bea rief mir zu: „Anara, bist Du noch da?" Erst jetzt merkte ich, dass ich völlig die Kontrolle über mich verloren hatte. Der Dildo rutschte aus Bea raus und ich atmete schwer.

Bea küsste mich leidenschaftlich und der Einsteckdildo in mir brummte noch und übertrug etwas der Vibrationen auf ihre Votze. Ich stützte mich auf, um ihn wieder in Beas Votze zu schieben. Sie aber bot mir ihren Po an und nickte mir auffordernd zu. Ich drückte mit aller Kraft den Schaft des Dildos in ihren Arsch. Bea riss dabei den Mund wieder weit auf, aber diesmal den Kopf weit in den Nacken getreckt. Langsam fickte ich sie und sie lockerte sich dabei.

Dann fickte ich so schnell, wie es eben so geht mit diesen Dingern. Als ich völlig ausgepumpt am Ende meiner Kräfte angelangt war, streichelte sie meinen Rücken. Ihre Beine hatte sie gestreckt, aber der Dildo war noch in ihr und wir

159

spürten beide die Vibrationen. Ein Aufgeilen war uns nicht mehr möglich. Als ich das Ding dann aus unseren Löchern rauszog und wir erschöpft nebeneinander lagen, schien es, als ob unsere Votzen immer noch vibrierten.

Mein geiles Ehepaar

Wenn ich an Bea dachte, spürte ich sofort dieses untrügerische Ziehen zwischen den Beinen. Bea jeden Tag in ihrer Firma zu sehen und offiziell auf Distanz bleiben zu müssen, machte es mir nicht leichter. Eines Tages steckte sie mir einen Zettel zu, auf dem eine Adresse und die Frage, ob ich heute Zeit hätte, geschrieben stand. Ich nickte ihr zu und fühlte sofort, wie es in meinem Bauch zog und ich feucht wurde. Zu Hause, beim Rasieren meiner Votze und sorgfältiger Kontrolle meines Pos, kamen wieder so schöne Gefühle auf. Ich liebe diesen geilen Zustand, wollte es mir aber nicht selber machen. Nein, das wollte ich Bea überlassen.

Ich zog meine frechste Unterwäsche an. Darüber ein dünnes, kurzes, tief ausgeschnittenes rotes Kleid. Dazu zog ich rote Pumps an. Meine hochgesteckten blonden Haare ließen mich etwas dominant aussehen. So aufgebrezelt stand ich dann vor dem Haus. Bea öffnete sofort die Tür, als ob sie dahinter gewartet hatte. Sie nahm mich überschwänglich in den Arm und küsste mich auf den Mund, sodass meine Lippen erst mal verschmiert waren. Meine neue Freundin trug einen fast durchsichtigen Umhang, unter dem ich keinerlei Unterwäsche ausmachen konnte. Ihre wundervollen Titten zeichnen sich deutlich darunter ab und die erregten Nippel stachen durch das zarte Gewebe. Bea war genauso geil wie ich.

Sie zog mich ins Wohnzimmer. Dann kam der Schock. Da stand ein Mann im Bademantel, der mich freundlich anlächelte, aber mich sofort von oben bis unten ausführlich begutachtete. Er zog mich mit bereits seinen Blicken aus und meinte: „Herzlich willkommen, ich bin der Frank und freue mich, die hübsche und attraktive Freundin meiner Frau kennenzulernen!" Ich war auf der Stelle sprachlos. Das hatte ich beileibe nicht erwartet. Meine Verwirrung stand mir offensichtlich ins Gesicht geschrieben. Wieder küsste mich Bea und beteuerte: "Nun meine Süße, kein Grund, sich Sorgen zu machen. Mein Mann und ich lieben Lust, Spaß und Geilheit und teilen sie allzu gerne mit anderen. Das ist die Devise unseres Sexlebens."

Ich fand immer noch keine Worte. Bea brachte den Sekt herein. Wir stießen an. „Prost" war wohl das erste Wort, was ich herausbrachte. Der Alkohol ließ mich langsam entspannter werden. Frank, so nannte ihn Bea, gelang es, mich zu vereinnahmen und meine Aufmerksamkeit auf ihn zu lenken. Beim zweiten Glas Sekt stießen wir auf das „Du" an und wir küssten uns üblicherweise. Wenn dieser Kuss länger gedauert hätte, wäre ich sicher noch geiler geworden, als ich jetzt schon war. Bea sah mich an und ließ ihren Umhang zu Boden fallen. Für Frank unmerklich, schlug sie ihre Augenlider nieder, um mir zu signalisieren, dass ich Vertrauen zu ihr und Frank haben könne.

Dann stellte sie sich splitternackt vor Frank, der sie sofort in den Arm nahm und ihren Mund und ihre Titten liebkoste. Mein Herz klopfte wie wild. Davon hatte ich doch immer geträumt. Deshalb war ich doch hier! Doch dann kam die Aufforderung von Frank: „Komm Anara, machen wir mein Weibchen geil!" Es war wie eine Erlösung. Endlich konnte ich Bea anfassen und meiner Erregung freien Lauf lassen. Was aber würde Frank machen? Lässt er mich machen? Aber als ich mich hinter Bea stellte und mit beiden Händen ihre Brüste rieb, verschwanden alle meine Zweifel. Ich wusste, ich könnte mich mit den beiden gemeinsam ausleben.

Ich zog übermütig an ihren Nippeln. Dabei war ich so abgelenkt, dass ich erst nach einer Weile merke, dass der Frank nun auch nackt dastand. Sein Schwanz war noch in der Halb-Acht-Stellung. Es war bereits erkennbar, dass er ein ziemliches großes Ausmaß annehmen konnte. „Mein Gott, wenn der mir die Votze aufweitet ...", schoss es mir durch den Kopf. Es war um mich geschehen. Ich war geil und nass, ich wollte jetzt ficken. Ich wollte dieses geile Gefühl erleben, wenn die Erregung zum Orgasmus aufsteigt.

Bea kniete vor Frank und begann seinen Schwanz zu blasen. Ihr Blick wanderte zu mir. Ich sollte ihren Frank jetzt übernehmen. Wie hypnotisiert griff ich nach dem halbsteifen Schwanz, wichste in leicht, um dann mit der Zunge seine Eichel zu umschmeicheln. Den Schaft leckte ich rauf und runter bis zu den Hoden. Diese saugte ich in meinem Mund, um dann das inzwischen deutlich angewachsene Glied mit meinem Mund aufzunehmen.

Genüsslich ließ ich diesen imposanten Schwanz über meinen Gaumen bis in den Rachen gleiten. Ich hätte ihn glatt abgesagt, wenn Bea mich nicht abgelöst hätte. Ich war so scharf geworden, dass ich mich jetzt auch auszog und nackt dastand. Meine Reizwäsche war völlig überflüssig. Das war ein deutliches Zeichen für Bea. Sie stand auf, zog mich hinter sich her direkt ins Schlafzimmer und schubste mich rücklings aufs Bett. Ich spürte ihre Geilheit, konnte mir aber auch gut vorstellen, dass sie mich für Frank vorbereiten wollte. Sie spreizte meine Beine weit auseinander. Meine Schamlippen sprangen auf und brachten meine Nässe zum Vorschein. Dann vernahm ich ein Geräusch.

Frank stand plötzlich vor mir. Sein harter Schwanz stand wie eine Lanze von seinem Körper ab. Ich hatte vor Aufregung gar keine Zeit, die Größe zu bewundern. Bea griff nach seinem Schwanz und dirigierte ihn zielsicher auf meine Schamlippen. Ohne großes Vorspiel drang er ein. Ich war so nass, dass dieser Superprügel leicht und locker eindringen konnte und mich mehr, als ich gewohnt war aufweitete. Ich schnaufte heftig und starrte mit aufgerissenen Augen zur Decke. Erst jetzt spürte ich auch die Finger von Bea auf meiner Klitoris. Sie fingerte mich so intensiv, als ob sie für noch mehr Votzenschleim für ihren Frank sorgen wollte. Bea küsste mich zärtlich, führte meine Hand zu ihrer Votze und bedeutete mir, ich soll einfach die Finger hineinstecken.

Inzwischen war Frank tief in meine Pussy eingedrungen und begann, mich mit langen kräftigen Stößen zu ficken. Dabei beugte er sich weit über mich und küsste Bea, deren Finger meine Klitoris jetzt höllisch malträtierten. So hatte ich es noch nie, aber ich wollte auch nicht, dass Bea damit aufhörte. Meine Geilheit befand sich kurz vor einer Explosion. Frank meinte beiläufig zu Bea: „Die lässt sich ja super ficken! Schöne nasse Votze hat sie und sie geht gut mit." Bea nahm jetzt ihre Finger von meiner Klitoris und Frank fing das Rammeln an. Die Stöße schüttelten mich anständig durch. Bea klammerte sich an mich und küsste meine Titten. Sie spürte meine Erregung und genauso die von Frank.

Ich war bereits auf dem Wege, einen Orgasmus zu bekommen. Ich atmete stoßweise. So ging es Frank wohl auch, der abrupt aufhörte. Erst fühlte ich mich vernachlässigt und glaubte, jetzt ist Bea dran. Frank legte sich aber jetzt auf den Rücken und Bea sagte zu mir: „Reite ihn einfach!" Für mich ist es immer ein erhebendes Gefühl, einen Mann zu reiten. Also setzte ich mich auf seinen Schwanz und ließ ihn langsam eindringen, bis er ganz von mir aufgenommen war. Jetzt konnte ich ihn so ficken, wie es mir passte. Weil sein Schwanz so riesig und stark war, hatte ich Mühe, ihn in mir zu bewegen.

Ich fand aber dennoch einen angenehmen Rhythmus, ließ meinen Po auf und abschwingen und donnerte mir das Ding immer wieder tief rein. Anfangs spürte ich den Aufprall seiner Eichel in der Tiefe, doch dann kam der Rausch des Orgasmus und überwältigte mich. Ich drehte mein Becken hin und her, als ob ich den Schwanz abdrehen wollte. Doch dann zuckte mein Becken ungewollt wie wild. Das war unsteuerbare Geilheit pur. Sein Schwanz drohte herauszurutschen, aber das wollte ich nicht zulassen. Ich wollte doch sein Spritzen spüren. Als ich mich wieder unter Kontrolle hatte, fickte ich ihn dann rhythmisch weiter.

Aber wieder kam es anders. Bea drückte mich weit nach vorne, sodass mein Arschloch exponiert war. Ohne Vorwarnung steckte sie mir einen Dildo in den Arsch. Der war zwar eingefettet, war aber von respektabler Größe und Umfang. Ich schrie vor Schmerzen, drehte mich und schaute in das grinsende Gesicht von Bea. Die hatte sich einen Strap On umgeschnallt und fickte jetzt auch noch in mein tropfendes Vötzchen. Die beiden fickten mich nun genüsslich, nicht ohne sich gegenseitig triumphierende Blicke zuzuwerfen. Und Frank hatte zusätzlich den

Arschdildo in seiner Faust und hämmerte ihn mir nur so rein. Jetzt war ich nur noch ein Spielzeug der beiden.

Ohne große Rücksichtnahme auf meine Gefühle wurde ich gefickt. Unbeirrt machten die beiden weiter, bis Frank seinen Orgasmus bekam. „Ich komme!", schrie er laut. Aber Bea wollte das so nicht und zog sich blitzschnell zurück. Frank warf mich ab und Bea stülpte ihre Lippen über seine Eichel. Glücklich ließ sie ihre Hand auf ihrer Klitoris rotieren und schluckte gierig seinen Samen. Es dauerte eine Weile, dann stöhnte auch sie und hatte Mühe, den Mund geschlossen zu lassen.

Dann wandte sich Bea mir zu und küsste mich. Ich schmeckte Frank, der mich so zurechtlegte, dass er bequem meine Votze ausschlecken konnte. Als er sich dann zu Bea wandte und sie küsste, schmeckte sie natürlich Frank und mich. Nichts ging verloren. „Ach ihr süßen Ferkel!", stöhnte Frank und atmete deutlich hörbar tief aus.

Wir Paare

Das hatte ich mir anfangs nicht vorstellen können, dass meine neue Freundin Bea mich zum Sex mit ihrem Mann einlädt. Ich erzählte es Wolf, der dabei ganz unruhig wurde. Als ich ihm dann erzählte, dass der Schwanz von Frank mir gutgetan und Bea mich dabei gestreichelt hätte, war es um ihn geschehen. Und dass Bea mich ausgeschleckt und Frank geküsst hätte, ließ Wolfs Gedanken umherschwirren. Er riss mich an sich, machte seine Hose auf und ich musste ihn erst mal blasen.

Ich denke, das war genau seine Vorstellung, von einem Mann geblasen zu werden. Also ließ ich ihn ficken und stoßen und nahm seinen Schaft in die Hand und kraulte ihm die Eier. Seine Stöße zu spüren, diese männliche Geilheit, allein diese Urkraft ließ mich schon nass werden. Als meine Hand weiter vordrang, konnte er nicht anders.

Er öffnete bereitwillig seine Beine, verzögerte sein Stoßen, bis ich meinen Finger in seinen Arsch gesteckt hatte. Jetzt gehörte er mir. Ich wusste, er würde kommen und mich nicht ficken wollen. Dennoch war ich überrascht, mit welcher Ladung er mich überraschte und mit welcher Kraft es in ihm zuckte. Er drückte seinen Schwanz tief in meinen Hals, ging ins Hohlkreuz, sodass ich zurückweichen musste. Dann gelang es mir, einen zweiten Finger unterzubringen und ihm den Arsch richtig zu ficken.

Ich war überrascht, als er bettelte: „Mach es fester!" Er hatte Lust bekommen. Er brauchte das. „Geh spülen", sagte ich zu ihm und bereitete meinen Strap-on mit dem Einsteck-Dildo vor. Als Wolf wieder zurückkam, legte er seinen Oberkörper auf die Bettkante. Bequem drang ich in seinen Anus ein und fickte ihn. Sein Stöhnen nahm ganz andere Ausmaße an. Nun, so ein Dildo ist eben kein dünner Finger.

Ich fickte und merkte schon, dass es lange dauern wird. Jetzt hielt er dagegen. Ich mühte mich ab und kam ins Schwitzen. Mein Rücken schmerzte. Aber das war mir egal, ich war viel zu erregt. Immer wieder raffte ich mich auf und rammelte rein, fast wie ein Kaninchen. Ja, ich wollte durchhalten, bis er abwinkt. War es doch auch ein Training für mich, meine Freundinnen zu ficken. Als er dann abwinkte, war ich unfähig, mir das Ding herauszuziehen.

Es war Wolf, der mir vorschlug, Bea und Frank einzuladen. Ich war überrascht, aber auch etwas unruhig. Dass er Bea fickt, das wäre ja gut für beide, und Frank, sein Schwanz und die Art wie er mich fickte, hatte mir ja gutgetan. Ich war sofort Feuer und Flamme und wurde prompt nass. Am liebsten hätte ich jetzt Wolf geritten. Ich stellte mir vor, ich ficke Frank und er fickt Bea. Ich küsse Bea und er küsst Frank. Wäre Frank damit einverstanden? Sollte ich die beiden nicht besser vorher fragen? Aber sagte Bea nicht, dass sie und Frank doch die Lust lieben und gerne ihren Spaß und ihre Geilheit mit anderen teilen?

Ich gebe zu, ich war sehr unruhig. Allein der Gedanke daran ließ mich immer wieder feucht werden. Als Wolf zwischendurch mal außer Haus war, nahm ich meinen Vibrator zur Hand. Ich musste es mir einfach machen. Aber als es mir nach zwei Stunden schon wieder so ging, brauchte ich den Stoßdildo. Es ging einfach nicht anders. Ständig hatte ich Bilder vor den Augen, wie Wolf dem Frank einen bläst oder der Frank meinem Wolf den Arsch fickt. Immer der Gedanke daran, dass beide ihre schwule Seite entdecken und miteinander ausleben.

Mit Bea konnte ich ja kaum darüber sprechen. Zumindest traute ich mir das nicht zu. Wie würde sie das sehen? Was genau versteht sie unter „Spaß und Geilheit mit anderen teilen"? Würde sie das ertragen können, wenn ihr Mann gefickt wird? Als wir zusammen waren, war ja nicht erkennbar, dass auf eine solche Neigung hätte hinweisen können. Immerhin konnte mir das nicht egal sein, weil ich ja noch einige Zeit mit ihr beruflich zusammenarbeiten werde. So war ich hin- und hergerissen, als der Termin für das Treffen näher kam.

Wolf und ich begrüßten Bea und Frank mit einem Glas Sekt. Wir hatten knallenge, weiße, sehr dünne Bodys an. Man konnte nicht durchsehen, aber meine Nippel drückten durch und ich befürchtete einen feuchten Schlitz. Meine Schamlippen waren gut zu erkennen. Bei Frank zeigte sich sofort ein feuchter Punkt, wo er ja keinesfalls sein sollte. Bea bemerkte das natürlich sofort, sah mich an und ich grinste breit.

Das war das Signal für beide, keine Zeit zu verlieren. Sie gingen ins Schlafzimmer, zogen sich aus und kamen zurück. Bea trug einen Mini-Mini-String mit hauchdünnen Fäden und einem klitzekleinen Dreieck, das eigentlich nichts mehr verdeckte. Frank hatte das entsprechende Modell für Männer angezogen. Sein Penis steckte in einem viel zu kleinen Sack, der für seine Eier sowieso nicht ausreichte, um sie zu beherbergen. Frank steckte sie immer wieder hinein, obwohl sie sofort wieder rausfielen. Wolf lachte, als er das sah und meinte schnippisch, er helfe doch gerne, sie wieder reinzudrücken.

Frank sah Wolf scheinbar verunsichert an und erwiderte: „Tu dir nur keinen Zwang an!" Mir blieb fast das Herz stehen, als Wolf sein Glas abstellte und sich an diesem keinen Gebinde zu schaffen machte. Es sah umständlich aus, gewollt umständlich. Franks Penis wurde etwas größer und nun hatten die Eier erst recht keinen Platz im Säckchen mehr. Wolf hielt mit Frank Augenkontakt und nestelte weiter an seinen Eiern rum. Als Frank dann die Augen schloss und stöhnte, war mir klar, die beiden werden wohl miteinander auskommen.

Bea sah mich verunsichert an und fragte: „Deiner auch?" Ich wusste, was sie meinte und nickte unauffällig. Bea nahm mich in den Arm und küsste mich. Wir setzten uns mit den Gläsern in der Hand auf das Sofa und sahen unseren Männern zu. Bea hielt mich vor Erstaunen fest und auch ich konnte es nicht so recht glauben, was wir zu sehen bekamen. Wolf war jetzt völlig auf Franks Schwanz fixiert. Er war so zärtlich mit dem Streicheln und Kraulen.

„So zärtlich wie Wolf mit Frank umgeht, gehe ich nicht mit Wolf um", ging es mir durch den Kopf. Frank selbst war auch verunsichert, als Wolf ihn fragte: „Willst du?" Frank sah zu Bea rüber, fragte nur: „Wo?" Ich bewunderte Bea Intuition, als sie aufsprang, zur Konsole ging und Frank die Gleitcreme reichte. Wolf drehte sich um, krabbelte in Doggystellung auf das Bett. Wir schauten den beiden interessiert zu. Frank drang vorsichtig ein und fickte Wolfs Arsch ganz langsam. Das war ein geiles Schauspiel, das uns bot.

Den eigenen Mann zu sehen, wie er gefickt wurde und es genoss, das war etwas Besonderes. Ich spürte, wie ich nass wurde und meine Hand unwillkürlich an meine Klitoris ging. Bea stieß mich an und ich sah, wie sie ebenfalls ihre Votze rieb. Aber wir konnten unsere Blicke nicht von den Männern abwenden und uns auf uns selber konzentrieren. Frank wurde schneller und ich wunderte mich, denn er spritzte schon ab. Das war sehr schnell gegangen. Er drehte sich zur Seite und Wolf warf sich regelgerecht auf ihn. Sie küssten sich, wie irre, so kraftvoll und energisch.

Ich war jetzt richtig nass und holte mir den Stoßdildo. Ich wusste ja, Männer sind immer schnell fertig und dann sind die Frauen ohne Stecher auf sich allein angewiesen. Bea nahm ihren Vibrator und wir schauten weiter den beiden zu. Frank blies jetzt Wolf seinen Schwanz. Ich ahnte es. Es ging jetzt alles sehr schnell. Wolf wollte ficken. Dann hockte sich

Frank auch schon hin, bot seinen Arsch an und Wolf ließ sich nicht lange bitten. Er zog lang durch, wie ich es von ihm kannte. Bea und ich waren zu sehr vereinnahmt und vergaßen regelrecht, dass wir jeder einen Dildo in der Votze hatten.

Nun, als die Männer fertig waren, zogen wir sie zwischen unsere Beine. Strafe musste sein. Frauen vernachlässigt man nicht! Also forderten wir sie auf, uns zum Orgasmus zu lecken. Sie waren sehr brav und voll bei der Sache. Aber bis die Männer uns zur Erlösung geleckt hatten, genehmigten wir, Bea und ich, uns einige Gläschen Sekt.

Ein Dreier Plus

Ich erzählte Sahra von Bea und was ich so alles bei ihr in der Firma, aber auch bei ihr zu Hause erlebte. Sahra konnte gar nicht genug davon bekommen, als sie hörte, wie Frank und Wolf sich gegenseitig fickten. Sie gab auch sogleich zu, dass ihr im Moment ein Mann fehlte, der sie forderte. Nun, ich wusste ja, wovon ich sprach. Ohne Mann wirst du unruhig. Besser ist er macht dich an, überzeugt dich, verführt und geilt dich auf.

Sahra wurde bei meinen Erzählungen merkwürdig nervös, aber stimmte mir zu. Das Gespräch tat ihr gut und wir kannten uns ja immerhin schon sehr lange. Sie hatte ja auch schon mit Wolf geschlafen und ich wusste, sie würde es jederzeit wieder machen. Wolf aber war nicht da und mir war nicht so danach, sie jetzt zu lecken oder gar zu ficken. So hatte sie ihre Hand in ihrer Jeans und spielte mit sich selbst. Ich kannte Sahra, also stand ich auf und bot ihr meinen Stoßdildo an.

Als sie das stoßende und blinkende Gerät sah, wurden ihre Augen riesengroß. Es schien, als ob sie es nicht glauben konnte, dass sie so ein Gerät jetzt benutzen sollte. Ich half ihr, die Jeans und das schon feuchte Höschen auszuziehen. Ich ahnte, sie war zu mir gekommen, weil sie ein Bedürfnis nach Sex mit mir hatte. Also setzte ich dieses stoßende Ungetüm auf ihre Schamlippen und sah zu, wie er langsam in ihr verschwand.

Ihre Fingernägel krallten sich dabei in meine Arme, und ich hatte Mühe, ihre Titten zu drücken und die Nippel zu zwirbeln. Mühsam gelang es mir, sie zu küssen. Küssen und gleichzeitig den Dildo reinzudrücken und rauszuziehen, das klappte nicht so gut. Also nahm sie das Ding in ihre Hand. Jetzt versank sie langsam in ihrer Gefühlswelt. Es war so zu erleben, wie Sahra sich mehr und mehr erregte. Sie stemmte sich selber das Ding rein und ließ es tief in sich arbeiten. Als sie ihn auf den G-Punkt richtete, ließ sie ihrem Orgasmus freien Lauf.

Ihr verträumter Blick verriet mir, dass sie ganz weit weg war. Sie schaute mich lange an, als sie sich wieder beruhigt hatte und fragte zögernd: „Und wenn du Bea zu uns einlädst und wir sie beide ficken?" Das kam so überraschend von ihr, dass es mir zwischen die Beine ging. Ich war verwirrt und bekam auf einmal eine wahnsinnige Lust. Ich nahm den Stoßdildo, entledigte mich meiner Jeans samt Höschen und stopfte ihn mir rein. Jetzt versank auch ich in meiner Welt und Sahra schaute mir zu. Aber das machte mir nichts aus, wir kannten uns zu gut.

Halbwegs wieder zurück in dieser Welt griff ich zum Telefon. Bea war erfreut, dass ich mich meldete. Sie erklärte mir, dass mit der Beendigung meiner Arbeit bei ihr, unsere süßen Eskapaden auch nicht mehr gewollt sind. Ich spürte wirklich ein wenig Glücksgefühl in ihren Worten. Als ich ein Treffen mit meiner Freundin Sahra vorschlug, schien sie sich gerade zu überschlagen. „Einen Frauen-Dreier, das habe ich immer schon mal gewollt!", gab sie zu. Ich spürte, dass Bea noch nicht alles ausgekostet hatte und geil darauf war, Neues zu erleben.

Sahra war jetzt verunsichert und rief mich ständig an, weil sie nicht so recht wusste, wie sie sich beim Dreier verhalten sollte. Schließlich war Bea ja eine Unternehmerin. Ich lachte und sagte: „Auch sie hat nur eine Votze!" Als dann aber Bea vor meiner Tür stand, blieb mir das Herz stehen. Hinter ihr stand nämlich Frank, mit dem ich gar nicht gerechnet hatte. Was wird nun aus dem Dreier, was habe ich mir nicht alles zurechtgelegt? Das Duschen, das Fummeln, der Stoßdildo, das Pinkeln. Irgendwie war mein Plan für heute für die Katz.

Bea marschierte unbekümmert gleich ins Wohnzimmer und traf dort auf Sahra, die sie mit einem Küsschen begrüßte. Schwungvoll drehte sie sich zu mir um, ließ ihren kleinen Pelzmantel fallen, stand nackt vor mir und fiel mir um den Hals. Ich war überrascht, als Sahra an mir vorbeiging und auf Frank losstürmte. Dabei ließ sie ihren leichten, seidenartigen Umhang, der ihrer Figur sehr schmeichelte, fallen. Sie umklammerte Frank und versuchte, ihm den Gürtel zu öffnen. Jetzt war es an Bea, erstaunt zu sein. Das hatte sie wohl nicht erwartet.

Bea und ich schauten den beiden zu, wie er von Sahra ausgezogen wurde und splitternackt dastand. Ich legte jetzt ebenfalls meinen Umhang ab und war jetzt auch nackt. Während Sahra Frank befummelte, ging ich in die Küche und füllte erst mal die Sektgläser. Bea folgte mir und schmiegte sich wie eine Klette an mich. Ich konnte den Sekt kaum eingießen. Sie rieb ihre Titten an mir und ich spürte ihre Feuchtigkeit am Oberschenkel. Also schaute ich ihr erstmal tief in die Augen und küsste sie leidenschaftlich. Ich hatte meine Zweifel abgelegt und war wieder beruhigt. Und ja, ich freute mich auf Bea.

Bea und ich gingen mit den Gläsern wieder ins Wohnzimmer. Sahra war voll beschäftigt und wollte gerade die Gelegenheit nutzen, sich um den geilen Schwanz von Frank zu kümmern.

Sie unterbrach nur unwillig und wir tranken erstmal ein Glas Sekt. Irgendwie lief aber alles ganz anders. Es kam gar nicht erst eine gemeinsame Stimmung auf. Sahra hatte nur Augen für Frank, der da mit seinem schlaffen Schwanz stand. Also wandte ich mich ab und küsste Bea. Sahra schien froh zu sein, den Frank wieder für sich zu haben, und umspielte sofort seine Eichel mit der Zunge, wobei sie mit einer Hand seine Hoden massierte.

Bea bemerkte, dass Franks Lümmel reagierte und steif wurde. Jetzt war sie abgelenkt und ich konnte nichts mit ihr anfangen. Wir beobachten, wie Sahra den Schwanz in den Mund nahm und ihn verwöhnte. Frank schaute Bea an und schien mit den Schultern zu zucken. Ich steckte meine Finger in meine Muschi. Wenn sich schon niemand um mich kümmer, muss ich es halt ja selbst tun. Sahra verwöhnte Frank inbrünstig. Der Schwanz war schon lange „einsatzbereit". Sahra wurde vorsichtiger, weil sie nicht wollte, dass Frank schon jetzt kommt.

Jetzt übernahm Frank die Regie. Er schubste Sahra rücklings auf das Bett, spreizte ihre Beine und schob ihr seinen harten Luststab in die pitschnasse Votze und fickte sie mit Hingabe. Ich vergaß dabei mein eigenes fingern meiner Votze. Bea und ich hielten uns vor Erregung fest. Wenn Frank fickte, war ich fasziniert von seinen Bewegungen. Es ergriff mich das gleiche Kribbeln, wie ich es spürte, als er Wolf fickte. Bea ging es wohl genauso. Sie hielt krampfhaft meine Hand fest. Jetzt begriff ich, warum sie ihn mitgebracht hatte. Sie liebte es, ihm zuzuschauen.

Aber Bea wollte mehr. Sie legte sich neben den beiden auf das Bett und hatte sofort ihre Hand in ihrem Wohlfühlzentrum. Natürlich ließ ich mir das nicht entgehen. Ich war verrückt vor Geilheit und drehte durch. So stürmte ich auf Bea zu, fingerte sie wild und ungestüm. Wenn sie mich nicht gebremst hätte, hätte ich ihr wohl meine Hand reingerammt. So aber leckte und saugte ich sie hingebungsvoll. Plötzlich riss ich die Beine von Bea hoch und leckte ihre Kimme wie wild. Ich vergrub sogar mein Gesicht zwischen ihren Arschbacken und leckte ihre Rosette. Warum ich genau das machte, ist mir selbst bis heute ein Rätsel.

Ich spuckte auf Beas Rosette und steckte zwei Finger in ihren Po. Erst schien sie sich zur Seite drehen zu wollen, doch dann drückte sie mir ihren Arsch entgegen. Ihre Augen leuchteten vor Begierde und waren weit aufgerissen. Ihre Hand wanderte zu ihrer Klitoris und sie begann, sie zu stimulieren. Mühsam konnte ich, von ihren Beinen umklammert, mit einer Hand meinen Lieblingsdildo auf dem Nachttisch erreichen und ihr anbieten. Sie lachte laut los und schob ihn sich rein.

Wir hatten nicht mitbekommen, dass Frank in Sahra gekommen war und die beiden nun uns zuschauten. Frank wirkte ein wenig hilflos. Sahra stand auf, ging zu ihrer

Tasche, griff nach dem Strap-on. Mir war sofort klar, was sie zu tun beabsichtigte. Nämlich das, was sie immer mit mir machte. Sie kam zu mir und positionierte sich hinter mir. Dann spürte ich das Gleitgel auf der Rosette. Sahra zwängte den Strap-on rein und begann meinen Anus zu ficken. Von mir unbemerkt hatte Frank von Sahra ihren Dildo bekommen und den steckte er mir in die Votze.

Das war nicht ganz einfach, weil Sahra mir bereits den Arsch fickte. Aber die beiden liefen zu einer ungeheuren Form auf. Natürlich spürten sie beide, wie meine Finger im Arsch von Bea schneller wurden. Bea war jetzt so erregt, dass sie meinen Dildo in ihrer Votze wild und unkontrolliert herumrührte. Als ich kam und heftig meinen Arsch einzog und wieder rausstreckte, sah ich noch Beas große Augen und bekam gerade noch mit, wie sie meinen Dildo tief in sich reindrückte, um sich dann zur Seite zu drehen. Die Fingernägel der anderen Hand vergruben sich in meinem Arm, was ich noch Tage danach spüren konnte.

Bea und ich

Bea wollte mich gerne in ihrer Firma für die Organisationsleitung einstellen, aber das wollte ich nicht, weil ich eigentlich keinen Grund hatte, mich beruflich zu verändern. Also stellte Bea jemand anderen ein, um längerfristig die Organisation ihrer Firma neu zu ordnen. Ich war für die nächste Zeit in meiner Firma die offizielle Kontaktfrau zu Bea im Hinblick auf Firmenbelange und deshalb öfter mal bei ihr zu Besuch.

Bea und ich verloren uns so nicht aus den Augen. Aber mein Gefühl, dass sie mehr wollte, ließ mich nicht los. Irgendwie war ich aber auch froh darüber, sie nicht jeden Tag zu treffen. Als ich sie einmal besuchte, um mit ihr zusammen eine neue Sitzung vorzubereiten, umarmte sie mich heftig. Ich drehte sie einfach mit dem Rücken zu mir, presste meine Brüste auf ihren Rücken und rieb mich an ihr. Dann steckte ich meine Hand vorne in ihre Jeans, die sie ganz schnell öffnete. Ich spürte es deutlich, Bea war hungrig und geil auf mich.

Sie gab sich sofort hin. Ihre Votze war sehr feucht, und sie genoss die Stimulation ihrer Klitoris. Ich knetete auch ihre Brust und sie brauchte nicht lange, um zu kommen. Ihr Orgasmus war heftig. Ich konnte es mit meinen Fingern spüren. Ihr Atem ging schwer und ich musste sie festhalten. Wer weiß, vielleicht wäre sie in die Knie gegangen. Als ich danach von der Toilette zurückkam und mir die Hände gewaschen hatte, schaute sie mir lange in die Augen und sagte: „Ich vermisse dich!" Das berührte mich in diesem Moment sehr.

Mir war allerdings klar, es war keine Liebe, sondern es war die pure Geilheit. Die Lust in mir, sie zu haben, nahm zu. Ich konnte mir sehr gut vorstellen, sie zu ficken oder mich von ihr ficken zu lassen. Es war merkwürdig. Ich spürte, dass ich sie alleine haben wollte, ohne ihren Mann und ohne Wolf. Es dauerte lange, bis ich mich überwand, sie daraufhin anzusprechen. Sahra fragte mich mal, wie es Bea denn so ginge. Ich erzählte ihr von Bea und meinen etwas zwiespältigen Gefühlen zu ihr. Sahra schaute mich mit ihren dunklen Augen entgeistert an.

Der Sex mit Sahra war wie immer schön. Sahra ist eben eine Frau, die fast immer geil ist. Wir vertrauen uns da sehr. Schließlich war sie es, die mir riet, doch mit Bea mal über ihre und meine Lust zu sprechen. So kam es, dass ich Bea, tief in ihre Augen schauend, darauf ansprach. Beas Blick ging irgendwie durch mich hindurch und sie schien mir gar nicht so richtig zuzuhören. Sie war in ihren Gedanken versunken. Nach einer Weile hatte sie wohl ihre Gedanken sortiert und sagte zu mir: „Manchmal, wenn ich an dich denke, ist mir so, dass ich dich ficken will, dich erleben will. Dann bin ich so unruhig, dass ich mich hinlege und mir einen Dildo reinwürge. Erst, wenn ich einen Orgasmus hatte, fühle ich mich wieder besser."

Bea war irgendwie gerührt. Dass ich mich selber ficke und dabei an sie dachte, ging nicht so spurlos an ihr vorbei. Aber ihre Reaktion darauf überraschte mich doch. Bea stand auf, brachte zwei Dildos, von denen sie mir einen gab. Sie setzte sich in den Sessel auf ein Handtuch und stopfte sich breitbeinig einen Stoßdildo in die Votze. Ihren Kopf lehnte sie hinten an der Sessellehne an. Sie machte das extra für mich, begriff ich dann. So sollte meine rein gedankliche Vorstellung zur Realität werden.

Jetzt war es an mir, den Dildo zu benutzen. Also setzte ich mich genau so in Position, wie sie. Aber ich benutzte nicht ihren Dildo, den sie mir gab, sondern meinen eigenen Stoßdildo, den ich gewohnt war. „Vielleicht denkt sie ja auch an mich, wenn sie es sich selber macht", ging es mir durch den Kopf. So saßen wir eine Weile gegenüber, jeder mit sich selbst beschäftigt. Sich selbst in der Gegenwart eines anderen zu befriedigen, das erfordert sehr viel Vertrauen.

Es dauerte lange und wir ließen uns von den Gefühlen treiben. Doch dann stand ich auf, zog sie aus dem Sessel hoch und drehte sie um. Sie wusste natürlich sofort, was ich wollte. Als meine Finger ihre Votze erreichten und meine Hände sich unter ihr Oberteil vortasteten, war sie bereits sehr nass, genauso wie auch ich. Bea war geil auf mich. Das gemeinsame Selber-Ficken mit den Dildos hatte seine Wirkung getan. Mein Geständnis, sie alleine erleben zu wollen, zeigte Wirkung.

Sie gab sich mir hin und spreizte die Beine, um für mich ihre Votze weiter zu öffnen. Dazu kippte sie heftig ihr Becken. Es ging bemerkenswert schnell und sie bekam einen Orgasmus. Ich war von so viel Sensibilität überrascht und zog sie ins Schlafzimmer. Sie streifte den BH ab und legte sich auf das Bett, während ich mir meine Klamotten auszog und nach dem Strap-On in meiner Tasche kramte. Ich wählte für Bea einen Aufsetz-Dildo, der wie ein Haken stark nach oben gekrümmt war. Ich dachte mir, das könnte Bea jetzt gut gebrauchen.

Diesen setzte ich auf und drang damit in Bea ein. Die Spitze zeichnete sich beim „Rein und raus" auf ihrer Bauchdecke ab. Ich rieb mit diesem Haken-Dildo in ihrer Votze heftig über ihren G-Punkt. Beas Augen verloren sich im Nichts. Sie spannte ihre Scheidenmuskeln an, hob ihr Becken hoch und streckte es mir entgegen. Ihr Atem wurde immer heftiger und steigerte sich in ein lautes Stöhnen. Es dauerte lange, bis ihr Becken wieder runter sackte und sie sich zur Seite wandte. Sie hatte genug.

Ich wechselte den Dildo gegen einen sehr geraden, langen Dildo aus, drehte sie so, dass sie auf dem Bauch lag. Dann fickte ich sie in den Arsch. Ich machte es ihr so, wie ich es selbst sehr gerne habe. Von oben nach unten. Durch den After auf die Bauchdecke zu. Dieses senkrechte Ficken geht ganz gut von hinten. Bea schien sich dabei total zu entspannen und genoss den Arschfick. Dieser Strap-On mit Innendildo, der in meiner Votze steckte, reizte mich natürlich auch. So steigerte ich mich wieder voll rein.

Ich fickte sie immer heftiger und wilder. Der Rausch, einen Orgasmus zu bekommen, hatte mich ergriffen. Bea schien das zu spüren. Es reizte mich noch mehr, ihren offenen Anus zu betrachten. Mein Herz schlug schneller. Vor meinen Augen flimmerte es. Meine Bewegungen waren nicht mehr harmonisch. Bea meinte später, ich hätte geschrien, mich hoch aufgerichtet und mit der Hand meinen Einsteckdildo in meiner Grotte heftig hin und her gerührt, bis mein Orgasmus mich erlöst hätte.

Christa

Nach einer längeren Pause rief mich Bea an und fragte, ob wir uns nicht mal wieder treffen könnten. Sie gestand mir, dass sie eine Freundin hätte, die gerne einen Dreier wollte. Bea war mit allen Wasser gewaschen und eine unermüdlich geile, rastlose und aktive Frau. Ich weiß nicht, ob sie diese Freundin schon länger kannte, aber ich weiß, dass sie immer auf der Suche nach einer kleinen Sensation ist.

Das reizte mich natürlich. Eine wildfremde Frau zu ficken und ihr einen Orgasmus zu verschaffen. Ich gebe ja zu, ich hatte Spaß an diesen Gedanken, der mich zunehmend aufgeilte. Also stimmte ich einer Verabredung zu. Bea bestand natürlich darauf, dass ich zu ihr komme, versicherte mir aber, dass ihr Mann nicht da sein wird. Als ich ihr vorschlug, doch zu ihrer Freundin zu fahren, damit sie sich in ihrem Umfeld erlebt, war es an Bea, die daran gefallen fand. Also stimmte sie zu und freute sich: „Wir beiden verführen sie und machen sie fertig!" So trafen wir uns bei Christa.

Christa begrüßte uns mit einem Glas Sekt. Dabei musterte sie mich von oben bis unten. Ich zog ohne abzuwarten meine Hose aus und streifte das Höschen runter. Sie konnte nicht anders und schaute immer wieder auf meine glatt rasierte Votze. Als ich mein Top auszog, zog Bea auch ihre Hose aus. Christa hatte Handtücher bereitgelegt, die wir nun nutzten, um uns in die Sessel zu setzen. Bea spreizte weit ihre Schenkel und zog mit den Fingern ihre Schamlippen auseinander. Christa war überrascht. Sie konnte das nicht einordnen.

Bea und ich waren jetzt sozusagen die Dienstleister für Christa, die sich nach kurzem Zögern auch auszog. Jetzt waren wir alle drei nackt. Auch Christa zog ihre Schamlippen auseinander. Bea schien nur darauf gewartet zu haben und stürzte geradezu auf Christa zu. Schnell fand ihr Mund Christas Votze und saugte sie geradezu ein. Dabei ging sie recht ruppig mit Christa um. Christa lehnte sich weit zurück und streckte ihr Becken vor. Sie schien sehr sensibel zu sein, denn sie zuckte oft. Ob vor Schreck oder anderen Reizen, vermochte ich nicht zu erkennen.

Ich nutzte die Gelegenheit und legte mir den Strap-on mit dem Hakendildo an und wollte eigentlich nur testen, wie dieser bei Christa ankommt. Als ich Bea beiseite drückte und sie diesen Dildo sah, entschied sie anders. Sie riss Christa geradezu aus dem Sessel und zog sie hinter sich ins Schlafzimmer. Auf dem Bett lagen bereits ausgebreitete

Handtücher. Christa hatte also ganz bestimmte Vorstellungen, die auch Bea kannte. Unbeirrt setzte ich den Dildo auf Christas nasse Schamlippen. Da brauchte es keine Gleitcreme mehr. Ich drang mühelos ein.

Ich war zuversichtlich, Christa verwöhnen zu können. Christa reagierte heftig, als die Dildospitze über ihren G-Punkt streifte. Ihre Reaktionen halfen mir, den Dildo auf dem G-Punkt zu halten. Doch sie zuckte dabei sehr heftig und wich schon mal aus. Dann nahm ich ihre Hand und legte sie auf ihre Muschi. Sie verstand sofort und rieb sich selber. Das half ihr, sich besser zu konzentrieren. So konnte ich sie aufschaukeln und sie dazu zu bringen, sich fallen zu lassen. Das tat sie dann bei geschlossenen Augen.

Bea zog einen Sessel heran und setzte sich breitbeinig hinein. Sie beobachtete jede Reaktion von Christa und schob sich selbst einen Dildo in ihre Votze. Jedes Zucken ihrer Freundin schien sich auf Bea zu übertragen. Sie genoss es sichtlich. Ich variierte, um herauszufinden, worauf Christa alles reagierte. Christa wurde ruhiger. Bea stöhnte jetzt laut. Ich wusste, sie hatte ihre Geilheit jetzt voll im Griff. Je mehr ich jedoch zustieß, desto ruhiger wurde Christa. Ich spürte, wie der Orgasmus langsam aber unaufhaltsam in mir aufstieg. Es kribbelte und ich stöhnte laut.

Das war wohl das Signal für Christa. Beas Körper bäumte sich kurz auf und dann sackte er in sich zusammen. Der Dildo rutschte aus ihr raus. Ich hielt inne und unterdrückte meinen Orgasmus. Bea jedoch stöhnte, als sie ihren Orgasmus bekam. Ich schnaufte und bekam mich unter Kontrolle, während sich Christa zur Seite drehte. Jetzt wechselte ich den Hakendildo gegen den langen geraden Dildo aus. Ich wusste ja, es würde funktionieren. Nur Christa ahnte von nichts.

Bea stand auf und drehte Christa auf den Bauch, die es willenlos mit sich geschehen ließ. Sie wehrte sich nicht, als Bea sie mit dem Finger in den Po fickte. „Sie ist noch eine anale Jungfrau!", flüsterte mir Bea zu und nahm den zweiten Finger dazu. Es schien Christa nichts auszumachen. Sie war entspannt und drückte sich sogar dagegen. Bea winkte mir zu, dass ich jetzt Christa übernehmen solle.

Jetzt war es an mir, Christa den Arsch mit dem Strap-on zu ficken. Und darauf hatte ich jetzt große Lust. Der Gedanke, sie ist noch eine anale Jungfrau, betörte mich. Ich machte es genauso, wie neulich bei Bea. Immer schön senkrecht von oben, so wie ich es selbst am liebsten habe. Christa war erst ganz ruhig. Dann reagierte sie und hob ihren Arsch an. Ich konnte nicht mehr senkrecht von oben auf die Bauchdecke reinstoßen. Aber das wollte sie wohl auch nicht. Vielmehr streckte sie sich mit einem sehr stark durchgebogenen Kreuz mir entgegen. Immer mehr schob sie sich mit den Händen weiter.

Automatisch glitt ich tiefer rein. Viel tiefer als ich wollte. Dabei feuerte Christa mich an, doch stärker zu ficken. Ich verstand die Welt nicht mehr und mir ging auch langsam die Puste etwas aus. Bea schien das zu ahnen. Sie reagierte sofort und legte sich ebenfalls ihren Strap-on an. Christa war zu sehr mit mir und sich selbst beschäftigt. So war sie sehr erstaunt, als Bea sie aufforderte, etwas zur Seite zu rücken. Ich ahnte, was Bea vorhatte, sie bugsierte Christa sehr geschickt auf sich rauf. Christa konnte jetzt Bea, die auf dem Rücken lag, bequem reiten.

Dann aber drückte ich Christa nach vorne und drang erneut ein. Damit hatte sie nicht gerechnet. Es folgte eine Schimpfkanonade, die mehr als deutlich war. So waren wir eben, die wundervollen, geilen, versauten, fickenden Weiber, die eine arme anale Jungfrau niedermachten. Christa nahm das dann so hin und Bea und ich fanden uns in dieser Konstellation zurecht. Wir fanden unseren Rhythmus und drangen immer wieder ein. Christas Kräfte erlahmten langsam. Sie konnte nicht mehr reagieren.

Aber dann passierte etwas, womit ich nicht gerechnet hatte. Eigentlich wollte ich mir jetzt noch genüsslich einen Orgasmus verschaffen. Zumindest hoffte ich darauf, dass es mir gelingen würde. Natürlich war ich auch völlig erschöpft, aber die Lust, das Feuer in mir, war noch nicht erloschen. Vielleicht wollte ich vor Bea einfach nur gut dastehen. Aber darum schien es Bea gar nicht zu gehen. Sie blaffte Christa auf einmal an, dass sie sie gefälligst weiterreiten sollte. Es war der dominante, typische Ton, der mich irritierte.

Dann kam von Christa ein klägliches „Ich mache ja schon!"
Sie richtete sich auf, hob das Becken an und wippte kräftig
weiter. Zu meinem Erstaunen lief das sehr harmonisch ab.
Wenn der Dildo von Bea in sie eintauchte, ging ich aus ihr
raus und umgekehrt. Es war wie ein Pendeln zwischen zwei
kräftigen Kalibern von Lustspendern, die Bea und ich da
aufgesetzt hatten. Christa schien alle ihre Kräfte zu
mobilisieren. Es war mir unbegreiflich, wie sie sich noch
steigern konnte. Aber so ist das eben. Geilheit setzt Kräfte
frei, die man selber in sich auch nicht vermutet.

Christa sollte oder wollte ja Bea zuliebe ficken. War da etwas
Devotes mit im Spiel? Ihrer Freundin oder auch Herrin zu
dienen, oder war es nur der eigene Antrieb, aus sich heraus
zu gehen und sich selber zu befriedigen? Als dann diese
geilen dreckigen Sprüche kamen wie „Bea sei ja eine Nutte,
die zu faul ist, selber zu ficken, die ja nur bedient, werden
will", war mir klar, dass das ein Spiel zwischen den beiden
darstellte.

Mich regte es wahnsinnig an. Ich fühlte mit den beiden, die
ihre Geilheit auslebten. Dabei konnte ich meinen Dildo mit
meinem Becken immer so steuern, dass es optimal für mich
war. Christa reagierte darauf überhaupt nicht mehr. Vielmehr
musste ich mich konzentrieren, dass mein Strap-on in ihr
blieb. Ich bekam meinen Orgasmus. Es war nicht Christa,
die vollkommen geschafft war, sondern ich war diejenige, die
jetzt total erledigt war.

Parkplatz

Der Parkplatz

Es hatte Wolf angemacht, dass ich ihm das von Bea über den Parkplatz erzählt hatte. Seit er mit Jan alleine zusammen war, schien er immer mehr seiner bisher verborgenen Interessen zu entdecken. Sex ist eben nicht beschränkt auf das andere Geschlecht, aber eben auch nicht auf nur eine Person. Als er dann über die Internetsuche die Bestätigung erhielt, dass dieser Parkplatz wirklich ein Treffpunkt für Parkplatzsex war, war er ganz aus dem Häuschen. Er konnte gar nicht mehr aufhören, sich auszumalen, was man dort auf dem Parkplatz alles erleben könnte.

Er musste mich nicht großartig dazu überreden, dort hinzufahren. Wolf kannte mich gut und wusste ja, dass ich einen kräftigen Schwanz nicht verschmähen würde. Neu aber war, dass er das Erlebnis mit mir gemeinsam suchte. Wir sprachen schon über „uns gegenseitig Verkaufen" oder „Verleihen" oder „einfach Tauschen". Da gibt es so viele Dinge, die andere erleben wollen. Ich bekam den Eindruck, diese Etappe meiner Wanderung gehe ich mit Wolf gemeinsam.

So fuhren wir zu diesem Parkplatz und schauten uns um. Aber da war nichts auszumachen, was auf Parkplatzsex hinweisen könnte. So gingen wir in das Restaurant der Raststätte. Dort waren so ziemlich alle Tische belegt. Nur an einem der Tische saß eine Frau alleine. Ich bewunderte Wolf, wie selbstsicher er sie fragte, ob wir uns setzen dürften. Diese Frau hatte nur Augen für Wolf, obwohl ich sie auch nicht verschmäht hätte. Sie fragte Wolf, warum wir denn hier seien.

Ehe Wolf antworten konnte, meinte sie, dass Alan heute nicht da sei. „Wer ist Alen?", fragte ich erstaunt. Jetzt war ich aber auch über Wolf erstaunt, der scheinbar gelangweilt antwortete: „Alan, ist der denn was Besonderes hier?" Diese Frau schaute erst ihn prüfend an, dann mich und sagte schließlich zu Wolf: „Na, vielleicht bin ich ja was Besonderes, aber Typen wie du werden ja von jüngeren Männern gesucht."

Jetzt war mir klar, wie das mit dem Parkplatzsex hier funktionierte. Ein Anbahnen im Restaurant ist aller Lust Anfang. Ehe ich weiter darüber nachdenken konnte, fügte sie noch hinzu, aber diesmal zu mir gewandt: „Ich bin die Angela. Gönnst du ihn mir?" Ich schaute sie wohl ganz entgeistert an. Sie lächelte nur und wiederholte sich noch einmal: „Ich bin die Angela. Gönnst du ihn mir?" Mühsam brachte ich meinen Namen „Anara" über meine Lippen, als sie mir zu verstehen gab, doch mal unter den Tisch zu schauen. Wolf sah mich genauso sprachlos an. So blickten wir unter den Tisch.

Was wir sahen, war eine sorgsam rasierte, sehr hübsche Votze von Angela. Sie war noch relativ jung. Jedenfalls drangen die inneren Schamlippen nicht heraus. Als ob uns das noch nicht genug überraschte, tauchte eine Hand von Angela auf und sie spreizte ihre Schamlippen, sodass wir in ihr inneres, hellrote Himmelreich schauen konnten. Ich wurde sofort feucht und sagte zu Angela: „Da werde ich ja nass bei." Sie sah mich an, grinste und fragte: „Dann kriege ich ihn von dir?" Ich sah Wolf an und sah sein diabolisches Grinsen im Gesicht. Er wartete jetzt auch auf meine Entscheidung. So urteilte ich etwas salomonisch: „Wenn er dich will?"

Dann unterhielten wir uns und tranken erst mal ein Glas Wein. Angela wurde mir immer sympathischer und wir flirteten heftig miteinander. Die eine oder andere anzügliche Bemerkung fiel. Angela fragte mich sogar gänzlich unverblümt: „Wie ist denn dein Wolf so im Bett. Auf der Toilette konnte ich nicht anders. Ich zog Angela an mich und küsste sie heftig. Dann flüsterte ich ihr ins Ohr, sie solle es Wolf schön machen. Einen Moment sah ich Angela an, dann spürte ich ihre Hand in meinem Höschen. Ich hatte es einfacher, weil sie ja keines anhatte.

Es musste sein. Wir knutschten, rieben uns die Titten und fummelten an uns herum. Es gelang mir, mit dem Finger in sie einzudringen und ihren G-Punkt zu erreichen, während sie meine Klitoris stimulierte. Angela verhielt sich jetzt ganz ruhig. Sie ließ es sich gerne gefallen. Sie sank in meine Arme, als sich jemand an meinem Po zu schaffen machte. Hinter mir stand noch eine Frau. Sie lächelte freundlich, langte durch meine Beine und fasste an meine Votze. „Lass sie machen!", meinte Angela kurz. „Mach einfach weiter." Ich besorgte es ihr und wurde von einer anderen Frau verwöhnt. So schnell kann es gehen.

Angela zitterte ihrem Orgasmus entgegen. Ich arbeitete kräftig ihre Lustgrotte durch. Mit Küssen war da nichts mehr. Diese „Stehparty" war anstrengend, zumal die andere Frau noch von mir forderte, ich solle den Po mehr herausstrecken. Ehe ich mich versah, bekam ich von ihr einen Finger in den Po und mehrere in die Votze. Diese Frau war erfahren, sie fickte mich sehr gleichmäßig und wusste genau, dass sie damit Erfolg haben würde. Angela stöhnte heftig und hielt meine Hand fest. Sie zuckte innerlich und ich konnte es mit den Fingern spüren. Sie sah mich glücklich an und lächelte.

Die andere Frau fickte mich weiter. Angela aber drehte sich aus meinem Arm und saß auf einmal auf dem Boden und stützte sich nach hinten ab. Sie legte ihren Kopf in den Nacken. Die Frau hinter mir schob mich nach vorne. Ich konnte mich gerade noch am Waschbecken abstützen.

Zielsicher begann Angela, meine Klitoris einzusaugen. Das tat so unendlich gut. Ich begann, davonzufliegen. Die Frau fingerte mich jetzt immer schneller.

Ich stand jetzt breitbeinig da und wollte auch meinen Orgasmus haben. Ich wollte, dass diese beiden versauten Frauen mich fertig machen. Dabei fühlte ich mich so wohl, so aufgehoben und so verstanden. Frauen, die mich nicht kannten, mit denen ich noch nie vorher zu tun hatte, brachten mich auf den Höhepunkt meiner Lustgefühle. Ich konnte kaum vernünftig atmen, geschweige denn mich bewegen. In dieser breitbeinigen Position verkrampfte sich mein Körper. Dann wurden meine Knie weich. Ich sank auf Angela runter und saß auf ihren Beinen.

Angela lächelte mich an, nahm meinen Kopf und küsste mich. Ich sah gerade noch, dass die Frau neben mir an das Waschbecken trat und sich ihre Hände wusch. Ich konnte sie kaum sehen. Ihre starken Brüste fielen mir sofort auf. Sie trug Jeans und hatte blondes, halblanges Haar. Das war aber schon alles, was ich sah. Angela nahm mich in Beschlag und ich lutschte ihre Nippel. Als ich aufstand, hatte die Frau den Toilettenraum bereits verlassen. Sorgsam wischte ich mir mit einem Taschentuch die Muschi und den Po etwas trocken. Erst jetzt wurde mir siedend heiß bewusst, dass dies ja eine öffentliche Toilette war.

Am Tisch ließ sich Angela rein gar nichts anmerken. Wolf war schon ein wenig verunsichert und sah mal zu mir, mal zu

Angela. Aber er hielt unsere Unterhaltung am Tisch aufrecht und Angela fasste auch mehr Vertrauen zu ihm. Wolf ließ nicht locker und fragte, wie es denn hier normalerweise so ablief. Sind es mehr Männer, mehr Frauen oder Paare, die sich hier treffen und vor allem, wo trifft man sich denn hier. Statt einer Antwort schrieb Angela eine WEB-Adresse auf und wies darauf hin, dass man dort alles finden würde. Zum Schluss gab sie noch den Ratschlag, dass, wenn man an einem Treffen teilnimmt, es hilfreich sei, eine Tasche mit Höschen, Handtuch, Waschlappen und Wasser dabei zu haben. Mir steckte sie noch eine Telefonnummer zu. Aber so, dass es Wolf nicht bemerkte.

Der Holztisch

Angela hatte mir geraten, unbedingt eine Tasche mit einer großen Flasche Wasser, einige Handtücher und Slipeinlagen zu einem Treffen mitzubringen. Außerdem sagte sie, dass sie im Internet unter dem Nutzernamen „Kanarienvogel" einladen würde. Frischfleisch wäre immer gerne willkommen. Im Normalfall sind meistens die gleichen Männer da. Bei einer neuen oder speziellen Verabredung ist oft mehr los.

Wolf und ich wussten nicht genau, was uns da erwartet. Dass Angela ein saugeiles Luder war, wusste ich, aber Wolf hatte sie ja noch nicht erlebt. Ich war innerlich aufgewühlt und spürte die Feuchtigkeit in meiner Votze. Als wir den Parkplatz erreicht hatten, begrüßte uns Angela freudestrahlend. „Ihr seid heute die Attraktion!", kicherte sie lachend. Was auch immer das bedeuten sollte, ich wurde jedenfalls zunehmend unsicherer.

Angela ging mit uns zum Ende des Parkplatzes und bog dann auf einen sehr schmalen Trampelpfad ab. Nach fünf Minuten erreichten wir einen Forstweg, der zu einer Lichtung führte. Es waren zehn Männer und zwei Frauen, die dort scheinbar auf uns warteten. Es war sehr warm und einige Männer hatten die Hose offen. Aber eine Latte konnte ich nicht erkennen. Angela rief in der Runde: „Schön, dass ihr alle da seid!" Alle klatschten übermütig Beifall. Ich war äußerst gespannt, was jetzt passieren würde.

In der Mitte der Lichtung befanden sich aufeinandergestapelte Holzstämme. Obendrauf lagen mehrere Transport-Paletten, die teilweise leicht überstanden. Diese Paletten waren sorgfältig bearbeitet worden und besaßen eine glatte, mit Farbe gestrichene Oberfläche. Auch die Kanten waren abgerundet und gestrichen. Am Ausgang der Lichtung stand auf dem Forstweg ein kleiner Van. Die hintere Klappe war offen und innen lagen Stuhlkissen, wie man sie für Gartenstühle mit Lehnen verwendet.

Angela stellte ihre Tasche ab und zog ihre Jeans aus und legte sie sorgsam gefaltet auf die Tasche. Auch ihre Bluse zog sie schnell aus. Sie trug keinen BH darunter, sodass ihre süßen kleinen Brüstchen munter und frei wippen konnten. Angela hatte eine perfekte Figur. Jemand brachte ihr ein Stuhlkissen, dessen lange Seite sie auf die Paletten legte. Die kurze Seite ließ sie einfach herunterhängen. Angela lächelte mich an, ging aber zu Wolf, dem sie die Hose öffnete.

Jetzt kam Bewegung in die Männer. Die eine oder andere Hose fiel bereits zu Boden. Die beiden Frauen, die zusammen mit den Männern auf der Lichtung gewartet hatten, begannen sich auszuziehen. Männer klatschten und forderten, dass sie sich ganz ausziehen. Einige Männer begannen zu wichsen. Die Frauen wollten das unterstützen und nahmen den einen oder anderen Schwanz in den Mund. Ruckzuck hatte auch Angela Wolfs Schwanz steif bekommen. Nachdem ich mich ausgezogen hatte, machte ich es wie Angela. Ich behielt den Slip erstmal an und stellte mich neben die zwei Frauen.

Schnell brachte man mir Stuhlkissen, auf die ich mich knien konnte. Nun hatte ich den ersten Schwanz vor mir. Ich ging mit der Hand unter den Schwanz, testete seine Eier, zog die Vorhaut zurück und schaute mir den Schwanz genau an. Mit einer Hand wichste ich ihn und mit der anderen Hand griff ich durch seine Beine, um zu testen, wie bereit er war, sein Arschloch anzubieten. Die Frau neben mir schien meine Gedanken zu erraten und stellte eine Schachtel

Latexhandschuhe zwischen uns. Gerade wollte ich einen anziehen, als Angela und Wolf alle Blicke auf sich zogen.

Als ich mich umdrehte, legte sich Angela gerade auf das Kissen und setzte den Schwanz von Wolf auf ihre Schamlippen. Wolf schien sie einen Moment zu ärgern, indem er den Schwanz erst rauf und runter bewegte, dann aber doch eindrang. Er legte sich fast ganz über Angela und stützte sich mit den Händen links und rechts ab. So konnte er von oben runter auf die Bauchdecke zu ficken. Ich entschuldigte mich bei dem Mann und ging zu Wolf und Angela. Den Handschuh hatte ich aber jetzt angezogen.

Wolf zu sehen, wie er eine andere fickt, tat mir gut. Es machte mich geil. Dabei sah ich seinen Arsch, wie er sich beim Zurückziehen öffnete. Die Versuchung war zu groß. Mit den Fingern strich ich durch seine Pokerbe und kreiste auf der Rosette. Jemand hielt mir Gleitcreme hin. Wir „Neuen" standen unter ständiger Beobachtung. Als mein Mittelfinger in seinen Arsch eindrang, drehte sich Wolf kurz um und lachte. Ich begann, ihn heftiger zu ficken.

Einige Männer versammelten sich jetzt um uns herum. Einer von ihnen sah mich fragend an und zeigte zuerst auf den Po von Wolf und dann auf seinen Schwanz. Ich verstand ihn sofort, nahm das Gleitgel und spritzte es ihm in die Kerbe. Spätestens jetzt war ihm klar, was ihn erwartet. Der Mann war erfahren und setzte seinen Schwanz auf die Rosette. Wolf spürte das natürlich, aber fickte weiter genüsslich in

Angela hinein. Der Mann schien sehr flexibel zu sein. Er machte jede Bewegung mit.

Sein Schwanz steckte jetzt tief in Wolf und es sah aus, als ob er jetzt Angela fickte, nur dass Wolf eben noch dazwischen war. Eine Harmonie in Perfektion. Wolf reizte das enorm. Er konnte sich nicht zurückhalten. Er legte seinen Kopf in den Nacken. Das Pulsen der Beckenmuskeln und das Abspritzen waren für jeden sichtbar. Der Mann in ihm musste es auch gut gespürt haben.

Angela hielt es jetzt unter Wolf nicht mehr aus. Sie wand sich unter ihm raus und rollte sich zur Seite. Der Mann drückte jetzt Wolf auf das Kissen und nagelte ihn dort regelrecht fest. Wenn er bisher sehr ruhig und bedächtig jede Bewegung mitgemacht hatte, so rammte er jetzt schnell und tief seinen Speer in Wolf rein. Eine Gegenwehr war praktisch unmöglich. Es war ein geiler schneller Rhythmus, den er so lange beibehielt, bis er stoppte. Er blieb tief in Wolf drin. Jetzt legte er den Kopf in den Nacken und spritzte ab.

Ich hatte gar nicht bemerkt, dass Angela jetzt neben mir stand. Sie hatte zwei Kissen auf die Paletten gelegt und drückte mich auf eines. „Wenn du dich nicht anbietest, rührt dich keiner an!", meinte sie. Also passierte hier nichts ohne Einvernehmen. Dabei drang sie mit den Fingern in meine Votze ein, fickte einen Moment, um mich dann zu lecken. Dann hielt sie die Gleitcreme hoch, als ob sie sagen wollte, sie ist bereit. Männer waren ja genug da und sofort drang einer in meinen Arsch ein.

Angela legte ein Handtuch auf das andere Kissen und setzte sich breitbeinig darauf. Sofort war jemand bereit, sie zu lecken, ja auszuschlürfen. Langsam begriff ich die Regeln hier. Mein Stecher fickte nicht zärtlich oder genüsslich, sondern einfach rein und raus. Die Männer standen lange genug mit einer Latte parat und wollten jetzt alle schnell spritzen. Der erste drang in mich ein. Ich spürte, dass er gleich kommen würde und machte mich eng. Er stieß einen Schrei aus, spritze ab und zog sich schnell zurück, um Platz für den nächsten zu machen.

Schon spürte ich den nächsten Schwanz auf meiner Rosette. Erst wollte ich dagegen halten, aber dann ließ ich ihn machen. Ich unterstützte ihn noch, indem ich den Arsch zukniff. Es war unglaublich schnell, wie der kam. Jetzt aber machte ich es wie Angela. Ich setzte mich auf das Kissen und ließ mich lecken. Es war eine willkommene Pause für mich. Aber die Männer wechselten sich ab. Sie brachten mich zum Orgasmus. Es war eine wundervolle Erfahrung. Das war der ultimative Reiz.

Ich genoss einen Moment meinen Orgasmus und legte mich wieder mit dem Bauch auf das Kissen. Angela neben mir sagte: „Du lernst schnell!" Wir sahen uns an und schaukelten im Rhythmus der Stöße der Männer. Ich war so aufgegeilt, dass ich gar nicht mehr aufhören konnte. Als ich dann Wolf sah, wie er sich mit einem Kissen wieder auf den Holzstapel legte, freute ich mich. Es war ein Rausch, wir lebten unsere Geilheit gemeinsam aus.

Am See

Der Holztisch hatte es mir angetan, obwohl ich danach tagelang nicht laufen konnte. Diese geilen Männer waren schon klasse. Dann Angela und vor allem Wolf, der sich neben mir ja auch hat ficken lassen. Diese Verabredung war schon etwas Besonderes und gut organisiert. Alles war gut vorbereitet. Ein paar Tage später erzählte mir Angela, dass hinter dem Treffpunkt ein See wäre und dass man von dort mit dem Auto näher heranfahren könne. Ich machte mich auf, um den neuen Weg zu erkunden. Als ich vom Parkplatz aus den Weg zum See suchte, war ich so feucht im Schritt wie lange nicht mehr.

Der neue Weg war leicht zu finden. Als der See durch die Bäume glitzerte, trat ein Mann vor mir aus dem Gebüsch. Er musste meine Schritte gehört haben. Ich erschrak und war gleichzeitig erfreut. Er wichste und sein Glied hatte eine schöne Größe. „Hallo!", sagte er und wichste weiter. Das verstand ich als Angebot an mich. Ich näherte mich dem Mann und begrüßte ihn ebenfalls mit „Hallo!" und starrte wie gebannt auf seinen Penis.

Er hielt inne, gab mir seine Hand und zog mich ganz nah zu sich ran. Seine freie Hand riss mir regelrecht mein langes Shirt vom Leib. So sah er meine erregten Nippel und stöhnte auf. Sofort nestelte er an meiner Hose und zerrte sie mir runter. Als er meine Votze erblickte, stöhnte ich etwas übertrieben, damit er es als Einverständnis versteht. Wir sanken beide auf den Waldboden, und er fing sofort an, mich zu lecken. Dann klammerte er sich fest an mich und ich fühlte mich wie in einem Schraubstock.

Glücksgefühle strömten durch meinen Körper. Ich spürte die Erregung und drohte auszulaufen. Er leckte mich wie wild. Seine lange Zunge drang zwischendurch tief in mich ein. Kein Wunder, dass ich anfing zu beben. Als er etwas lockerer ließ, drückte er meinen Kopf zwischen seine Schenkel. Ich holte Luft und sog seinen Schwanz tief in meinen Mund. Ich war so aufgegeilt, dass ich dabei fast erstickte. Seinen steifen Schwanz im Mund zu spüren, ihn zu lutschen und mir den Mund zu ficken, brachte mich um den Verstand. Als ich seine sorgsam rasierten Eier lutschte, war ich bereit für alles.

Er fickte meinen Mund. Gleichzeitig lief meine Votze aus, weil er mich dabei umso intensiver leckte. Sowas hatte ich selten erlebt. Seine Stöße waren ruhig und keinesfalls aggressiv. Als er spritzte, erschrak ich heftig. Es kam so plötzlich, so impulsiv, dass sein Saft mir aus dem Mund lief. Genüsslich leckte er mir seinen Liebesbeweis von den

Titten. Ja, er war ein ganz Süßer. Es waren wunderbare Gefühle, weil er gefühlvoll und zärtlich mit mir umging. Er ließ sich viel Zeit und ich dachte, das wäre es dann gewesen.

Aber ich konnte es kaum fassen, als er sagte: „Wir gehen ins Wasser, da orgel ich dich richtig durch!" Er bestand darauf, dass ich nur das lange Shirt anzog und meinte: „Meine Perle braucht kein Höschen!" Er nannte mich also Perle. Ich fasste das als Kompliment auf. Er selber hatte nur seine Hose an. Er ging hinter mir und plötzlich fühlte ich seine Finger in meiner Votze. Erstaunt drehte ich mich um und sah, wie er sich die Finger leckte. Ich machte ein Spiel daraus. Ab und zu blieb ich breitbeinig stehen, nahm das Shirt hoch, bückte mich und präsentierte ihm meine Votze. Dann sagte er: „Sehr gut so, meine Perle! So hebst du dir die Geilheit auf, bis ich dich ficke!"

Am Wasser hob er mich hoch, wie eine Feder. Aus meiner Votze tropfte es noch. Ich war so geil. Das dauernde Fingern und Ablecken war beinahe wie ein Dauerfick. Mit einem Augenzwinkern schimpfte er: „Na, so eine süße Sauerei. So benimmt sich doch nicht eine Perle. Gut, dass wir am Wasser sind!" Wir lachten und er ließ mich langsam an sich herunterrutschen. Es war so ein geiles Gefühl, seinen muskulösen Bauch zu spüren. Als ich wieder auf meinen Füßen stand, sah ich mir seinen großen wohlgeformten Schwanz genauer an. Seine Eier waren vergleichsweise zu dem langen Penis sehr klein. Er drückte mich an sich und sein Schwanz klopfte schon an meiner Votze und meinen prallen Schamlippen an.

Jetzt wurde mir klar, der Kerl kann ja schon wieder ficken. Seine großen Hände umfassten meine Pobacken und seine langen, schlanken Finger streichelten rhythmisch meine Innenschenkel. „Halte dich fest und lege deine Arme um meinen Hals", bat er mich. Er hob mein linkes Bein hoch und spielte mit seiner Eichel auf meinen Schamlippen weiter. Ich schnaufte und meine Schamlippen wurden hart. Sie schienen fast platzen zu wollen. Es war ein Zustand, wie ein Orgasmus, aber ohne Wärmerausch und Zucken. Ich war von Sinnen. Ich war sein Spielball!

Es dauerte einen Moment, dann steckte sein Penis in mir. Diese Stellung, mit dem hochgehobenen Bein und auf dem anderen Bein stehen zu müssen, brachte mich völlig aus dem Konzept. Das ging so schnell, weil ich so geil, so nass auf ihn war und es ja kaum erwarten konnte. Schwups, drin war er, dann aber wieder draußen. Der Kerl spielte mit mir. Das Reinstecken durch die festen, prallen Schamlippen machte mich verrückt. Dieses Gefühl zu spüren, gleich kommst du und du willst es, hatte schon etwas Besonderes an sich. Dann hob er auch mein anderes Bein an und hielt mich fest. Seinen Schwanz drückte er jetzt ganz tief in meine Vagina. Mit dem Orgasmus war es erst mal vorbei.

Er hatte wohl einen Plan. Aber wie sah dieser aus? Dann schwappte das Seewasser über uns. Er hatte sich einfach fallen lassen, wobei er mich weiter festhielt und seine Schraubstockkräfte wieder anwendete. Ich sah ihm in die Augen und spürte seine Begierde, seinen Willen, mir alles zu geben. Er küsste mich wild und ungestüm. Dabei stieß er in mich rein und wir wälzten uns im Schlamm des flachen Wassers. Plötzlich stand er wieder auf und fickte mich im Stehen von hinten weiter. Dann folgte eine Phase, in der er mich küsste und meine Titten und Arschbacken knetete. Er war vollständig in seiner leidenschaftlichen Lust gefangen.

Seine Stöße waren so hart und so wild, dass ich völlig entkräftet war. Dazu unfähig, mich auf ihn einzustellen. Aber er spritzte nicht in mir ab. Ich hatte den Eindruck, dass er mich unendlich lange ficken wollte und nun zögerte. Ich aber war wild und wollte ihn weiter spüren. Aber kaum rutschte er aus mir raus, kniete er sofort hinter mir und leckte meine Schamlippen. Ich spürte seine Zunge in meinem nassen Loch, als wolle er meinen ganzen Saft haben. Darauf hatte er es also abgesehen. Ich quietschte vor Wollust und keuchte: „Mach' mehr, reiß mir die Votze auf!"

Aber er drückte meinen Oberkörper tiefer und fuhr mit der Zunge in meinen Po. Andere schöne Gefühle durchströmten mich. Es schien, als ob seine Zunge meinen Arsch ficken wollte. Mit seiner Eichel brachte er meinen Votzenschleim auf meine Rosette. Sein immer noch harter Schwanz drückte sich langsam in meinen Arsch. Nach ein paar Sekunden war er tief in mir. Seinen harten Penis konnte ich wunderbar gleiten spüren. Meine Hand wanderte zur Klitoris und begann, sie zu verwöhnen. Er drang so tief ein, dass ich dachte, er wolle mich aufspießen.

Seine Hände griffen nach meinen Titten und seine Finger zwirbelten meine Nippel. Er saugte sich dabei mit seinen Lippen an meinem Hals fest und nannte mich nicht nur eine süße Schlampe, sondern er hatte noch ein paar derbe Ausdrücke parat, mit denen er mich bezeichnete. Wenn Männer sich triebgesteuert vergessen, die Frauen beschimpfen und dabei ficken, ist das immer wieder eine neue Erfahrung. Mein süßer Stecher wollte schon wieder schlürfen und ficken. Meine Finger auf meiner Klitoris wurden schneller und ich kam.

Ich kreuzte die Beine und genoss die warme Flut in mir und das Zucken meiner Votze. Er bemerkte sein verzögertes Stoßen. Ich nutze die Gelegenheit, weiter ins Wasser zu gehen, hockte mich in Doggystellung hin und drückte mein Kreuz durch. Somit bot ich ihm wieder meine Votze an und stachelte ihn auf: „Leck, mich, du dreckiger Stecher!". Er ging darauf ein und ich jubelte innerlich. Er war ja noch nicht gekommen und ich genoss sein Lecken und Saugen.

„Fick mir den Arsch weiter!", forderte ich ihn auf. Jetzt, so in Doggystellung, war es besonders schön. Ich spürte ihn noch tiefer und seine Eier klatschten auf meine Pobacken. Ich kniff den Po zusammen, hielt dagegen und reizte ihn damit. Manchmal beugte ich mich nach vorne, sodass er ganz rausrutschte und meine Schamlippen besonders reizte. Danach drückte ich ihn mir wieder tief rein. Ich griff durch meine Beine hindurch und hielt seine Eier fest. Dafür legte er sich nach vorne, küsste meinen Hals und griff mir ziemlich fest in die Brüste, sodass ich aufschrie: „Los, spritz!"

Er fand einfach kein Ende und bedachte mich andauernd mit derben Ausdrücken. Dann drehte ich mich um, weil er Ruhe gab. Er kniete vor mir und ich nahm seinen Penis in die Hand und spülte ihn mit Wasser ab. Dann wichste ich ihn fest und schnell. Knetete seine Eier und fasste ihn zwischen die Beine, um seinen Po zu erreichen. Jetzt hielt er ganz still und machte seinen Arsch bereitwillig auf, dass ich ihn ficken konnte. Es dauerte nicht lange und er kam. Ich konnte nicht alles mit dem Mund auffangen, aber ich küsste ihn damit. Er leckte mir meine Brüste sauber und küsste zurück. Ich schaute ihn an: „Das nächste Mal fickst du mir meine Votze und ich ficke dir deinen Arsch!" Seine glühenden Augen verrieten geradezu seine auflodernde Geilheit.

Der Holzstapel

Mein Kopf brummte. Zu viele Gedanken über das Leben und die Lust nahmen mich in Anspruch. Ich entschloss mich, mal wieder in den Wald zu gehen, um mich etwas zu entspannen. Die Waldgeister haben mir bis jetzt immer gutgetan. Aber diesmal fuhr ich wieder zum Parkplatz. Die Erlebnisse am Holztisch, diese perfekte Organisation der Menschen, die sich dort trafen, aber auch dieser einsame Wichser, der dort war traf, beschäftigten mich. Als ich dann auf dem unebenen Waldweg ging, fielen alle anstrengenden Gedanken wie von Zauberhand von mir ab.

Mir war klar, auch hier waren meine Waldgeister, die mich immer so beflügelten. Der Wald roch verführerisch. Ich spürte es, der Tag heute wird ein schöner Tag. Ich öffnete mein luftiges Kleid etwas. Meine Brüste wippten frei und gaben mir dieses herrliche Gefühl, eine Frau zu sein. Ich spürte in mir eine aufkommende Geilheit. Die Lust in mir schlummerte noch. Aber da schwirrten schon die Waldgeister herum, die ahnten, dass etwas passieren wird.

Ich hatte feste Sandalen an. So entschied ich mich, vom Weg abzuweichen. Im Unterholz fühlte ich mich wie ein Teil des Waldes. Ich blieb einen Augenblick stehen, atmete tief durch und seufzte, weil es mir so guttat. Langsam entspannte ich mich, wurde lockerer und meine Gedanken waren genau bei dem Mann, dessen Namen ich nicht kannte. Der Mann, der so einsam da stand und einfach wichste. So ähnlich kam ich mir jetzt auch vor. Sollte ich mich irgendwo hinlegen und es mir einfach machen? Sollte ich denn die Waldgeister einfach in meine offene Votze schauen lassen?

Obwohl ich eigentlich nicht wirklich pinkeln musste, zog ich mir mein Höschen aus und stopfte es in die Handtasche. Jetzt war ich fast nackt und fühlte mich befreit. Nur noch drei Knöpfe hielten mein Kleid geschlossen. Der Gürtel verschwand auch noch in der Handtasche. Es war so ein herrliches Gefühl, den wehenden Stoff des Kleides auf meinem Körper zu spüren. Es war wie ein Streicheln, eine hauchzarte Massage. Ich fühlte mich geborgen.

An einer geeigneten Stelle nahm ich das Kleid hoch und hockte mich hin. Alleine diese Stellung reizte mich und ich spürte meine Schamlippen, wie sie sich anspannten. Ich drückte mir die wenigen Tropfen raus, ließ mir aber unendlich viel Zeit. Immer wieder hielt ich ein und lauschte in meinen Körper hinein. Entspannen, pinkeln, anspannen und sich geil fühlen. Schließlich waren alle Tröpfchen gepinkelt. Ich überlegte noch, ob ich mich mit einem Taschentuch trocknen sollte, aber ich ließ es sein. Es konnte ja auch so trocknen. Ich hatte ja kein Höschen an.

Ich wollte gerade weitergehen, da vernahm ich ein Knacken wie ein Zerbrechen eines trockenen Astes. War da jemand, der mich beobachtet? Meine Gedanken rasten. Meine Votze zog sich zusammen und ich spürte mich ganz anders. Eine neue Geilheit kam schubweise in mir auf. Aber ich hatte mich wohl getäuscht, ging weiter. Dann aber hörte ich deutliche

Schritte. Sie waren ganz nah. Ich drehte mich kurz um und erblickte ihn, meinen Wichser, dessen Namen ich nicht kannte.

„Hallo, schöne Frau!", rief er übermütig. Natürlich fühlte ich mich sofort geschmeichelt, obwohl es ja meistens nur eine Floskel ist. Ich blieb stehen und grüßte freundlich zurück: „Hallo, schöner Mann!" Jetzt mussten wir beide unweigerlich grinsen. „Sollen wir ein Stück zusammen gehen?", fragte er mich sogleich und schaute mich erwartungsvoll an. „Wenn Sie mir nichts antun, gerne", antwortete ich schnippisch. „Na fein, dann lerne ich Sie wenigstens etwas kennen", freute er sich.

So gingen wir eine Weile wortlos nebeneinander her, bis er das Schweigen brach und sich vorstellte: „Ich heiße Arno und du?" Ich freute mich, dass er den Anfang machte und antwortete: „Ich heiße Anara." „Was für ein schöner, bedeutungsvoller Name!", sagte er und ich wunderte mich, dass er die Bedeutung meines Namens „Wanderin" kannte. „Ja", sagte ich: „Eine Wanderin durch den Wald!" Er war hinreißend und freute sich, mich wieder getroffen zu haben: „Ich habe oft an dich gedacht, nach unserer letzten Begegnung. Du hast mir sehr gutgetan. Ich gestehe aber auch, dass ich an dich gedacht hatte, als ich mal wieder gewichst hatte."

Wir waren weitergelaufen und wir kamen an einem Holzstapel vorbei. Die Erinnerung an damals, als ich einmal

Pärchen beobachtete, war plötzlich so gegenwärtig wie noch nie. Das musste wohl an Arno liegen. Er fühlte, dass mich irgendwas bewegte. „Du hast doch was, das sehe ich!", sagte er mit zutraulichem Unterton in seiner Stimme. Aus meinen Gedanken gerissen, erschrak ich leicht und errötete etwas, was ihm sicherlich nicht verborgen blieb. Ich entschloss mich, ihm von meinem Erlebnis am Holzstapel zu erzählen: „Es ist schon etwas länger her, als ich alleine diesen Weg ging und ein Pärchen dabei beobachten konnte, wie sie miteinander liebevollen Sex hatten."

„Oh, was du nicht sagst. Und hattest du auch Spaß dabei, die beiden zu beobachten?" Jetzt wurde ich doch etwas verlegen und antwortete zögerlich: „Ja, ich habe es sogar genossen. Sogar so sehr, dass ich es mir hinter dem Holzstapel selbst gemacht habe." Arnos Grinsen wurde immer breiter und das Weiß seiner Zähne blitzte in der Sonne. Er sagte mit leichtem Stolz in der Stimme: „Das war ich mit meiner damaligen Freundin! Ich kann mich noch genau daran erinnern. Jetzt weiß ich auch, warum du mir bekannt vorgekommen bist. Ich ließ es mir damals nicht anmerken, dass ich dich gesehen hatte."

Wie vom Blitz getroffen, zog sich meine Pussy zusammen. Ich zog ihn noch näher an mich ran. „Nicht hier, lass uns zum Holzstapel zurückgehen!", flüsterte er. Willig folgte ich ihm und er küsste mich intensiv auf den Mund. Nun war es um mich geschehen. „Setz dich doch auf den Stamm dort, der ist hoch genug", schlug er vor. Brav setzte ich mich auf den Stamm. Da ich auf dem hinteren Teil meines Kleids saß, raffte ich die vordere Seite so weit zu mir, dass er nicht nur die Innenseiten meiner Schenkel betrachten konnte. Er pfiff anerkennend durch die Zähne, als er sah, dass ich kein Höschen anhatte.

Er kniete sich vor mir auf den weichen Waldboden und schob meine Schenkel noch weiter auseinander. Ich schloss meine Augen und ließ ihn gewähren. Seine Fingerspitzen erreichten meine Schamlippen. Behutsam, fast zu zärtlich, zog er sie etwas auseinander. Langsam lief meine Pussy über. Ich ließ meine Gefühle einfach zu und genoss die Berührungen seiner Finger. „Darf ich?", fragte er unbekümmert und drang mit zwei Fingern, ohne meine Antwort abzuwarten, langsam ein. Seine Fingerkuppen zeigten dabei nach unten. Nun krümmte und streckte er rhythmisch seine beiden Finger in meiner Lusthöhle, deren Wände sich so langsam spannten. Ich legte meinen Kopf in den Nacken und atmete schneller.

Arno zog seine Finger aus mir raus und ließ dafür seine Hose samt Unterhose fallen. Ich hatte die Augen wieder geöffnet und schaute mir seine Mannespracht an. Das Ding stand wie eine Eins. „Jetzt, oder nie!", dachte ich, erhob mich von dem Baumstamm und schubste ihn einfach um, sodass er auf den weichen Waldboden fiel und auf dem Rücken zu liegen kam. Völlig überrumpelt stammelte er: „Und wenn jetzt die Ameisen …?" Ich legte ihm meinen Zeigefinger auf die Lippen, damit er sich beruhigte und führte seine Lustlanze in meine Votze ein. Langsam senkte ich mich auf ihn ab, bis ich ganz auf ihm saß. Ich nahm seine Hände und legte sie an meine Hüften.

Dieses Gefühl liebte ich besonders. Auch heute noch. Ohne Beckenbewegungen versuchte ich, nur durch Anspannen und Loslassen meiner inneren Muskeln, ihn in Richtung Höhepunkt zu treiben. Wie erhofft, vollführte er sein wildes, fast animalisches, in mich hineinstoßen. Genau das wollte ich ja spüren. Arno war gar nicht mehr zu bändigen und fickte mich, was das Zeug hielt. Plötzlich rutschten einige Waldgeister auf den Sonnenstrahlen runter und führten einen wilden Tanz auf. In diesem Augenblick kam Arno zum Höhepunkt und entlud sich mit einem starken Samenstrahl in mir. Meine Waldgeister klatschten Beifall und riefen: „Das hast du fein gemacht, Anara!"

Arno schaut zu

Als Wolf vor mir herging, musste ich immer seinen Arsch betrachten und wurde sofort wieder unruhig. Dabei war er doch die Nacht äußerst aktiv gewesen. Wir liefen den Waldweg in Richtung See, als er sich seitwärts in die Büsche schlug. Ich folgte ihm einfach. Eine kleine Waldlichtung ließ sofort mein Herz höher schlagen. Hier waren wir einerseits vor Blicken geschützt, andererseits befanden wir uns hier möglicherweise wie auf einem Präsentierteller.

Ich breitete unsere Campingdecken aus und wir setzten uns, von der Natur umgeben, darauf hin. Die Baumkronen schienen mich genau zu beobachten. Ich träumte eine Weile vor mich hin. An Wolf dachte ich gar nicht mehr und steckte mir eine Hand ins Höschen. Nun ja, als wir herfuhren, war ich mir sicher, dass er mich ficken würde. Aber normalerweise ist er es doch, der den ersten Schritt dazu unternimmt. Kurzentschlossen schob ich mein Höschen beiseite, zeigte ihm die Muschi mit meinem Finger darin. Natürlich blieb das nicht ohne Wirkung bei ihm.

Als er sein bestes Stück aus der Hose hatte, griff ich in die Badetasche, holte meinen Vibrator raus und steckte ihn mir rein. Seine Augen wurden größer und seine Handbewegungen schneller. Dann bekam er diesen Schleierblick. Ich stieß ihn mit dem Fuß an. Ich wollte doch nicht, dass er jetzt schon kommt, denn ich wollte ihn doch dabei spüren. „Du hast recht!", hörte ich ihn. „Aber jetzt bist du dran!" Das sagte er immer so, wenn er geblasen werden wollte.

Also kroch ich auf allen Vieren über sein Gesicht hinweg, bis ich seinen Schwanz vor mir hatte. Ja, ich war geil darauf und spürte meine nasse Votze schon beim Hinkriechen. Es lief mir schon an den Schenkeln runter. Als ich dann breitbeinig mit der Votze über seinen Kopf war, tropfte es in seinen Mund. „Oh schön, direkt in meinem Mund!" hörte ich und ich wusste, das macht ihn geil. Seine Reaktion ließ ja auch nichts zu wünschen übrig. Er griff fest in meine Pobacken und ich drückte meine Votze direkt auf seinen Mund. Als ich seine Zunge spürte, fühlte es sich wie das Auslecken eines Eisbechers an.

Ich wusste, er würde nicht locker lassen und alles anstellen, um mich zum Orgasmus zu bringen. Also stülpte ich meinen Mund über seinen Schwanz und musste sofort würgen, weil er doch gleich zustieß. Seine Zunge erforschte jeden Winkel meiner nassen Lusthöhle. Am liebsten hätte ich mich jetzt aufgerichtet und meine Votze auf seinem Gesicht hin und her gerieben. Aber ich wollte ihn doch beim Abspritzen spüren.

Er griff nach seiner Tasche, um sie mir unter den Kopf zu legen. Ich nutzte die Chance und konnte endlich seinen Lustspender verwöhnen. Ich ließ ihn im Rachen anstoßen und hatte seine Eier fest im Griff. Fast automatisch spreizte er etwas seine Schenkel. Meine Finger waren sofort auf seiner Rosette. Er zuckte und stieß jetzt heftig in meinen Mund rein. Ich hielt aber meine Lippen fest um seinen Schwanz, um ihn noch mehr zu reizen.

Und es klappte. Er wurde ganz ruhig. Für mich war das das Zeichen, dass er innehielt, um nicht abzuspritzen. Jetzt übernahm er. Jetzt schob er meine Knie vor und drehte mich auf den Rücken. Er hatte damit nicht nur meine Votze, sondern auch meinen Po in Reichweite. Und er ließ nicht locker. Seine Zunge wirbelte, seine Daumen tasteten sich vor. Ich wusste ja, er würde keine Ruhe geben, bis er beide Daumen in mir drin hatte. Ich spürte, wie es mir heiß wurde. Diese Vorankündigungen sind so wundervoll. Ich spürte noch, wie er mir den Anus mit beiden Daumen gewaltig aufdehnte. Dann schwanden mir fast die Sinne.

Ich war selten so hilflos wie in dieser Situation. So plötzlich hatte ich es nicht erwartet, weil ich mit seinem Schwanz beschäftigt war. Ich fühlte eine Eichel auf meiner Rosette, die im nächsten Moment in mich eindrang, riss den Kopf hoch und drehte mich um, so gut es ging. Ich sah in das grinsende Gesicht von Arno. Er musste uns beobachtet haben. Vielleicht war ja Wolf deshalb so wild. Arno brauchte nicht lange und er fickte schön gleichmäßig. Der Druck im Arsch und das Lecken der Votze machten mich noch wilder. Ich fühlte mich gut und wünschte mir dennoch, meine Votze sei auch gefüllt.

Ich wollte mich winden und bewegen, doch Wolf hielt mich einfach fest. Er kostete mich aus und genoss den Anblick von Arnos rein - und rausgleitenden Schwanz. Dann aber stieß Wolf kräftiger zu. Er wurde immer schneller, dass ich Mühe hatte, meine Mundvotze zu formen und mit dem Kopf dagegenzuhalten. Er war sehr erregt und kam jetzt sehr schnell. Ich bekam seine gesamte Ladung in den Mund und musste aufpassen, sie nicht zu verlieren. Arno spürte, dass Wolf spritzte und verharrte einen Moment.

Irgendwie war ich auf das Ende eingestellt, aber da war ja noch Arno. Der begann etwas langsamer weiter zu ficken. Er hatte mir ja bisher noch nie den Arsch gefickt. Jetzt aber schien er Mut zu fassen und steigerte sich. Wolf leckte umso intensiver und in mir stieg eine Geilheit auf, die sofort mein Vötzchen anspannen ließ. Ich wollte jetzt mehr. Ich hätte schreien können, aber ich kippte mein Becken und parierte Arnos Stöße.

Im nächsten Moment lag ich auf Wolf, der mich in dieser Position kaum lecken konnte. Dann ging ich wieder in die Knie und rieb meine Votze auf dem Gesicht von Wolf. Mit Vor- und Zurückbewegungen reizte ich mich aufs Äußerste. Mein Arsch brummte unter den Stößen von Arno, der sich noch zu steigern versuchte. Jetzt ging es leichter und ich kniff heftig zu, was er mit ein paar ganz langen Stößen quittierte. Ich spielte mit ihm. Ich wollte ihn stören, aber er sollte nur nicht aufhören. So hätte ich es noch lange ertragen, ich hätte auch noch einen Dritten haben wollen, der mir die Votze fickt. Aber der war ja leider nicht da.

Dann aber lud Arno alles in meinem Arsch ab. Er hatte sich lange zurückhalten können. Ich spürte seine Samenstöße und wie es gleichzeitig aus mir rauslief. Wolf nutzte die Gelegenheit und schlabberte, was er kriegen konnte. Als Wolf sich löste, rollte ich mich zur Seite und er war froh, aus dieser Stellung herauszukommen. Doch dann krabbelte Wolf zwischen meine Beine. Er ließ mir keine Ruhe. Er legte sich meine Beine einfach über die Schultern und hatte so mein Himmelreich vor sich.

Nun, Arno war ja nur mit seinem Schwanz gefordert. Seine Zunge war ja ausgeruht, das merkte ich auch. Er steigerte meine Lust noch einmal in ungeahnte Höhen. Er stimulierte meine Votze und meinen Arsch abwechselnd. Das machte er wundervoll. Ich bekam mehrere kleine Orgasmen hintereinander und lief wieder aus. Arno registrierte jede meiner Regungen in mir. Dann aber spürte ich seine Finger im Po und in der Votze. Ich bäumte mich auf, hielt mich mit beiden Händen an seinem Hals fest und ließ meinen finalen Orgasmus zu.

Wie lange dieser Orgasmus dauerte, weiß ich nicht, aber es zuckte sehr oft in mir. Auch noch, als ich schon gestreckt lag und immer noch heftig atmete. Dann lag Wolf neben mir, beugte sich über mich und küsste mich. Plötzlich beugte sich Arno über mich und küsste mich nicht minder intensiv. Die Männer spielten mit mir. Ihre Hände waren überall. Es war ein rauschendes Fest meiner Gefühle. Es war atemberaubend.

Die Badewiese

Von Angela bekam ich den Hinweis, dass es am See eine schöne und dazu blick geschützte, allerdings schwer zu findende Badewiese gäbe. Von dort hätte man einen wundervollen Blick auf den See. Man müsse nur den Weg anstatt zur Lichtung abbiegen, einfach dem Weg weiter folgen. Mich reizte der Gedanke, alleine dorthin zu gehen und abzuwarten, was passieren würde. So wie Angela es schilderte, ist es dort noch nie zu bösartigen Übergriffen gekommen. Außerdem sind während der wärmeren Jahreszeit ohnehin viele Leute dort, die dann schon helfen würden.

Diesmal machte ich mich bereits am Vormittag auf, diese Badewiese aufzusuchen. Ich fand auf Anhieb dieses versteckte Plätzchen am Ende einer Art Landzunge direkt am Wasser. So wie die Bäume standen, hatte man den ganzen Tag über perfekten Halbschatten. Sofort hatte ich mich in dieses wunderschöne Fleckchen Erde verliebt. Das Wasser war so klar, dass man sogar die Fische darin schwimmen sehen konnte. Ich breitete meine selbst aufblasende Unterlage aus.

Ich setzte mich etwas breitbeinig in Position. Mit den Armen nach hinten abgestützt, lehnte ich mich etwas zurück, um eventuellen Zuschauern einen guten Blick auf meine Votze zu ermöglichen. Angela meinte ja, dass dort gelegentlich Leute auftauchten, die entweder auf der Suche nach einer geeigneten Badestelle oder nach einem heißen Abenteuer sind. So saß ich splitternackt in der Sonne und wartete einfach ab. Es war kaum etwas zu hören, abgesehen von einigen Vogelstimmen.

Es kam aber, wie ich es erhofft hatte. Nach einer Weile hörte ich tatsächlich etwas aus der Richtung des Waldes. Das Geräusch wurde jetzt deutlicher. Es waren Schritte, die sich langsam näherten. Sehen konnte ich noch nichts, aber ich ahnte, dass jemand zielstrebig auf die Lichtung zukam. So stand auf einmal ein stattlicher Mann hinter mir. Er ging um mich herum, schaute mich an und hatte schon seinen Schwanz in der Hand.

Er grüßte freundlich lächelnd, schaute sich gründlich um und begutachtete meine Votze. Dann musterte er meine Titten und dann wieder meine Votze. Anschließend sah er mir selbstbewusst in die Augen. Spontan, ohne darüber weiter nachzudenken, öffnete ich meine Beine noch mehr. Als mir das bewusst wurde, gab es für mich kein Zurück mehr und ich lächelte ihn einfach an. Wir hatten bis jetzt kein Wort gesprochen, aber wir waren uns einig.

Wortlos kniete er sich zwischen meine Beine hin und wichste seinen Schwanz hoch. Ich hörte das Schniekern der Vorhaut und sah gebannt auf seinen Penis, wie die Eichel unter der Vorhaut auftauchte und wieder verschwand. Es zuckte in mir und das Gefühl der hemmungslosen Geilheit kam auf. Ich spürte das unbändige Verlangen, ihn in mir spüren zu wollen. Ich wurde feucht, aber es drang noch kein Schleim nach außen. So kreiste ich mit den Fingern auf meiner Klitoris. Die Schamlippen öffneten sich und er sah den rosa Streifen meines Vötzchens. Sein Blick wich nicht mehr von meiner Votze bis er seine Eichel auf die Schamlippen setzte.

Er drückte seinen Penis rein. Das Gefühl, einen fremden Schwanz in sich zu haben, war unbeschreiblich. Als er ganz drin war und sich auf mich legte, musste ich ihn küssen. Das machte mich noch geiler, aber ihn auch. Er blieb tief in mir. Mit sehr kurzen Stößen, die mich sehr aufbauten, brachte er meine Votze zum Auslaufen.

Als er sich auf die Hände stütze, war mir klar, jetzt will er fester stoßen. Er kam sofort mit aller Gewalt, machte aber einfach weiter. Auch auf meinen Orgasmus nahm er keine Rücksicht. So etwas hatte ich auch noch nicht erlebt. Aber ich begriff, er wollte seinen nächsten Orgasmus. Ich war ihm in diesem Moment völlig egal. Ich spürte seine zunehmende Spannung. Männerschwänze können so herrlich hart sein. Er war jetzt wieder tief in mir und kam ein zweites Mal.

Jetzt erblickte ich Angela. Sie war nackt und hatte einen Dildo in der Votze. Irgendwie lenkte mich das ab und ich bekam gerade noch mit, dass er fertig war. Er küsste mich, aber meine Gedanken waren schon bei Angela. Hatte sie die ganze Zeit zugeschaut? Waren da noch mehr Leute, die zuschauten? Als er aufstand, lächelte und nickte er zufrieden. Ich empfand ihn nicht als wortlos, obwohl wir kein

Wort miteinander gesprochen hatten. Wir waren uns einig und ich wusste, er hätte mich wieder ficken dürfen.

„Süßes kleines Luder! Hat er es dir gut gemacht?", fragte Angela schelmisch. Dann krabbelte sie, wie selbstverständlich, zwischen meine Schenkel. Sie beugte sich kurz vor, küsste fast beiläufig auf meinen Mund, lutschte dann einen Moment an meinen Nippeln, um sich dann meiner Votze zu widmen. Sie spreizte meine Schamlippen und ich spürte ihre Zunge in mir. Genüsslich schleckte sie die Ficksahne von dem Kerl, der gerade seine Sachen anzog, sich noch einmal umschaute und seine Hand zum Abschied hochnahm. Schade, ich hätte gerne seine Telefonnummer gehabt. Aber das war dann schon wieder Anspruchsdenken.

Angela beschäftigte sich immer intensiver mit mir. Sie saugte jetzt heftig an der Klitoris. Dabei geilte sie sich spürbar selber auf. Sie hockte jetzt in Doggystellung, ihre Wirbelsäule weit durchgedrückt. Ihr Arsch war beinahe himmelwärts gerichtet. Dabei kippte sie ständig ihr Becken, als ob sie sich selber ficken würde. Und wieder tauchte wie aus dem Nichts ein Mann auf und stellte sich jetzt hinter sie. Dieser Mann wusste aber genau, was er wollte, oder besser, was er sollte! Zielstrebig wichste er sich seinen Schwanz hart. Er bückte sich, griff in seine Tasche, die er neben uns abgestellt hatte, und stellte sich wieder hinter Angela.

Er kleckste etwas Gleitcreme auf ihren Arsch, um dann in sie einzudringen. Angela stöhnte heftig und fluchte dabei, weil ihr Arschloch noch nicht genug geweitet war. Sie sträubte sich auch nicht, sondern hielt tapfer dagegen. Dabei verdrehte sie die Augen und schwärmte: „Wundervoll!" Es dauerte einen Moment, dann aber wurden die Stöße von dem Mann heftiger. Er schob sie so auf mich drauf, dass ihr Kopf auf meinem Bauch landete. Aber Angela robbte sich etwas höher, küsste mich leidenschaftlich. Ich spürte die Stöße des Arschficks und die Zunge von Angela. Unser Speichel lief mir die Wangen runter.

Einfach leben

Alan

Das Wetter war herrlich und ich spürte eine Lust in mir, die befriedigt werden wollte. Ich fragte Wolf, ob er mit mir zusammen zum Parkplatz fahren möchte. Er schien keine Lust darauf zu haben. Also machte ich mich ohne ihn auf den Weg. Auf dem Parkplatz stand ein Wohnmobil, dessen Motorhaube geöffnet war. Ein Mann, etwa im gleichen Alter wie ich, machte sich am Motor zu schaffen. Er sah in seinem T-Shirt und der kurzen Hose verdammt gut aus. Ich parkte meinen Wagen direkt daneben und fragte ihn: „Will der Motor nicht?" Dabei schaute ich nach Hinweisen, ob er alleine oder sich in Begleitung befand. Die Luft schien rein zu sein. „Der Anlasser dreht nicht, weil die Batterie zu schwach ist", erklärte er mehr zu sich selbst murmelnd, schaute mich aber kurz dabei an. An seinem Gesichtsausdruck sah ich, dass es ihm nicht unangenehm war, dass ich ihn angesprochen hatte.

Etwas unbeholfen meinte er, ich könnte ihm vielleicht helfen. Ich sah ihn fragend an und antwortete: „Ich und helfen?" Ich habe doch keine Ahnung von Autos." Nun erklärte er, dass er lediglich ein Starthilfekabel bräuchte. Aber hatte ich denn eines im Wagen? Er half mir beim Suchen und fand es tatsächlich. Dabei berührte er mich mit seiner Hüfte, was mich sofort elektrisierte. Dann parkte er mein Auto um, damit er die Batterien verbinden konnte. Der Kerl entfachte meine Begierden und machte mich nervös. Ich hätte ihm schon ganz gerne in die Hose gegriffen. Sein Motor startete, aber bei mir zwischen den Beinen startete auch was. Wie hatte der Kerl das angestellt?

Freudestrahlend stieg er aus seinem Wohnmobil und bedankte sich bei mir. Dann erklärte er mir, dass er nun seinen Wagen etwas fahren müsse, um seine Batterie wieder aufzuladen. Sonst könne er ja nicht wieder starten. Er schaute auf meine Beine, die durch den Schlitz in meinem Wickelrock zu sehen waren. Mehr zu sich selbst, sagte er dann: „Heute scheint mein Glückstag zu sein!" Damit sollte er Recht behalten. Er lud mich ein, einzusteigen und die Aufladerunde mitzufahren. Einem kleinen Abenteuer abgeneigt schien er nicht zu sein, und mir war klar, was er bezweckte. Dennoch zierte ich mich natürlich rein anstandshalber, gab dann aber letztendlich nach.

Er öffnete mir die Tür, wobei sein Grinsen auffällig breit wurde. Mein Herz begann schneller zu schlagen. Ich setzte mich auf den Beifahrersitz und wartete, bis auch er eingestiegen war. „Von mir aus kann es losgehen", sagte ich und legte dabei meine Hand auf seinen Oberschenkel. Natürlich wollte ich auch was von ihm. Von der Raststätte aus konnte man auch die nächste Ortschaft erreichen, ohne wieder auf die Autobahn zurück zu müssen. Er nahm diesen Weg und war guter Dinge. Wir unterhielten uns prächtig. Er wurde mir immer sympathischer und mein Rock rutschte immer höher. Dadurch ermutigt, legte er nun auch seine Hand auf meinen nackten Oberschenkel.

Nun, seine Gesten waren eindeutig und machten mich geil. Um ihn zu provozieren, schlug ich vor, er solle doch mal in einen Waldweg abbiegen, da ich mal pinkeln müsse. Er reagierte prompt. Er fuhr in eine kleine Waldschneise. Dort stieg ich aus und nahm ihn bei der Hand. Völlig unbefangen zog ich mein Höschen ganz aus und warf es ihm zu. Anschließend hockte ich mich hin, aber nicht ohne dafür zu sorgen, dass er genügend Einsicht hatte. So konnte er meine rasierte Votze ausgiebig betrachten. Ich jubelte. Jetzt hatte ich ihn so weit. Als ich fertig war, machte ich mich sofort an seiner Hose zu schaffen. Sein Gesichtsausdruck sprach Bände.

Ich hatte seinen Schnippel in der Hand und hielt ihn bereit zum Pinkeln. „Lass los, oder willst du mich mit voller Blase ficken?", forderte ich ihn auf. Damit war alles gesagt. Er konnte loslassen und ich malte wieder einmal mit dem Urinstrahl eines Mannes Figuren in den Sand. Für ihn war das jedenfalls eine neue Erfahrung. Wir stiegen in sein Wohnmobil und ich krabbelte nach hinten. Er kam sofort zur Sache. „Zeig mal her!", sagte er und löste das Band von meinem Wickelrock. „Das ist ja mal ein Argument!", sagte er, als er nun meine rasierte Votze direkt vor Augen hatte. Sofort fiel er auf der Bank über mich her.

Ich zog ihm seine kurze Hose runter und staunte nicht schlecht. Ich hatte seinen Schwanz ja bereits in der Hand. Aber was jetzt daraus geworden war, erstaunte mich umso mehr. Da sprang ein harter und kräftiger Schwanz aus seiner Hose. So einen hat man nicht alle Tage. Er war geil. Er brauchte das scheinbar nötiger als ich. Ohne weiteres Vorspiel drang er in mein Vötzchen ein, welches zwar bereits gut feucht war, aber diese Qualität von Schwanz nicht kannte und deshalb übermäßig gereizt wurde. Um ihn etwas abzulenken, kniff ich ihn ab und zu in den Po. Das half, denn er wurde ruhiger und fickte gleichmäßiger weiter. Ich wollte ihn doch lange in mir spüren.

Die Vibrationen des laufenden Motors erregten mich zusätzlich. Ich schaute ihm in die Augen. Er war wild entschlossen, mich zum Orgasmus zu treiben. Nein, er war auch nicht der Ficker, der nur abspritzen wollte. Ich nahm seinen Kopf in die Hand und küsste ihn. „Ich bin die Anara", sagte ich ihm. Das brachte ihn völlig aus dem Takt. „Und ich heiße Alan", meinte er und rutschte aus mir raus. Alan? Doch nicht der Alan, den Angela meinte? Der Alan, der angeblich im Restaurant auf neue „Opfer" Ausschau hält? Ich ließ mir nichts anmerken. „Lass uns an eine andere Stelle fahren", sagte ich ihm: "Dann kannst du das Bett ausklappen". Ich wollte lange mit ihm ficken und spielen. Der Kerl war mir eine Sünde wert. Ich wollte ihm aber auch meine Welt zeigen.

Er fuhr ein Stück weiter. Ich saß neben ihm, ohne Rock und Höschen. Er hatte mir ein Handtuch gegeben. So konnte ich meine Votze befummeln und ihn in Stimmung halten. Ja, ich geilte mich auf und es gefiel mir, ihn in Atem zu halten. Er musste ja fahren. So holte ich meinen kleinen Liebling aus der Handtasche und fickte mich damit selbst. Es tat so gut, mein Becken kippte immer weiter nach vorne und der kleine Dildo verschwand fast vollständig in mir. Ich drückte nach und drückte ihn dann wieder raus. Das Spiel macht mich immer geiler. Ich schloss die Augen und vergaß alles andere um mich herum.

Dann kam er, der Orgasmus. Alles zog sich zusammen, verkrampfte und dann flutete die Welle der Wärme durch meinen Körper. Mein Atem setzte aus und ich zog die Knie hoch und verharrte. Langsam nahm ich mein Umfeld wieder wahr. Alan hatte den Motor ausgestellt und den Wagen geparkt. Ich sah Alan an. Der grinste und lachte. „Du hast mich verzaubert!", sagte ich zu ihm. Er nahm meinen Kopf zwischen seine Hände und küsste mich. „Danke, dass du bei mir bist", flüsterte er in mein Ohr.

Dann startete er den Motor wieder und fuhr los. Nach kurzer Zeit fand er einen Platz, der nicht einsehbar war. Ich zog mich jetzt komplett aus und wollte Alan spüren. Also zog ich auch ihn aus. Ich kuschelte mich an ihn und ließ meine Brüste über ihn gleiten. Meine Hände folgten meiner Zunge, bis ich seinen Schwanz im Mund hatte und seine Eier in meinen Fingern. Alan genoss es, denn er war nicht auf einen schnellen Orgasmus aus. Ich setze mich auf ihn. Es war ein Gefühl der Wonne. Sein Schwanz war sehr kräftig und füllte mich richtig gut aus. Ich spürte ihn in der Tiefe. So wippte ich mit meiner Votze auf und ab, bis ich kräftig auf ihn aufschlug. Jedes Mal, wenn er tief in mir war, lief ein Schauer über meinen Rücken.

Ich spürte meine ansteigende Geilheit und die sich anbahnende Ekstase. Alan ließ mich machen. Er hielt dagegen und stütze meine Hüften ab. Mir wurde vor Lust schwindelig. Dann hielt ich inne. Alan verstand es sofort und stieß tief in mich rein. Es war eine rasante, schnelle Fickerei. Ich spürte, wie ich mich versteifte. Meine Votze war eng und angespannt. Seine Stöße spürte ich immer intensiver. Mein Orgasmus war in vollem Gange, aber Alan stieß weiter in mich rein. Er spürte meinen Orgasmus nicht mehr. Er stoppte abrupt. Sein Körper spannte sich komplett an und er spritzte in mich rein. In diesem Moment schwanden meine Sinne und kamen erst nach einer Weile wieder zurück.

Alan schafft mich

Ich erzählte Wolf von Alan, von dem Wohnmobil und von der Vögelei, wie ich sie empfand. Aber ich sagte ihm auch, dass ich ihn wohl wiedertreffen möchte. Als Wolf dann mal wieder eine Nacht unterwegs war, fuhr ich zu Alan. Ich wollte ihn in meinen 54 Kilogramm Körper verliebt machen. Mein Instinkt sagte, mich in eine entsprechende Pose zu setzen. Ich wollte, dass es für ihn kein Halten mehr gibt. Dauernd dachte ich an ihn und wie ich das erreiche. War ich jetzt ein geiles Luder oder eine geile Stute? Der Gedanke fesselte mich. Ja, ich wollte es sein und ja, ich wollte so gesehen werden, eine Frau sein, die genommen und gebraucht werden wollte.

Als ich dann bei Alan zu Hause war, saß ich auf der Toilette und pinkelte bereits, als mein Süßer reinkam. Der Anblick seiner sportlichen, starken Lenden ließ in mir wie immer meine Sehnsucht Purzelbaum spielen. Sofort öffnete ich die

Beine und er schaute wie gebannt auf den Strahl, der meinen Körper verließ. Mein verschmitztes Grinsen bekam er gar nicht mit, weil er jetzt nur noch Augen für mein kleines, geiles Vötzchen hatte. Deshalb spreizte ich es zusätzlich mit meinen beiden Zeigefingern.

Er zog mich an der Hand von der Toilette und drehte mich um, sodass er auf meinen Rücken schauen konnte. Ich konnte mich gar nicht mehr abtrocknen, so schnell passierte das. Mit einer Hand griff er mir an die Votze, mit der anderen an die Titten. Dann reichte er mir die Votzenfinger zum Schmecken. Der Geruch von meiner Pisse und Votzensäfte machte mich wahnsinnig. Ich kam gar nicht mehr dazu, alles zu schmecken und stöhnte vor Lust einfach los. Dabei massierte ich meine Tittchen, um den Reiz zu erhöhen.

Ich schob meinen Süßen von mir und drückte ihn gegen die Wand. Nun verfügte ich über den nötigen Freiraum und fingerte mich im eigenen Rhythmus. Sein Schwanz wuchs und ich klemmte ihn zwischen meine Oberschenkel. Er hielt einfach still und genoss meinen Anblick. Ich fingerte mich wie wild und steckte ihm dann die Finger in den Mund, masturbierte aber mit der anderen Hand weiter. „Oh, du süße Geilheit!", ging es mir durch den Kopf.

Ich wusste, dass ich ihn jetzt antreiben musste und stöhnte lauthals: „Ich will alles von dir, alles, alles! Ich will, dass du mich fertig machst, mein Hengst!" Dann ereilte mich auch schon der erste Orgasmus, obwohl sein Schwanz immer noch zwischen meinen Schenkeln steckte. Ich ließ ihn warten, bis die Wellen in mir abgeklungen waren. Ich drehte mich zu ihm und umarmte ihn fest. Schritt für Schritt gingen wir so in das Schlafzimmer, wobei ich darauf achtete, dass sein Schwanz zwischen meinen Oberschenkeln stecken blieb.

Meine nasse, schleimige und geile Votze war unübersehbar. Mein Süßer stand immer noch willenlos und Schwanz eingeklemmt hinter mir. Es war an der Zeit, ihn herauszufordern. Ich kniete mich vor dem Bett hin und legte mich mit dem Oberkörper auf das Bett, um meine Titten zu reiben. Ich ergriff seinen Schwanz und setzte ihn auf meine Schamlippen. Die warme Eichel zu spüren, war himmlisch. Aber eindringen ließ ich ihn noch nicht. Ich wollte noch etwas damit warten.

Seinen Glücksbeschaffer ließ ich im Votzenschlitz rauf und runter reiben. Dann drückte ich mit seiner Eichel auf meine kleine, aber feste Klitoris. Mit ihm machte das sowieso viel mehr Spaß, als alleine. Meine Gedanken der Lust, seine pochende Latte in mir zuhaben, in die Tat umzusetzen, war jetzt unumgänglich.

Jetzt war ich so weit und ließ ihn in meine nasse, schleimige Votze. Er legte sofort los, als ob er den ganzen Votzensaft, der schon an meinen Schenkeln runterlief, aus mir rausficken wollte. Jetzt musste ich ihn bremsen und nahm seinen Schwanz in die Hand, um seine Stöße zu kontrollieren. Mit der anderen Hand reizte ich meine Klitoris. Ich wollte kein übliches Ficken, sondern ihn langsam an die Kante heranführen. Mit sanften, seitlichen Beckenbewegungen begann ich, ihn zu melken, achtete aber darauf, dass sein Frenulum nicht überreizt wurde. Als er mich durchschaute, feuerte er mich lautstark an: „Du geiles Votzengewächs, lass mich spüren, wie es dir guttut!"

Mir wurde heiß und kalt. Hatte er eben „Votzengewächs" zu mir gesagt? Dieser vorlaute Rammler, was denkt der sich eigentlich? Ich hatte Mühe, mich zu kontrollieren. Unermüdlich bewegte ich mein Becken hin und her, um ihn zu melken. Dabei merkte ich gar nicht, dass ich mich kurz vor dem nächsten Orgasmus befand. Ich erregte mich so stark, dass es kein Zurück mehr gab. Er wartete gespannt ab, hielt sich aber immer noch zurück. Ich war einfach überglücklich, denn ich konnte ihn meine Erregung in mir spüren lassen. Dann sackte ich unter Zucken zusammen und krümmte mich zur Seite. Er war noch nicht gekommen.

Lange dauerte mein Zustand der Erschöpfung nicht an. Jetzt wollte ich von ihm einen Arschfick, der sich gewaschen hat. Ich legte mich bäuchlings auf das Bett, streckte alle viere von mir und präsentierte ihm provozierend meinen Arsch und meine nasse Votze. Als er endlich näherkam, streckte ich ungeduldig eine Hand nach hinten aus und setzte seinen Schwanz auf meinen weichen feuchten Anus. „Reiß mir doch den Arsch auf!", provozierte ich ihn.

Er kämpfte sich in meinen Anus. Es muss für ihn wie ein Befreiungsschlag gewesen sein. Endlich ließ er mich seine Ficklust fühlen. Sein Sack klatschte auf meine Votze. Mit meinem Becken kam ich seinen Stößen entgegen. Das spornte ihn noch mehr an. Sein Schwanz schien vor Härte zu zerbersten, und ich spürte bereits ein leichtes Zucken in seinem Schaft. Seine Entladung war extrem explosiv und urgewaltig. Sie war so druckvoll, dass es fast schmerzte. Ich spürte seinen Samen durch den Schaft schießen und anschließend irgendwo tief in mir aufprallen. Seine kraftvollen Beckenbodenmuskeln bewegten sich im Rhythmus seiner Entladung. Das war ein Feuerwerk der Sinnlichkeit, welches sich in meiner lüsternen Grotte entzündete.

Ich legte meinen Kopf tief in den Nacken. Als ich vor Wollust schrie, bekam ich fast selbst einen Schreck. Aber die Erlösung war einfach ekstatisch. Schwer atmend glitt er von mir runter und lag neben mir auf dem Rücken. Zärtlich strich ich mit einem Finger über seinen Schwanz und küsste ihn erst auf seine klebrige Eichel, dann auf seinen Mund. Das Feuer in mir war für heute noch lange nicht erloschen. Ich knetete meine Brüste. Dann hatte ich eine Idee. Ich war auf seine Reaktion gespannt.

Ich holte aus dem Nachtschrank ein Gummihöschen und zog es so an, dass es von meinen Oberschenkeln auseinander gehalten wurde. Es umspannte nur die Oberschenkel. Sein sehr fragendes Gesicht sprach Bände. Ich nahm meinen Stoßdildo, steckte ihn lachend in die Votze und schaltete ihn ein. Nun hatte ich beide Hände wieder frei, denn das andere Ende vom Dildo wurde vom gespannten Gummihöschen gehalten.

Ich bekam einfach nicht genug. Zu aufgestaut waren meine Gefühle, die ich jetzt auskosten wollte. Das Gefühl, dass mein Süßer mir erstaunt zusah, wie ich mit den Scheidenmuskeln meinen stoßenden Dildo rauspresste, um ihn dann vom gespanntem Gummihöschen wieder reingleiten zu lassen, war einfach berauschend. Ich schloss die Augen und war einen Moment in meiner Gefühlswelt versunken. Als ich die Augen wieder öffnete, lächelte er mich liebevoll an. Er hatte mich einfach machen lassen, ohne dazwischenzufunken. Ja, mein Süßer kann meine Gefühle lesen.

Er küsste mich heiß und innig. Ich schlang meine Arme um seinen Hals. Es war ein Gefühl der inneren Verbundenheit, das sich von nichts zerstören ließ. Ich drehte mich zu ihm und mein Dildo brummte auf seinem Oberschenkel. Ich setzte mein Dildospiel fort und spreizte meine Beine, damit der Dildo wieder reinflutschte. Jetzt drückte er ihn mit seiner Hand noch tiefer rein. Auch wenn ich die Schenkel wieder etwas zusammendrückte, um das Gummihöschen zu entlasten, ließ er es nicht zu, dass der Dildo wieder rausglitt. Dieser Sauhund wollte mich in den Wahnsinn treiben! Der

Dildo arbeitete indessen unermüdlich in mir weiter. Ich sah sein triumphierendes Lachen und war glücklich, dass er mich erleben konnte. „Ich werde morgen kaum laufen können. Mein Arsch wird brennen und die Votze wird wund sein", flüsterte ich ihm ins Ohr.

Irgendwann war es genug und ich nahm den Dildo raus und schaltete ihn ab. Mühsam gelang es mir, das Gummihöschen runterzustreifen und meine Votze auf seinen Oberschenkel zu pressen. Ich genoss den Augenblick und meine Nässe aus beiden Löchern.

Es dauerte nicht lange, da meldete sich meine Klitoris und ich wollte es wieder. Er legte eine Hand auf meinen Po. Das spornte mich wieder an. Ich rutschte mit meinem Vötzchen weiter auf seinem Oberschenkel hin und her. Langsam und genussvoll, ohne Hektik. Es blieb beim Genießen, denn ich war auf einmal hundemüde. Das entging ihm nicht und er deckte uns beide liebevoll zu. Wir schliefen Seite an Seite recht schnell ein.

Zwischendurch musste ich auf die Toilette, weil sich meine Blase meldete. Ich saß versonnen auf der Toilette, als er plötzlich wieder dazu kam. Ich spreizte meine Schenkel und rutschte etwas nach hinten. Dazu spreizte ich mit den Fingern meine Schamlippen extra weit auseinander, damit er genau zuschauen konnte. Ich wusste, dass er auch pinkeln musste. Soll er es doch machen, wie er will? Er nahm seinen Schwengel in die Hand und zielte auf meine Votze genau zwischen meinen Schamlippen. Das erinnerte mich sofort daran, wie ich ihn damals im Wald in der Hand hatte und mit dem Pipistrahl Figuren im Waldboden gemalt hatte.

Er zielte etwas höher und traf meinen Bauchnabel. Die Pisse lief links und rechts an den Schamlippen runter. Wir lachten und küssten uns danach. Ich rieb meine Titten an ihn. Dann zog er mich unter die Dusche und wir seiften uns ein. Nein, berühren durfte er mich nicht mehr. Meine Votze und mein Arsch waren viel zu empfindlich dafür.

Verkauft

Meine Gedanken kreisten wie wild. Bin ich eine geile Nutte? Es rumorte in mir. Habe ich mich prostituiert und Alan an den Hals geworfen? Alan hatte mich sofort beeindruckt und mich in seinem Wohnmobil an meine Grenzen gebracht. Die Folgen spürte ich noch lange beim Laufen oder Sitzen. Ich gebe zu, es hatte mir aber unendlich gutgetan und hinterließ mir ein befriedigendes Gefühl, welchem durchaus ein Hauch Verruchtheit anhaftete. Das blieb auch Wolf nicht verborgen, weil ich ihn abwies, was ja sonst nicht so meine Art war. Also entschied ich mich, es ihm zu erzählen.

Bei einem Glas Wein am nächsten Abend fiel es mir leichter, obwohl ich kein schlechtes Gewissen haben musste. Wolf wusste ja, dass ich andere Partner hatte. Seit er sich mit Jan vergnügt hatte und seine schwule Ader entdeckte, war das ohnehin kein Thema. Wir beide genossen unsere offene Beziehung und lebten sie aus. Wir gestanden uns auch unsere intimen Wünsche ein und tauschten uns darüber aus.

Das Thema „den Partner an jemanden verkaufen und zuschauen" stand zuerst zur Debatte. Was nichts anderes bedeutete, dass Wolf es genoss, wenn ich mich für ihn ficken ließ. Als Wolf mir dann gestand, dass er bei Angela war, kam ich aus dem Staunen nicht heraus. Woher hatte er ihre Adresse? Er erzählte mir, dass Angela ihm eine Visitenkarte zugesteckt hatte. Er habe sie dann mehrmals angerufen und sich prima mit ihr unterhalten. Dabei kam dann auch das Thema „Verkaufen" auf. Wolf war also bei Angela gewesen. Angela hatte ihn nackt empfangen und mit ihm gespielt. Er durfte nichts machen, sollte sich nur fallen lassen. Das gefiel ihm natürlich und er erkannte das tiefe Verständnis für Gefühle bei Angela.

Beim Streicheln, Blasen, Küssen und Fingern, spürte Angela natürlich, wie er auf Analreize reagierte. Wolf erzählte mir dann, wie er von Angela komplett durchgetestet wurde, bis Angela sich dann auf ihn setzte. Angela war sehr stark, ihre Votze war nicht sehr eng, aber sie konnte mit ihren Vaginalmuskeln spielen und ihn so schön melken. Er spürte förmlich, wie sie seinen Schwanz in den „Würgegriff" nehmen konnte. Er fand das sehr schön.

Dann aber bestellte Angela ihn zu sich und erklärte: „Ich habe dich verkauft. Machst du mit?" Wolf verstand das nicht auf Anhieb, aber Angela sagte, sie habe ihn an eine Person vermietet, mit der er ficken sollte. Wolf hat sich verkaufen lassen? Ich verstand die Welt nicht mehr. Zu gerne hätte ich das gesehen, wie er verführt wird und eine andere fickt. Ich spürte, wie ich feucht wurde. Ich sah ihn an. Alleine diese Andeutung genügte mir schon. Das Glas Wein tat wohl ein Übriges und so sank ich vor ihm auf die Knie, drückte mich zwischen seine Schenkel und machte mich an seiner Hose zu schaffen. Ich musste meine aufkommende Geilheit abreagieren.

Seinen Schnippel musste ich erst einmal aufbauen. Als ich die Vorhaut zurückstreifte, sah ich, dass bei Wolf schon erste Tröpfchen ausgetreten waren. Die Schilderungen, wie ich mich ficken ließ, hatte ihn genauso aufgegeilt. Ich liebe es, die Tröpfchen zu schmecken und wichste mir seinen Schwanz auf. Er schob die Hose runter, stand auf und ging ins Schlafzimmer. Auf dem Bett konnte ich mich besser seiner ganzen Pracht widmen. Sein Schwanz stand kerzengerade. Er war so wunderschön und knochenhart. Ich verstand es als ein Kompliment an mich.

Ich suchte meine Nippel unterm Shirt. Da war keine Zeit zum Ausziehen. Wolfs Penis mit seiner prallen Eichel reizte mich und meine Zunge liebkoste ihn, wie lange nicht mehr. Dann saugte ich seine Eier ein. Er schrie und stöhnte lustvoll, als ich sie im Mund drückte. Es gefiel ihm ungemein, als ich meine Titten darüber gleiten ließ, um ihn vom Schmerz zu befreien. Ich war hoffnungslos meiner Geilheit verfallen. Ich steckte eine Hand in meine Hose und fingerte meine Spalte. Mein Kopf bewegte sich rauf und runter. Ich fickte ihn intensiv und ließ meine Zähne vorsichtig über seinen Schwanz gleiten.

Der Reiz für ihn war groß. Deshalb schob ich ihm ohne Vorwarnung zwei Finger in den Arsch. Er stöhnte und seine ruckartigen Stöße wurden heftiger. Ich musste aufpassen, dass er nicht zu tief eintauchte. Ich zog meine Finger aus seinem Arsch und zwirbelte damit einen meiner Nippel. Dieser Schmerz ergänzte die Geilheit in meiner Votze, die durch heftiges Krallen der Finger gereizt wurden. „Mach doch, stoß doch, fick mir den Mund, fick mir den Hals!", dachte ich nur noch und spürte, wie sich in mir einiges spannte.

Wolf versuchte tiefer einzudringen und hob sein Becken höher an. Ich kniete über ihm und konnte das gut auspendeln. Damit er nicht zu tief in meine Kehle eindrang, musste ich entsprechend auch noch gegensteuern. Meine Geilheit steigerte sich und meine Augen füllten sich mit Tränen. Ich spürte, wie Wolf außer Kontrolle geriet und meinen Kopf auf seinen Schwanz drückte. Für kurze Zeit bekam ich keine Luft mehr. Dann nahm ich den Kopf hoch, wichste ihm den Schwanz und krallte fürchterlich hart in meine Votze. Ich kam, wie von Sinnen, und wichste seinen Schwanz völlig unkontrolliert. Er spannte alle Muskeln an und drehte sich leicht. Er wird doch nicht etwa jetzt abspritzen wollen?

Ich reagierte trotz der Orgasmuswelle in mir und nahm schnell seinen Schwanz wieder in meinen Mund. Er spritzte so viel, aber meine Lippen ließen nicht zu, dass da etwas verloren ging. Meinen abklingenden Orgasmus wollte ich erleben, aber gleichzeitig genoss ich sein Spritzen, diese Urgewalt seines Zuckens. Ich schluckte heftig. Aber es gelang, dann leckte ich ihm den Schwanz von den Eiern bis zur Eichel. Mit der Zunge ging ich in sein Pipilöchelchen, doch die Härte, die mich so angemacht hatte, verschwand langsam.

Ich schnaufte heftig. Die Gedanken, dass Wolf sich kaufen und ficken ließ, kehrten zurück. Als ich ihn danach fragen wollte, begann er von sich aus das Thema. Er sprach ganz leise. Es dauerte einen Moment, bis ich begriff, dass er von einem Mann gefickt worden war. Die Bestätigung dafür kam ja dann auch. Wolf beschrieb mir das Ganze ungewöhnlich ausführlich, wie es eigentlich gar nicht seine Art war. Ohne Zweifel, es war ihm ein Bedürfnis, sich mir zu öffnen.

Dann begann Wolf zu erzählen: „Als er mich ansah, spürte ich sofort, der Mann, der mir gegenüber stand, hatte etwas Besonderes. Ich fühlte mich sogleich zu ihm hingezogen. Auch dem Mann ging es ähnlich. Auf ein Vorspiel verzichteten wir. Der Mann zog seine Hose aus und sein steifer Schwanz schnellte hoch. Dieser Schwanz war

kräftiger als meiner. Ich hätte ihn gerne geblasen. Aber
Angela befahl mir, mich zu bücken und schmierte mir mit
kreisenden Bewegungen Gleitcreme auf die Rosette. Klar,
dass sie mich damit reizen wollte.

Sie nahm einen Dildo und setzte sich in den Sessel. Der Kerl
aber strich mit seinem Schwanz durch meine Arschkerbe.
Natürlich wollte er meinen Arsch ficken. Aber das tat er
erstmal nicht. Ich spürte seine Hände an der Hüfte. Er war
zärtlich, fast beschützend zu mir. Irgendetwas passierte in
mir. Meine Gedanken, dass ich mich gerne benutzen lasse,
gewannen die Oberhand. Ja, ich sehnte mich danach,
gefickt und besamt zu werden. Ich wollte, wie eine Frau von
ihm gebraucht werden. War das eine weibliche Komponente
in mir?"

Wolf musste mir das alles genau sagen, weil er sich wohl
selber nicht richtig einschätzen konnte. Gewissermaßen
gestand er sich ja seine Bi-Sexualität ein. Eben nicht nur
eine Frau verwöhnen oder einen Mann ficken, sondern sich
hingeben und seine Geilheit durch Hinnehmen und Ertragen
befriedigen zu lassen. Wolf gab mir hier sehr intime Gefühle
preis, die er selber noch nicht richtig verstanden hatte und
erst verarbeiten musste. Aus Sicht einer Frau wusste ich
sofort, wovon er sprach. Ich fühlte mich aber auch glücklich,
ihn so zu erleben.

Durch mein zustimmendes Zunicken ermuntert, fuhr er fort:
„Es dauerte lange, bis der Kerl Druck auf meinen After

ausübte. Dann spürte ich seinen Finger im Po. Er testete
mich. Er wollte auf keinen Fall, dass ich leide. Ich spürte
seine männliche Fürsorge, die ich ja auch selber habe, wenn
ich eine Frau ficke. Dadurch fühlte ich mich noch weiblicher.
Jedenfalls in dem Moment, als er eindrang. Mir wurde klar,
ich lasse mich eben gerne benutzen. Dieses Benutzt werden
und den fickenden Schwanzes im Arsch zu genießen, gibt
mir viel.

Ich spürte, wie er erst langsam eindrang, in die Tiefe ging
und ihn langsam fast wieder rauszog, um ihn dann wieder
reinzuschieben. Dieses Gleiten ist einfach der Wahnsinn.
Das Kribbeln gibt mir sehr viel, und der Kerl hatte ein Gefühl
dafür. Er deutete alle meine Reaktionen richtig und ging
entsprechend darauf ein. Mein Schwanz war nicht so hart,
als wenn ich ficke, aber er tropfte bei jedem Stoß. Der Kerl
hatte sogar darauf gewartet.

Er änderte jedenfalls die Richtung des Stoßes, nicht in die
Tiefe gehend, eher senkrecht von oben auf die Prostata. Die
starken Gefühle nahmen zu. Er merkte es und richtete die
Stöße genauer aus. Ich drückte mich ihm entgegen. Ich
wollte ihn und ich wollte mehr. Der Kerl war super, so hatte
ich das noch nie erlebt. Mein Anus war weich und offen.

Ich hatte das Gefühl, noch einen Schwanz haben zu wollen.
Er hätte dicker sein können. Mein Anus war eine perfekte
Votze, bildete ich mir ein. Ich begann mit ihm zu spielen und
kniff meinen Arsch zu. Das gefiel ihm sehr. Gleichzeitig hörte

ich, wie Angela ihren Vibrator einschaltete. Sie wusste wohl, was kam. Der Kerl packte mich fester an. Er stieß weit in mich rein, dass mir die Luft wegblieb. Dennoch kniff ich mit aller Kraft zu. Ich wollte ihm was zurückgeben.

Ich glaube, ich habe eine ganz neue Rolle gefunden, die natürlich nur mit einem Mann zu verwirklichen ist, der meine Reaktionen deuten kann und versteht, was in mir vorgeht. Sein Pressgleiten gegen meinen angespannten Analmuskel verschaffte mir eine ungemein geile Lust und zugleich auch Befriedigung. Als er spritzte, fühlte ich sein starkes Zucken. Ich weiß jetzt, dass ich auch Männer glücklich machen kann!"

Die Fahrt

Was Wolf mir von seinen neuen Gefühlen erzählt hatte, beschäftigte mich noch lange. Er folgte nicht dem Druck, einen Orgasmus haben zu müssen, sondern eher dem Gefühl, einen Orgasmus in sich zu erleben und es genießen, penetriert zu werden. Es war schon spannend, wie Wolf sich vom gequälten, gefesselten, erniedrigten Mann in einen aktiven Sexpartner und jetzt in einen eher passiven Partner verwandelt hatte.

Ich liebte ihn dafür und ahnte, dass ich wohl mehr auf ihn eingehen sollte. Ihn einfach mal nehmen und ihn genießen lassen. Das Abarbeiten mit dem Strap-on liegt mir ja. Damit eine Frau zu ficken, war ja immer mit der Absicht verbunden, es ihr gutzutun und sie genießen zu lassen. Ich konnte es damit ja auch länger und ausgiebiger machen, als ein Mann das normalerweise könnte.

Aber da war ja noch nicht alles. Wolf schwärmte ja von diesem Mann, der ihm so gutgetan hatte. Ich rief deshalb Angela an, die sehr erfreut war, mich mal wieder zu sprechen und hörte mir sehr interessiert zu. Sie meinte, wenn sie jemanden an andere verkaufe, machte sie und ihren Freund jedes Mal aufs Neue geil. Es ist mit Sicherheit ein Gewinn für uns beide. Als ich ihr dann gestand, dass das Thema auch zwischen Wolf und mir schon seit längerer Zeit im Raum stünde, aber nie umgesetzt wurde, war sie ganz aus dem Häuschen.

Ich gestand ihr, dass ich bei dem Gespräch ganz nass geworden war. Als auf einmal ein Brummen aus dem Hörer kam, ahnte ich es bereits. Angela hatte ihren Hörer an den Vibrator gehalten, den sie sich in die Votze gesteckt hatte. Sie wurde sofort geil, wenn das Thema „Verkaufen" zur Debatte stand. Schließlich schlug sie vor, doch gemeinsam etwas zu unternehmen. Sie hätte ja ein großes Wohnmobil mit vier Schlafplätzen, Dusche und Toilette. Da wäre reichlich Platz und meistens ergibt sich dann immer was.

Ich war emotional berührt über so viel entgegengebrachtes Vertrauen. Wie hatte Angela sich das vorgestellt, mit vier Personen, zwei Männern und zwei Frauen? Wie sollten es die Männer schaffen, untereinander Sex zu haben und dann noch die Frauen zu bedienen? Wolf meinte, ich solle mir nicht zu viel Sorgen machen. Aber grundsätzlich hatte diese Idee ihn schon aufgegeilt.

Als er dann sagte, ich solle meinen Strap-on mitnehmen, ahnte ich, was er im Sinn hatte. So ging ich ins Schlafzimmer, legte den Strap-on an und stellte die Gleitcreme bereit. Dann ging ich, nackt wie ich war, mit dem angelegten Strap-on zu ihm ins Wohnzimmer, nahm ihn bei der Hand und zog ihn ins Schlafzimmer. Ich brauchte keinerlei Vorspiele. Mein Kopfkino war genug und ich spürte den in mir steckenden, inneren Dildo zur Genüge. Wolf wusste natürlich, was ihm bevorstand. Er ging in Doggystellung aufs Bett.

Etwas Gleitcreme auf die Dildospitze und seinen Anus war selbstverständlich. Dann steckte ich erst einen Finger in seinen Po und weitete ihm den Anus. Als ich dann mit dem Finger auf der Rosette kreiste, stöhnte er wundervoll und geilte mich damit auf. Sanft packte ich ihn an den Hüften und setzte zärtlich den Dildo auf, nicht ohne ihn erst einmal rauf und runter in der Pokerbe zu bewegen. Ich spürte seine Anspannung und streichelte ihn sanft mit den Händen über den Po. Dann beugte ich mich weit über Wolf und rieb meine Titten an ihm, um ihm dann den Nacken zu küssen.

Langsam erhöhte ich den Druck und sah, wie der Anus sich öffnete. Ich nahm mir Zeit, denn es sollte doch ein schönes

Erlebnis für meinen Süßen werden. Er sollte sich jetzt als „Nehmend" fühlen. Seine weiblichen Charaktermerkmale sollten angesprochen werden. Ja, ich fühlte mich ein wenig als fürsorglicher Mann. Dann glitt der Dildo schön rein. Langsam zog ich raus und sah die feucht schimmernde Innenseite seines Arschlochs. Seine Arschvotze war voll erblüht. Ich verstand, Wolf war jetzt ein passiver Mann, der sich auslebte.

Ihn so verstanden zu wissen, war mir neu, aber ich fühlte mich wohl. Ich fühlte mit ihm. Meine Bewegungen waren liebevoll. Sie hatten etwas von dem Ficken einer Freundin, der ich es ja auch guttun sollte. Ich tätschelte seinen Arsch und fickte ausgiebig lange, so wie ich es ja auch gerne hatte. Männer können eben nicht so lange durchhalten. Das aber war neu für Wolf. Sein Schwanz tropfte wie gewohnt. Er fasste ihn aber auch nicht an. Je länger ich ihn fickte, umso begeisternder waren seine geilen Zurufe: „Du geile Sau! Du Arschfickerin!" Ich buchte es für mich als Kompliment.

Dann war es so weit. Der Tag für die Fahrt mit Angela war gekommen. Angela informierte uns genau, was wir zweckmäßigerweise mitnehmen sollten. Wolf und ich waren darin ja noch nicht so erfahren. Also packten wir unsere Sachen in faltbare Taschen und nicht in Koffer. So fuhren wir zum Treffpunkt, an dem auch unser Auto geparkt werden konnte.

Als wir unsere Taschen aus dem Auto nahmen, kam mir zu meiner Überraschung Alan entgegen, der mich umarmte und küsste, dann aber auf Wolf zuging. Alan nahm Wolf fest in den Arm und küsste ihn. Die beiden schauten sich in die Augen und lachten. Angela bemerkte grinsend: „Die beiden haben einen Narren an sich gefressen!" Ich war sprachlos. Der Alan, der mich gefickt hatte und von dem ich Wolf berichtet hatte, war auch der Mann, der ihn so verwöhnt hatte. Ich brauchte einige Zeit, es zu begreifen und zu verarbeiten. Nun, die Zeit hatten wir ja auf der Fahrt.

Alan steuerte das Wohnmobil und wir übrigen konnten uns gut unterhalten. Natürlich war Angela auch schon scharf, genauso wie auch Wolf und ich. Damit hatte ich ja schon gerechnet, als wir telefonierten. Ich witzelte über die Männer, wie sie das denn schaffen wollen. Zwei willige Frauen, zwei willige Männer und jeder mit jedem. Da ist dann schnell die Luft raus. Angela meinte, als Frau hätte sie ja noch andere Möglichkeiten und ich ergänzte, dass ich diese natürlich auch kennen würde. Wir waren uns einig, dass wir Frauen uns sicher ausleben konnten. Aber die Männer, war es ihnen auch möglich?

Wolf bemerkte vorlaut, dass ich ja den Strap-on mit dabei hätte. Angela sah mich an und sagte dann zu Wolf, dass das ja mehr eine Sache für Frauen ist und nicht für Männer. Aber Wolf meinte dann, warum denn? Er könne sich vorstellen, so ein Ding zu benutzen. Es war irgendwie eine besondere

Situation. Hatte Angela diese Möglichkeit heimlich in Erwägung gezogen? Ich packte den Stier bei den Hörnern und nutzte die Gelegenheit.

Der Gürtel war schnell verstellt und der Schwanz von Wolf nach unten gedrückt. „Geht das so?", fragte ich ihn und er antwortete: „Wird schon werden." Angela und ich waren heiß. Sie tickte da nicht anders als ich. Im Nu waren unsere Höschen runter und wir hockten vor den Betten und legten unsere Oberkörper auf die Liegefläche. Angela gab Wolf schnell noch Gleitcreme. „Das muss bei dem Gummidildo unbedingt sein!", belehrte sie Wolf. Wolf stellte sich gut an und drang bei Angela in die Votze ein. Was war das für ein Gefühl? Der Partner fickt eine Freundin mit dem Strap-on.

Ich wurde so nass, dass ich Handtücher bereitlegte. Angela sah mich mit verklärten Augen an. Sie war völlig weggetreten. Wolf fickte sie schön gleichmäßig länger als fünf Minuten. Dann wechselte er zu mir. Ich gestehe, es kam mir fremd vor. Aber dieses gleichmäßige Bewegen, nicht das typische männliche Stoßen, das war etwas anderes. Ich schaukelte mich auf und bekam einen Orgasmus. Völlig irritiert bat ich um eine Pause. Das nutzte Wolf aus, um den Dildo auf die Rosette von Angela zu setzen, die willig dagegenhielt.

Angela drehte den Kopf zu Seite und sagte: „Das ist ja irre! Der Kerl ist ja die perfekte Fickmaschine!" Als sie abwinkte, kam Wolf wieder zu mir und ich hatte das Ding im Arsch. Es dauerte nicht lange und er hatte mich wieder voll im Griff. Nun, es war kein Orgasmus, aber es war ein wundervolles Gefühl. Plötzlich aber war etwas anders. Das Motorgeräusch des Wohnmobils war aus. Alan hatte den Wagen geparkt. Alan kam zu uns, ließ seine Hose fallen und hatte seinen Schwanz blitzschnell in der Votze von Angela. Ich hielt den Atem an.

Wolf reagierte schnell. Er legte den Strap-on ab. Sein Schwanz schnellte hoch und ehe ich mich versah, war er bei mir drin. Angela und ich sahen uns an. Die Männer keuchten und stießen um die Wette. Unsere Männer waren ungemein geil. Das war eine neue Erfahrung, wie die beiden sich gegenseitig anstachelten und uns Frauen ausgiebig fickten. Irgendwie war das für mich beruhigend. Denn unsere Männer wussten jedenfalls in diesem Moment, wo sie hingehörten.

Strandleben

Wir suchten etwas Abwechslung mit dem gewissen Kick und hielten uns deshalb am FKK-Strand auf. Alan legte sich etwas weiter weg, um aus angemessener Entfernung zu beobachten, was mit mir heute passieren würde. Ich legte mich auf meine Strandunterlage und benutzte die Tasche als Kopfkissen. Das Ufer mit den Badegästen war nicht weit entfernt, deshalb achtete ich darauf, dass mir niemand zwischen die Beine gucken konnte.

Mir ging dieser Mann, den ich in der Nähe des Restaurants gesehen hatte, nicht aus dem Kopf. Er trug eine Badehose, die sehr gut gefüllt war. Seine Stange lag quer und am Ende prangte ein feuchter Fleck. Er hatte Not, es vor mir zu verbergen. Ich sah ihm in die Augen und er machte eine entschuldigende Geste. Dann war er aber schon weitergegangen. Als ein Schatten auf meine Augen fiel, wurde ich aus meinen Gedanken gerissen. Neben mir saß nun genau dieser Mann. Jetzt war er nackt und das, was er mir zeigte, ließ mich feucht werden. Es schoss mir regelrecht mitten in mein Zentrum, dass ich die Beine übereinanderschlug.

Er war scheinbar ein erfahrener Mann. "Es ist alles gut! Ich war bei Ihrem Anblick auch geil geworden und musste mich sehr zurückhalten!", erklärte er. Ich sah ihn an. Er hatte dieses entwaffnende Lächeln, das einigen Männern einfach angeboren zu sein scheint. Ich redete nicht mehr viel und gab mich freiwillig geschlagen. So hob ich meine Strandunterlage hoch, die er für mich zusammenrollte, und nahm meine Tasche. Wir gingen hinter die Absperrung in den Dünen, wo alle die waren, die nicht gestört werden wollten.

Das Laufen zusammen mit ihm war schon geil. Ich spürte mich langsam nass werden, obwohl noch nichts passiert war. Er hatte nicht mal einen Ständer. Dennoch war mir klar, es musste schnell geschehen. Wir fanden ein schönes Plätzchen und er legte die Matte auf den Sand. Ich kniete vor ihm hin und nahm sofort seinen Schwanz und seine schweren Eier in die Hand. Meine Brüste begannen, sich zu melden. Meine Nippel ließen es mich spüren, ganz abgesehen von meinen Schamlippen. Ich wollte keine Zeit verschwenden, eigentlich wäre sein Schwengel bestimmt auch ohne Spezialbehandlung von mir hart geworden.

Aber welche Frau wollte sich nicht an so einem süßen Schwanz aufgeilen? Ich fickte ihn mit dem Mund, wichste ihn und steckte ihn zwischen meine Titten. Als ich den ersten Tropfen schmeckte, war ich echt wild geworden. Ich hockte mich hin und er drang sofort von hinten in mich ein. Das machte er sehr geschickt. Mit den Fingern spreizte er etwas meine Schamlippen und fand schnell den Eingang. Als er merkte, wie nass ich war, drückte er nur etwas nach und seine Stange glitt leicht rein. Jetzt war auch sein Schwanz nass und er konnte wunderbar durchziehen.

Es war schön, mal einen anderen Schwanz, als den von Alan oder Wolf, in mir zu haben. Dann aber kam er ins Stocken und beugte sich über mich. Er lag fast auf meinem Rücken. Ich schaute zwischen meinen Schenkeln unter mir durch und sah die Füße von Alan. Ich ahnte es schon. Alan fickte meinen Stecher in den Arsch. Wenige Augenblicke später waren wir perfekt aufeinander eingespielt. Ich stemmte mich gegen die Stöße. Zuerst gegen den Stoß meines Stechers, dann gegen den indirekten Stoß von Alan. Ich genoss es in vollen Zügen, gefickt zu werden.

Mein Stecher wurde unruhig und hielt dagegen. So konnte er nicht mehr so schön harmonisch durchziehen. Aber gerade das war so geil. Ich fühlte mich ja durchaus ausgefüllt. Dafür sorgte er ja. Dann aber die Erregung von Alan zusätzlich zu spüren, wie er wilder wurde und sich in meinen Stecher austobte. Der aber wurde immer ruhiger. Er wollte nicht abspritzen, weil er Alan genießen wollte. Alan nahm also den Stecher in Beschlag und belohnte mich dafür mit seiner aufkommenden Geilheit und der süßen Bereitschaft meines Stechers.

Eigentlich war es so, dass jetzt nur noch Alan in meinen Stecher stieß, der wohl auch völlig außer Kontrolle war. Damit konnte er nicht rechnen. Vielleicht war ich ja nur noch eine sanfte, weiche Unterlage für ihn. Aber ich fühlte mich wohl. Ich wurde immer noch so schön gereizt, dass es mir an den Beinen runterlief. Ich liebe es, wenn ich so nass bin und es einfach nicht aufhören will. Das sind die schönsten Gefühle, die ich mir immer wünsche.

Mein Stecher grunzte, bewegte sein Becken und stemmte sich gegen Alan. Vielleicht wollte er ihn reizen, damit er kommt und kniff seinen Arsch zu. Er kippte sein Becken. Ich wollte mehr von den beiden sehen. So von hinten gefickt, bekam ich ja nicht allzu viel mit. Ja, ich hatte einen geilen, tollen Schwanz in mir, aber ausgefüllt sein ohne Ficken? Ich überlegte, was ich machen sollte? So ging es nicht weiter. Und Alan, der hatte Übung im Vielficken, der würde länger durchhalten.

Also warnte ich meinen Stecher kurz, sackte zusammen und lag jetzt auf dem Bauch. Dann sagte ich ihm, er solle sich hochstemmen und mich auf den Rücken drehen. Alan registrierte sofort, dass der Stecher wieder in mich eindrang. Aber er lag jetzt auf mir. Das konnte ich besser ertragen. Meine Brüste wurden nicht zu stark eingedrückt und er ließ mir Spielraum, sie zu reiben. Allerdings lag er nun flach, was für Alan schwieriger war. Ich war glücklich, sah ich doch in ein sehr sympathisches Gesicht. Ich konnte nicht anders, ich musste ihn küssen.

Sich treiben lassen ist immer am schönsten. Zwei Männer, die es miteinander hatten, und einer von denen küsste und füllte mich aus. Das sanfte Schaukeln war himmlisch. Als ich mich zwischendurch umschaute, durchfuhr mich ein Blitz. Wir hatten bereits Zuschauer. Das war mir neu. Die Frauen standen etwas breitbeiniger und hatten die Finger in der Votze. Von den Männern hatten einige ihren Schwanz in der Hand. Aber keiner sagte was. Alle waren zu sehr auf sich selbst konzentriert.

Alan wurde schneller und dann war Ruhe. Das ging auf einmal ganz schnell. Er legte den Kopf zurück und ich wusste, er spritzte meinem Stecher den Arsch voll. Was würde geschehen? Ich fühlte mich ausgelaugt und verbraucht. Es hatte eindeutig zu lange gedauert. Dann aber begann sich mein Stecher gleichmäßig zu bewegen, das dann immer schneller wurde. Seine Erregung nahm zu, als ob sie gerade erst erwachen würde. Jetzt war mein Stecher an der Reihe, zu kommen.

Aber er wollte immer noch nicht. Dieser Mann fühlte, dass ich nicht bereit dazu war. So blieb er beständig dabei. Als er merkte, ich gehe mit ihm mit, schaffte er es, mich erneut zu erregen. Ich fühlte es. Er wollte mich erleben und gab sich mit nichts anderem zufrieden. Was für ein Kerl! Ich gab mich ihm vollends hin und klammerte mich an ihn. Gegenhalten konnte ich nicht mehr. Aber ich spürte meine Schamlippen und die Spannung in meiner Votze.

Ja, ich war auf dem Weg. Die Spannung wurde größer. Als ich kurz vor der Kante war, stöhnte ich laut. Nein, ich brüllte mehr, als der Schauer mich durchlief. Mein Stecher schaute mir in die Augen und ich fühlte das Zucken. Ich wusste genau, er fühlte es auch. Ein Lächeln huschte über mein Gesicht!

Die Einladung

Als ich aus der Toilettenkabine kam und in den Spiegel schaute, stand plötzlich eine Frau direkt hinter mir. Sie sah mich prüfend an, räusperte sich und sagte: "Mein Mann findet Sie einfach bezaubernd, wollen Sie uns nicht kennenlernen?" Ich konnte gar nicht so schnell passend reagieren, denn auf diese Weise war ich noch nie angesprochen worden und fragte etwas verdattert zurück: „Woher kennen Sie mich denn?" „Wir haben sie in den Dünen gesehen und das hat uns sehr gefallen!", antwortete sie mir.

Ich sah mir die Frau genauer an. Sie war von schlanker Statur, besaß aber trotzdem eine auffällige Oberweite. Ihr rund geformter Po war nicht zu groß und ihr von lockigem, dunklem Haar umrahmtes Gesicht wies liebe Züge auf. Ihr gewinnendes Lachen wirkte positiv auf mich. Ich antwortete nach langem Zögern: "Ja, warum eigentlich nicht." Ich fragte sie, was ihrem Mann denn so sehr an mir gefallen hatte. Sie erklärte mir offenherzig, sie habe immer noch Hemmungen, ihren Mann so verwöhnen zu können, und er selbst traut sich nicht, sich von einem Mann verwöhnen zu lassen.

„Und du? Was hatte dir an mir gefallen?", fragte ich sie wissbegierig. Sie stotterte und traute sich nicht, etwas Konkretes zu sagen. Ein zusammenfassendes „Alles" war das Einzige, was sie zögernd verlauten ließ. Das war schon merkwürdig, aber ich hatte Verständnis für diese Schüchternheit und nahm sie zur Beruhigung in den Arm. Sie sah mich an, kuschelte sich an meine Brüste und gestand mir: „Ich war noch nie richtig mit einer Frau zusammen." Unwillkürlich lachte ich auf und fragte frei raus: „Ich soll euch also anlernen?" „Vielleicht einfach sagen, was wir machen sollen oder es sogar verlangen", sagte sie mit gefasster Stimme. „Ihr wollt also eine Art Domina?", fragte ich zurück. Dann beantwortete sie fast scheu meine Frage: „Ich weiß ja nicht einmal, was das ist. Ich will doch alles kennenlernen und erleben! Und meinem Mann geht es genauso." Dann gingen wir beide zurück an ihren Tisch. Dort machten wir uns gegenseitig miteinander bekannt.

Die beiden hießen Ursel und Eberhard und wirkten auch im Doppelpack noch unsicher. Besonders Eberhard konnte seine Unsicherheit schwer verbergen. Ich war froh, meinen Slip mit einer Einlage versehen zu haben. Ich spürte bereits dieses untrügliche Ziehen im Schritt. Die aufkommende Lust wirkte schon. Beide waren mir gleichermaßen sympathisch und die beiden empfanden das wohl auch von mir. Wir beschlossen, aufzubrechen und ich stieg zu den beiden mit ins Auto. Das Ziehen im Schritt wurde stärker, als Ursel sich neben mich setzte und meine Hand auf ihre Brust legte. Ich küsste sie einfach auf die Wange.

Sie fuhren mit mir zu ihrer Ferienwohnung. Dort angekommen, verschwand Eberhard sofort im Badezimmer. Ursel zog mich an der Hand ins Wohnzimmer und schenkte uns ein Glas Sekt ein. „Du bist sehr hübsch und Eberhard ist hellauf begeistert von dir. Willst du es wagen?", fragte sie offenherzig. Ich hob leicht zweifelnd meine Schultern. Aber mir war klar, ich wollte wissen, wie es weitergeht. „Hast du denn einen Strap-on?", fragte ich sie. Sie sah mich an und ihr Gesicht strahlte, als ob sie im Lotto gewonnen hatte, und antwortete freudig: „Ja, ich habe den doch extra gekauft, aber noch nie benutzt!"

Ursel nahm den Strap-on aus der Tasche, die schon bereitstand, und streifte mir dann mein Kleid ab. Sie streichelte über meine Brüste und sah mir dabei in die Augen. Noch nie hatte mich eine Frau so zärtlich angefasst. Ich empfand es als angenehm. Aber irgendwie wurde ich das Gefühl, eine Art Testperson für die beiden zu sein, nicht los. Meinen Slip streifte sie ebenfalls runter und entledigte sich auch ihrer Kleidungsstücke, die achtlos neben meinen auf dem Boden liegen blieben. Ich musterte sie von oben bis unten. Sie umarmte mich, rieb ihre Titten an mir und küsste mich erneut auf die Wange. Ich nahm sie in den Arm und küsste sie innig auf den Mund und ließ meine Zunge dabei spielen. Ursel sah mich an und hauchte: „Ich spüre es. Es ist schön!"

Ich legte Ursel, die mich immer wieder dabei ansah, den Strap-on sorgfältig an. „Du meinst, ich könnte das?", fragte sie fast ungläubig, nahm dann aber meine Hand und zog mich ins Schlafzimmer. Eberhard lag bereits mit gespreizten Beinen auf dem Bett. Sein Schwanz ragte steil in die Höhe. Ich stellte mich direkt über ihn und schaute runter in sein Gesicht. Meine Votze begann zu laufen und ich wurde unruhig. „Setz dich doch auf ihn drauf!", hörte ich Ursel sagen. Ich zielte mit meiner Rosette, die ich vorher mit

Votzenschleim gleitfähig gemacht hatte, auf seinen harten Schwanz, der sofort reinrutschte.

Ursel war überrascht, wie leicht ich ihn mit meinem Arsch ficken konnte. Eberhard jauchzte und stöhnte lauthals. Ich hatte den Eindruck, dass er sofort kommen wollte. Aber das wollte Ursel bestimmt nicht. Sie sagte zu mir: „Dreh dich doch mal um!" Also drehte ich mich um und wandte Eberhard den Rücken zu. Jetzt stand Ursel vor mir und drückte ihre Finger in meine Votze. Sie sah mir tief in die Augen, als ob sie mich hypnotisieren wollte. Dann aber kam sie noch näher. Umständlich, weil sie es noch nie gemacht hatte, schaffte sie es aber, mir den Aufsteckdildo vom Strap-on in die Votze zu drücken.

Ich war positiv überrascht. Zum einen war Ursel wohl doch nicht so naiv und schon gar keine Sklavin, und zum anderen übernahm sie die Initiative. Was wollte ich denn mehr, als von zwei Seiten ausgefüllt zu werden! Ich lehnte mich zurück, nahm Ursel in den Arm und ermutigte sie, mich zu ficken. Ihre Stöße in mir spürte natürlich auch Eberhard, der sich gar nicht mehr einkriegen konnte. „Such dir mal einen zweiten Mann, vielleicht hat Eberhard dann noch mehr Spaß!", kommentierte ich die Situation.

Dann forderte ich Eberhard auf, Ursel in den Arsch zu ficken. Eberhard wirkte wie erstarrt und bewegte sich nicht. Ich musste also etwas forscher mit ihm umgehen und fuhr ihn an: „Los, fick sie!" Ursels Augen blitzten auf. Ich wies

Eberhard an, ihr den Po aufzuweiten und anfangs ganz vorsichtig beim Eindringen zu sein. Er machte es großartig. Als er seinen Schwanz in ihr hatte und er die Enge spürte, legte er richtig los. Ich freute mich schon, ihn über Ursel zu spüren. Aber er war so erregt, dass er nicht lange durchhielt. Schade, ich hätte seine Stöße gerne länger gespürt. Er lud in Ursels Arsch ab. Sie kannte das ja auch nicht und musste den Genuss eines Arschficks erst entdecken.

Eberhard zog sich schnell zurück und Ursel lief zur Höchstform auf. Eine Frau zu ficken und ihr Lust zu verschaffen, das war neu für sie. Sie strengte sich an und schaffte mich tatsächlich. Mühsam hielt ich mich an ihr fest und sie hämmerte mir den Strap-on Dildo in die Votze. Ich segelte mit geschlossenen Augen dem Höhepunkt entgegen. Als ich die Augen wieder öffnete, blickte ich direkt in Ursels Votze. Sie hatte den Strap-on abgelegt und saß vor mir auf einem Stuhl. Sie war dabei, sich einen Vibrator einzuführen. Brauchte sie den Fick mit mir als Kick für sich selbst?

Sie nahm einen zweiten Dildo, rutschte auf dem Stuhl noch weiter vor und schob ihn in ihren Po. Sie geilte sich auf und genoss es, dass ich ihr dabei zuschaute. Dann nahm sie einen dritten Vibrator, den sie zu dem anderen in ihre Votze schob. Jetzt war mir klar, sie war ein durch und durch geiles Luder, das sich ausprobieren wollte. Jetzt, da sie mit Eberhard nicht alleine war, traute sie sich alles zu. Ich griff mir den Strap-on, suchte den dicksten Aufsatzdildo aus der

Tasche raus und ging dann auf sie zu. Ursel hielt ihren Arschdildo sorgsam fest und legte sich dann so auf das Bett, dass er nicht rausrutschen konnte.

Ich fickte ihre Votze aus allen Richtungen. Ursel quietschte und schlug immer wieder mit der Hand auf das Bett. Sie lebte mit mir zusammen richtig auf. Ich bin sicher, so wurde sie noch nie genommen. Ich fand einen weiteren Vibrator und bearbeitete damit ihre Klitoris. Sie reagierte heftig und bewegte hektisch ihren Kopf nach links und rechts. Dann nahm ich ihre Hand und ermunterte sie, es sich zusätzlich selbst zu machen. Es war auch für mich etwas Besonderes. Sie bäumte sich derart auf, wie ich es noch nicht bei einer Frau erlebt hatte. Dann sackte sie völlig entkräftet in sich zusammen und musste sich erstmal eine Viertelstunde erholen.

Danach zog sie mich ins Badezimmer, direkt unter die Dusche. Sie umarmte mich schmusend und genoss meine Nähe. Ich konnte nicht anders und pinkelte in die Duschwanne. Fast erschrocken lehnte sich Ursel zurück. Dann aber umarmte sie mich fester, um den warmen Strom der Pisse auszukosten. Dann lief es auch bei ihr. Ich nahm etwas Shampoo und meine Hände glitten über ihren Rücken, durch ihre Pokerbe und über ihre Muschi. Ich ließ meine Finger in sie reinrutschen. Dann fühlte ich auch ihre Finger in mir. Wir geilten uns gegenseitig auf und brachten uns erneut zum Orgasmus.

Nachdem wir uns abgetrocknet hatten, zog Ursel mich wieder ins Schlafzimmer. Sie legte sich sofort zu Eberhard, schlang ein Bein über ihn und winkte mich heran. Ich sollte mich daneben legen. Ich zog es aber vor, mich jetzt zurückzuziehen. Nachdem ich mich angezogen hatte, verließ ich, zufrieden und um eine Erfahrung reicher, die Wohnung der beiden.

Doppelt zählt

Natürlich erzählte ich Wolf mein Erlebnis mit Ursel und Eberhard. „Ungeübte, geile Mitficker, die nicht wissen, wie sie sich abreagieren könnten, sind doch immer willkommen!", rief Wolf erfreut. Das machte ihn doch sehr an. „Sicher mögen Ursel und Eberhard etwas unbeholfen sein, aber sie machen bereitwillig alles mit und ergreifen teilweise sogar auch die Initiative", sagte ich ihm. Als Angela davon hörte, war sie sofort begeistert und sagte, dass die Abwechslung und besonders Frischfleisch allen guttut. Nun sollte ich überlegen, wie wir alle zusammen kommen könnten.

Am Abend war Alan ebenfalls begeistert von der Idee. Also ging ich zur Ferienwohnung von Ursel und Eberhard. Beide waren sichtlich erfreut, dass ich sie besuchte. Ich schlug den beiden vor, eine Sex-Party zusammen mit Angela, Wolf, Alan und mir zu veranstalten. Eberhard war sofort angetan von diesem Vorschlag und seine Augen verrieten seine Vorfreude. Ursel bemerkte lakonisch: „Du freust dich doch nur, weil du den Mann wieder siehst, der dir den Arsch gefickt hat!"

Dabei sah sie ihn liebevoll an. Ich spürte ihre Zuneigung zu ihm. Dann sagte Ursel aus tiefer Überzeugung: „Ich ärgere mich, weil wir es nicht schon früher gemacht haben." So stand dem Treffen nichts mehr im Wege und wir vereinbarten als Ort die Ferienwohnung der beiden, weil sie groß genug dafür war.

Wir trafen uns, wie besprochen, alle zusammen in der Ferienwohnung. Die Küche war von Ursel und Eberhard liebevoll in eine kleine Bar verwandelt worden. Wolf steuerte mit einem Glas Prosecco in der Hand direkt auf Ursel zu. Ich kannte doch meinen Wolf. Er besaß eine Schwäche für schlanke Frauen wie Ursel und forderte sie sogleich zu einem Tanz auf. Ursels Augen blitzten auf. Sie war geil auf einen Mann und ließ sich auf einen engen Tanz ein. Sie forcierte es sogar, indem sie ein Knie immer wieder zwischen seine Schenkel drückte, bis sie eine Regung in seiner Hose verspürte. Ursel sah ihm in die Augen und gestand, dass es doch sehr schön sei, ihn so nah zu spüren.

Wolf sagte ihr, dass sie wunderschön sei und dass sie unbedingt auch mit Alan tanzen müsse. Ursel sah Wolf unsicher an. Ich hätte zu gerne gewusst, was sie in diesem Moment dachte. Zwei Männer, um die sie sich gleichzeitig kümmern sollte, das war für Ursel sicher eine ganz neue Welt. Sie schaute sich nach Alan um, der, mit einem Glas Prosecco in der Hand, den beiden abwartend zuschaute. Ursel verstand und wandte sich jetzt Alan zu.

Beim Tanz mit Alan begann das gleiche Spiel. Sie schmiegte sich dicht an Alan. Jetzt stellte sich Wolf dazu und legte seine Arme auf die Schultern von Ursel und Alan. Als Ursel ihn anschaute, war ihr Lachen eindeutig. Sie wollte von beiden Männern verwöhnt werden und sich genauso selbst um beide kümmern. Aus Sicht von Wolf und Alan war es sicher eine willkommene Gelegenheit. Mit Ursel hatten sie ja eine fast jungfräuliche Zweilochstute vor sich.

Zusehen und daran aufgeilen, wie Wolf mit Ursel fickt. Dieser Gedanke ließ mich nicht mehr los. Ich schaute mich nach Angela und Eberhard um. Eberhard hatte den Arm um Angela gelegt und seine Hand ruhte auf ihrer Brust. Ich ging zu ihnen und legte den freien Arm von Eberhard um meine Hüfte. Jetzt hatte er uns beide im Arm, wobei ich mich in seine Hand reinkuschelte. Genau das konnte ich jetzt gebrauchen.

Jetzt sahen wir zu dritt den anderen Dreien zu. Ich wartete ungeduldig auf den Moment, dass Wolf oder Alan loslegte. Aber das brauchte keiner von den beiden, denn Ursel war bereits aktiv. Sie rieb sich an beiden und hatte ihre Hände schon auf den Hosen der Männer. Wir beobachteten erstaunt, was Ursel so alles anstellte. Sie knöpfte ihre Bluse auf und Alan öffnete den Verschluss von ihrem BH. Wolf öffnete seine Gürtelschnalle, ließ seine Hose auf den Boden fallen und schob sie mit den Füßen zur Seite.

Plötzlich hatte ich eine Idee. Ich forderte Eberhard auf, mitzukommen, und zog ihn ins Schlafzimmer. Der war ganz verdattert, als ich ihn bat, die Matratze ins Wohnzimmer zu tragen. Im Wohnzimmer legten wir sie mitten im Raum ab. Ursel, Wolf und Alan waren einen Moment irritiert, dann aber hatten sie verstanden, was wir damit bezweckten. Dann zogen Ursel, Alan und Wolf ihre restlichen Kleidungsstücke aus und begaben sich nackt auf die Matratze. Alan küsste Ursel heftig, während Wolf ihr von hinten zwischen die Beine an die Votze ging. Auch die Pokerbe ließ er nicht aus. Er reizte die ganze Region, was Ursel mit einem heftigen Zucken beantwortete.

Angela, Eberhard und ich zogen uns ebenfalls aus und ließen die Matratze mit den Dreien nicht aus dem Blick. Eberhard tätschelte unsere beider Brüste. Als ich Eberhards Schwanz streicheln wollte, war schon Angelas Hand dort. Also griff ich an seine Eier. Mit meiner anderen Hand strich ich ihm über den Po, den er mir weit entgegenstreckte, sodass ich besser an seine Pokerbe und Rosette gelangen konnte.

Ursel lag jetzt mit dem Rücken auf der Matratze, während Wolf in sie eindrang. Er zog lang durch und verstand es, sie umgehend zu einem Orgasmus zu bringen. Ursel stöhnte nicht laut, sondern sie schrie sich ihre Lust aus den Lungen. Dann drehte er sich mit ihr zusammen um, sodass Ursel sich aufrichten konnte und auf ihm saß. Wolf hielt sich zurück, aber Alan drückte Ursel nach vorn und verrieb einen großen Klecks Gleitcreme auf ihren Anus. Spätestens jetzt wusste Ursel, was ihr bevorstand. Alan war viel zu sehr Profi, als dass er das beschleunigte. Mit viel Gefühl drückte er seine Eichel in ihren After.

Sein Zucken bestätigte meine Erfahrungen, dass man mit dem Strap-on auch gut die Männer ficken kann. Und genau das sollte gleich passieren. Eberhard kannte es bereits ja auch. Was blieb uns Frauen denn sonst übrig? Ich hatte vorsorglich, wie sooft, meinen Strap-on dabei. Die drei beobachten und sich an Eberhard reiben, war für uns Frauen angesagt. Sicher wurde Angela zu schnell und Eberhard bremste sie ein wenig. Ich hingegen war in seinen Po eingedrungen, was ihn ein heftiges Stöhnen entlockte. Gleichzeitig machte es aber auch Angela und mich an und wir rieben heftig unsere Votzen auf seinen Oberschenkeln. Auch das dürfte für Eberhard eine neue Erfahrung gewesen sein.

Es war einfach geil. Die drei auf der Matratze fickten mal im gleichmäßigen Rhythmus, mal gegeneinander. Der Bauch von Ursel war gewölbt, als ob sie einen kleinen Luftballon darin hätte. Die Kerle fickten und fickten, spritzten aber nicht ab. Dann aber drängte Alan stärker in sie ein. Beide fickten Ursel in ihrem jeweils eigenen Rhythmus. Wollten sie sich gegenseitig aufgeilen und zum Orgasmus bringen? Dann aber kniff Ursel ihren Po zu, sodass es Alan schwerer hatte. Er wurde dadurch so stark gereizt, dass er schnell kam. Wolf, der das merkte, drehte Ursel dann kurzerhand auf den Rücken, nahm ihre Knie hoch und stieß wild und ungestüm in sie rein, bis auch er kam.

Ich war fasziniert von Wolf, wie wild er doch sein konnte. Angela zog jetzt Eberhard auf die Matratze. Sie legte sich auf den Rücken und zog die Knie hoch. Ich bin sicher, sie wollte es so haben, wie sie es gerade von Wolf gesehen hatte. Eberhard war aber etwas ruhiger bei der Sache, als Wolf es bei Ursel gewesen war. Es dauerte einen Moment, bis ich den Strap-on angelegt hatte. Für mich hatte ich einen sehr dicken, nach innen gerichteten Einsteckdildo aufgesetzt. Den Außendildo für Eberhards Arsch wählte ich ein paar Nummern kleiner. Als ich eindringen wollte, war mir klar, Eberhard hatte meinetwegen damit gewartet, Angela zu ficken.

Er ahnte, was da kommen würde, und er genoss es. Phasenweise hielt er inne, streckte seinen Arsch raus und genoss meine Stöße. Dann wieder fickte er wild in Angela rein. Dabei übertrugen sich seine Stoßbewegungen am Strap-on. Es war ein Gefühl, als ob er mich fickte, da der innenliegenden Einsteckdildo vehement mitbewegt wurde.

Ich begann zu verzögern. Angela hatte Eberhards Spiel schnell durchschaut. Immer wenn er dagegen hielt, drückte sie mit ihrem Becken von unten ruckartig gegen und verschaffte sich so heftigere Stöße. Doch dann kam Eberhard. Er schien in sich zu erstarren und war minutenlang bewegungslos.

Im Fitnessstudio

Ursel kannte die Besitzerin eines Fitnessstudios, das Ursel und Eberhard früher häufig aufgesucht und dort die Frauen und Männer beim Training bewundert hatten. Die Besitzerin war von den Männern genau so angetan wie Ursel. Die Männer hätten sie immer aufs Neue erregt. Oft hatte Ursel dabei Eberhard angesehen. Der wusste dann ganz genau, was die Finger dann eigentlich zu tun haben sollten. „So ein schwitzender Mann, seine Muskeln und sein Knackarsch machen eben was mit unseren Vötzchen", meinte sie.

Ursel nahm sich vor, das Fitnessstudio nach langer Zeit mal wieder zu besuchen. Sie sprach mit der Besitzerin, dass sie mit uns allen vorbeikommen wolle, um auszutesten, was so möglich sein könnte. Die Besitzerin meinte dazu, wir sollten es einfach ausprobieren. Sie als Besitzerin könne nicht helfen, weil das dem Ruf nicht guttäte. Aber ein Zimmer stünde für solche Zwecke selbstverständlich zur Verfügung.

266

Welche weiteren Absprachen Ursel mit der Besitzerin getroffen hatte, wusste ich nicht. Wir, also Eberhard, Alan, Wolf, Ursel, Angela und ich stemmten dort dann fleißig Gewichte, zogen an allen möglichen Schlaufen, ruderten oder liefen auf den Laufbändern. Ich muss sagen, ich fühlte mich wohl dabei. Wir gingen zum Tresen und bestellten bei der Besitzerin einen kühlen Orangensaft. Der half eigentlich immer über den Durst hinweg. Ursel schaute uns an und lachte nur. Ich glaube, sie freute sich, dass wir mal wieder zusammen waren. Sie schaute aber immer so geheimnisvoll, mit einem versteckten Lachen. Dann rückte sie raus mit ihrem kleinen Geheimnis und sagte plötzlich: „Wir sind nur noch unter uns. Das Studio ist abgeschlossen. Nur Anita, so hieß die Besitzerin, bleibt hier, denn sie ist eine ausgezeichnete Physiotherapeutin."

Wir alle schauten Anita an. Physiotherapie? Brauchen wir denn das? Nun erklärte Ursel, dass es bei manchen Kunden natürlich Sinn macht, zum Beispiel deren Verspannungen zu lösen und die richtigen Geräte zu empfehlen. Aber es gäbe ja auch Massagen, die andere Zwecke hätten, gab sie geheimnisvoll von sich. Wer es einmal erlebt hätte, der würde süchtig danach werden. Ich ahnte, was gemeint war. Der Gedanke daran machte mich schon wieder geil. Ich wusste, es wird etwas geschehen, aber was genau?

Ich sah es Angela an. Unmerklich drückte sie die Knie zusammen und ging ein wenig in die Knie. Mir ging es nicht anders. Ich fühlte sofort ein geiles Gefühl in meiner Votze.

„Ja, aber dafür braucht es doch Liegen und einen Raum", meinte ich. Anita hatte uns zugehört und mischte sich jetzt ins Gespräch ein. „Betten, Liegen?", fragte sie verschmitzt. Ich nickte nur bestätigend. „Im Behandlungsraum befinden sich für alle Fälle drei Schrankbetten, die man auch mal für besondere Anlässe nutzen könne", erklärte sie uns.

„Oh, wie aufregend! Vier geile Weiber und drei Stecher!", warf ich ein. Allen war damit klar, was zu erwarten war. Wir duschten erst einmal und machen uns frisch. Anita hatte auf den Toiletten Spritzflaschen für besondere Spülungen bereitgestellt. Jetzt war wohl jedem klar, was Ursel da angezettelt hatte. Ich sah sie anerkennend an. Das hätte ich ihr nicht zugetraut. Aber vielleicht spielte sie uns allen ihre Naivität nur vor und war in Wirklichkeit ein süßes, durchtriebenes und geiles Luder.

Anita kam nackt dazu und brachte gleich Morgenmäntel mit. Die Männer duschten im Duschraum für Männer. Es musste ja alles seine Ordnung haben. Wie verabredet trafen wir uns danach alle im Massageraum. Anita griff sich Ursel und legte sie sich auf der Massagebank zurecht. Und Angela? Die ging gleich auf Eberhard los. Ehe er sich versah, saß er auf dem Bett und Angela nahm sich seines Gemächtes an.

Ich ging zu Anita und reichte ihr das angewärmte Öl, das sie langsam über Ursel goss und dann zielstrebig verteilte. Ursel schloss die Augen. Dann küsste ich Ursel ganz sanft. Meine

Lippen glitten über ihre Augen und Stirn. Ich wusste ja nicht, wie Ursel darauf reagiert. Aber prompt kippte sie ihr Becken und die Beine öffneten sich ein wenig. Anita wusste sofort, was los war. Ihre Hände waren schneller auf Ursels Schamlippen als meine Zunge. Dann wanderten ihre Hände massierend über den ganzen Körper und wieder zurück zu den Schamlippen.

Ich drückte meinen langen Mittelfinger in ihre Grotte und drückte auf den G-Punkt. Anita fuhr mit der Massage unbeirrt fort. Sie wusste genau, dass es Zeit und Ruhe brauchte. Ursel richtete ihr Becken auf. So forderte sie mehr und ich überließ es Anita, durch die Schamlippen zu streichen und die Klitoris zu umkreisen. Ich nutze die Zeit und fingerte mich selbst. Anita sah, dass ich masturbierte und zog mich zu sich. Dann drückte sie meinen Kopf zwischen Ursels Schenkel.

Als Ursel meine Zunge spürte, nahm sie die Knie hoch und öffnete sich noch weiter. Ich leckte sie und spürte genau, dass sie hoch erregt war. Ich nahm Anitas Hand und zog sie hinter mich. Das war Aufforderung genug. Sie verstand das sofort, weil ich mich breitbeinig hinstellte. Als ihre Finger in meine Votze eindrangen, drohte ich fast auszulaufen. Aber so weit war es noch nicht. Sie fingerte mich eine Weile, kam dann aber davon ab. Dann drang Alan mit seinem Penis in mich ein. Er zog wie immer so herrlich lang durch. Dann wieder ganz raus und dann wieder ganz rein, mit heftigen

Nachdrücken. Ursel spürte das, wenn ich durch Alan auf sie gedrückt wurde.

Angela und Eberhard lagen auf dem Bett. Eberhard verwöhnte Angela in aller Ruhe mit ganz langsamen Bewegungen. Eigentlich nicht ganz die Sache von Angela, die ja immer schnell Erfolge sehen wollte. Jetzt aber spannte sie sich bei jedem wie in Zeitlupe ausgeführten Stoß, als ob sie den Schwanz in sich zerdrücken wollte. Eberhard ließ sich nicht aus der Ruhe bringen. Wenn die Spannung nachließ, zog er sich etwas zurück, um nach einer Weile wieder reinzudrücken, bis Angela sich wieder anspannte. Die beiden hatten da eine Spielvariante gefunden, die auch mir neu war.

Dann vernahmen wir ein heftiges Stöhnen, ja fast Jammern. Wolf war dabei, Anita, die ich zuletzt gar nicht mehr beachtet hatte, auf einem der Betten zu überfordern. Ich wusste ja, Wolf konnte sich mit seinem Orgasmus zurückhalten und war deshalb recht ausdauernd. Er hatte Anita sicher schon mehrmals über die Kante getrieben. Ich reagierte schnell und ging mit Ursel zum Bett von Anita und Wolf. Wolf begriff sofort, dass ich Anita erlösen wollte und machte prompt mit Ursel weiter. Anita war mir dafür dankbar. Sie hielt sich mit beiden Händen ihre Votze und stöhnte: „Der Kerl ist ja unglaublich!" Dann musste ich mich auf das freie Bett legen, dass Alan mich wieder weiter ficken konnte. Der wirkte zwar etwas verstört wegen der Unterbrechung, fügte sich aber. So hatte ich Alan kniend zwischen meinen Beinen und die erschöpfte Anita zwängte sich neben uns auf das Bett und bot mir ihre sorgsam rasierte Votze zum Lecken an.

So schleckte ich sie aus und Alan orientierte sich jetzt an Eberhard, seine Stöße wurden ruhiger. Es war wunderschön. Alan brachte mich zum Orgasmus und legte mitfühlend eine kurze Pause ein, damit ich mich wieder erholen konnte. Außer Anitas heftiges Stöhnen war nichts zu hören. Geleckt zu werden, war für sie etwas Besonderes. Sie war ja eigentlich übererregt und das weitere Hinauszögern ihrer Erregung beförderte sie in andere Gefühlswelten.

Für mich völlig überraschend deutete sich Alans Orgasmus an, als Anita blitzschnell Alan von mir zurückstieß und sich vor ihm hinkniete. So schnell wie sie seinen Schwanz im Mund hatte, konnte man gar nicht gucken. Auch Alan war etwas perplex. Gekonnt hatte sie eine Hand unter seinem Sack und wichste seinen Schwanz. Alan konnte nicht mehr zurück und entlud sich in Anitas Mund. Die stöhnte, als ob sie von einem riesigen Dildo gefickt würde. Als Alan fertig war, stand sie mit sorgsam geschlossenem Mund auf und kam zu mir. Ich spürte ihre Hand auf meinen Brüsten. Dann drückte sie ihre Lippen auf meine und schob langsam ihre Zunge vor, gab den Samen von Alan frei und ließ ihn in meinen Mund laufen. So ein geiles Luder. Meine Votze zog sich regelrecht zusammen. Ich war völlig überdreht. Alan, der das mitbekommen hatte, beugte sich zu mir runter und ich küsste auch ihn und gab ihm einen Teil seines Samens zurück. Er küsste so zärtlich, dass ich nicht loslassen wollte. Aber Anita drängelte sich an meine Seite, sodass ich weiter rüberrutschen musste. Sie nahm meine Oberschenkel zwischen ihre Beine und rieb ihre Votze an mir.

Als Alan nach Luft schnappte, küsste mich Anita geistesgegenwärtig und rutschte mit ihren Titten über meine. Ob erschöpft oder gefickt, es spielte alles keine Rolle mehr. Anita fingerte mich, ich fingerte sie. Anitas heißen Atem spürte ich stoßweise an meinem Hals. Sie war jetzt auch zu ihrem Orgasmus gekommen. Das löste einen erheblichen Gefühlsschub in mir aus. Ich zuckte mit dem Becken, stemmte mich gegen ihre Finger und segelte ebenfalls über die Kante.

Anschließend standen wir alle etwas wacklig gemeinsam unter der Dusche. Als das Wasser über meine Votze lief, musste ich pinkeln und die Männer schauten interessiert zu. Jeder gab mir zu verstehen, dass ich doch eine geile Fickstute sei. Einen Moment lang dachte ich, sie wollten noch mal anfangen, mich zu ficken. Dann aber spürte ich die Pisse der Männer auf meiner Votze und Arschkerbe. Anita, Ursel und Angela ließen es jetzt auch einfach laufen. Was gibt es Schöneres als ein gemeinsames Erlebnis?

Angekommen

Wer wandert, der erlebt viel und lernt dabei. Mit der Zeit kommt eine Bewertung dazu. Ob man das will oder nicht, man verändert seine Einstellung und findet zu sich selber. Ich weiß heute, was ich will.

Heute ja, da fühle ich mit dir und spüre dich, wie du mich fühlst.

Um uns herum ist nichts, was uns stören könnte. Der Schleier der Lust bedeckt alles andere. Es gibt nur dich und mich. Uns! Die Wurzeln unserer Triebe, verschlungen wie die Finger unserer Hände, die leicht zitternd, der Erfüllung entgegenfiebern. Du sitzt mir gegenüber. Ich halte deine Hände, ich schaue dich an und genieße dich. Obwohl ich jede Stelle deines Körpers und deiner Seele kenne, ist es immer wieder, als ob ich dich neu entdecken würde. Habe ich dich eigentlich verdient? Diese Frage stelle ich mir immer öfter.

Du bist das Glück für mich. Die Erfüllung und Befriedigung zugleich. Was will ich mehr? Wir sind uns ganz nah. Durch unsere Leiber strömt das Gefühl des Wollens, der Begierde, und wir wissen, dass uns nichts aufhalten kann. Nichts wird uns davon abhalten, den Ort der Lust gemeinsam zu betreten.

Heute ja, da fühle ich mit dir und spüre dich, wie du mich fühlst.

Ja, das ist gut! Oh Gott, mit dir ist es schön. Lichter tanzen vor meinen Augen. Ganz langsam begreife ich, dass du bei mir bist. Was ist das für ein geiler Traum mit dir! Ich muss zugeben, dass ich verwirrt bin. Ich bin nass und habe mich aufgegeilt. Du bist in mir. Keine Hektik, keine Ekstase. Ein langsames Ficken, fast unmerklich und doch so erregend. Ja, mach es. Ich liebe es. Ich umklammere deinen Schwanz.

Heute ja, da fühle ich mit dir und spüre dich, wie du mich fühlst.

Licht scheint durch die Jalousie und du bist bei mir. Da ist dein Atem, deine Wärme. Was machst du denn? Das ist doch kein Traum! Ich greife nach hinten und spüre dich. Ja, du bist wirklich da. Du rekelst dich, als ob ich dich wach gemacht hätte. Du drückst mich ganz fest an dich. Ich kuschle mich an dich und du hältst mich fest. Du bist erregt.

Mein Po liegt auf deinem Schwanz und eine Hand gleitet über meine festen Brüste. Ich rutsche mit meinem Po auf deinem Schwanz. Ich spüre, wie ich feucht werde. Meine Muschi schreit nach Berührung. Dann fühle ich endlich deine Hand. Deine Finger gleiten in mein Himmelreich und lassen nicht mehr los. Es gibt kein Entkommen.

Heute ja, da fühle ich mit dir und spüre dich, wie du mich fühlst.

Ich bin ein Teil deiner Träume und erfülle dir dort deine Erwartungen. Du lässt mich wissen, du vertraust mir ohne Vorbehalte, ohne Verbote. Ich erfülle deine Erwartungen. Ja, komm, fick mich von hinten und halt mich fest an den Hüften. Stoß zu du Hurenbock. Bediene deine Stute. Sie weiß, was du willst.

Los, geh raus aus der Votze, fick mir den Arsch! Und schneller als du, habe ich meinen Dildo in meiner Votze. Ich weiß, mich zu ficken, dass du es im Arsch spürst. Los, du geiler Hengst. Das magst du doch so. Los, du Hurenbock! Komm schon, meine Finger werden lahm. Ich kann meinen Kitzler kaum noch reiben.

Heute ja, da fühle ich mit dir und spüre dich, wie du mich fühlst.

Deine Hand sucht den Zugang zwischen meinen Beinen. Ich bin aufgegeilt und drücke dagegen. Ich richte mich aus. Ja, ich will es. Es ist schön. Je mehr ich drücke, desto deutlicher spüre ich dein Fingerficken. Ich drehe mich, sodass ich die Beine leicht öffnen kann. Meine Augen sind geschlossen. Ein wohliges Gefühl überkommt mich. Du bist in mir. Ein langsames Ficken und doch so erregend.

Dein Daumen kreist auf meinem Poloch. Du überhörst mein Stöhnen, machst einfach weiter. Mein Pulsschlag wird schneller. Mein Blutdruck steigt. Bei jedem Atemzug spüre ich ein Drücken. Dann ist dein Daumen in meinem Po und deine Finger in meiner Muschi. Kein Ficken, nur das Bewegen des Daumens und der Finger in mir. Ich genieße es. Mit dem Finger auf meiner Klitoris gehe ich voll ab! Meine Vagina zieht sich zusammen. Ich bin nass. Meine Säfte sprudeln.

Heute ja, da fühle ich mit dir und spüre dich, wie du mich fühlst.

Du weißt genau, was ich brauche. Du fragst dann auch nicht. Du wartest einfach nackt auf dem Bett. Wenn ich dann mein Bein aufstelle, dir meine Votze zeige und deinen Schwanz streichele, dann werde ich nass. Ich geile mich an dir auf. Meine Brüste gleiten über deinen Schwanz, meine Finger kraulen deine Eier. Ich muss ihn haben und muss ihn schmecken. Er wächst in meinem Mund und deine Hand hat Zugang zu meiner Votze gefunden. Immer will ich es länger machen, doch es geht nicht.

Ich springe auf dich rauf, dein Schwanz versinkt in mir und ich spüre dich tief in mir. So ausgefüllt, kippe ich mein Becken. Jetzt bin ich nur bei mir, mit meinen Gefühlen alleine. Meine Geilheit, meine Ekstase steigert sich. Ich hebe meinen Arsch rauf und runter. Ich ficke mich, ich spüre mich selber. Dann aber stützt du mein Becken. Jetzt hast du Raum. Erst langsam, dann immer schneller, stößt du zu.

Stößt in deine Stute. Der Hengst in dir gibt alles. Meine Vagina wird hart. Ich verliere die Sinne. Sterne begleiten mich.

Heute ja, da fühle ich mit dir und spüre dich, wie du mich fühlst.

Deine Wärme, dein Körper, mein Po in deinem Schoß! Noch habe ich nicht begriffen, was mich da so reizt, was da so real ist. Dieses Gefühl des Lauschens in dich hinein macht mich ganz ruhig. Dann spüre ich deine Regung, deinen harten Schwanz, wie er sich den Weg von hinten zwischen meinen Beinen sucht. Da ist dieses aufsteigende Gefühl, dieses Wollen. Als ich deine Bewegungen spüre, umschließt meine Hand sofort deine Latte.

Ich öffne ein wenig meine Beine. Du bewegst deinen Schwanz zwischen meinen Schamlippen rauf und runter. Aber was sind das für Gefühle? Wie ein Paukenschlag folgt dieser Schwebezustand. Meine Muschi tropft. Ich kann es nicht kontrollieren. Längst bist du eingedrungen und meine Hand wacht darüber, dass du in mir bleibst. Meine Votze wird hart, ich umklammere dich, ich will dich. Dann ist es da, dieses geile Zucken.

Heute ja, da fühle ich mit dir und spüre dich, wie du mich fühlst.

Da liegst du neben mir. Ich spüre, du bist wach. Ich spüre deine harte Latte. Ich weiß, du willst ficken. Meine Hand gleitet zu dir. Stürmisch küsst du mich. Es sind die zärtlichsten Küsse, gefühlvoll, voller Begierde.

Du steigst auf mich rauf und dringst ein. Oh selig, dieses Umklammern, dieses leichte sanfte Rein und Rausgleiten. Ich versuche es mit Anspannen, dich zu begleiten. Aber du bist mir zu schnell. Ich kreuze die Beine unter dir und mache mich eng. Los, du Hengst, jetzt stoß rein in mein Himmelreich! Lass dich melken, gib mir deinen Samen. Du bäumst dich auf und ich streichle dich. Ich habe ihn bekommen.

Ich habe dich, du hast mich.

Auf dieser Wanderung bekam ich nicht nur viele Gelegenheiten, die mir halfen, zu mir selbst zu finden, sondern ich begegnete auch dir, meinen zukünftigen Weggefährten. Auch wenn es so scheint, angekommen zu sein, ist es doch in Wirklichkeit nur eine weitere Station auf dieser Reise. Meine Wolkenwanderung mit dir wird nie zuende sein.

Nichts auf der Welt wird uns dabei aufhalten können. Damals wie heute fühle ich mit dir und du fühlst mit mir. Die Wurzeln unserer Triebe, verschlungen wie die Finger unserer Hände, die zitternd der Erfüllung entgegenfiebern. Obwohl ich jeden

Winkel deiner Seele und jede Stelle deines Körpers kenne, ist es, als ob ich dich immer wieder aufs Neue entdecken würde.

Du bist zugleich das Glück, die Erfüllung und Befriedigung für mich. Durch unsere Leiber strömt das Gefühl des Wollens, der Begierde und wir wissen, dass uns nichts aufhalten kann, den Ort der Lust gemeinsam zu betreten, dort zu verweilen und ihn erschöpft und glücklich wieder zu verlassen. Womit habe ich dieses Glück eigentlich verdient?

Du tust mir gut und hast längst einen festen Platz in meinem Herzen bekommen. Du wirst immer in meinen Träumen sein, damit ich dich dort verwöhnen darf. Du vertraust mir ohne Vorbehalte, so wie ich dir genauso vertraue. Deine Sinnlichkeit verschmilzt mit meiner.

Wenn ich einschlafe, bist du bei mir, um die Lust und das Verlangen mit mir gemeinsam zu erleben und zu genießen. Wenn ich aufwache, bist du trotzdem den ganzen Tag bei mir, um mich auf unserer sinnlichen Wolkenwanderung zu begleiten.

Ich habe dich, du hast mich.

Folgende Bücher sind bisher erschienen:

Sinnliche Wolkentriebe Neuerscheinung 2021

ISBN: 9783754341322   2.Auflage

(eBook ISBN 9783754368664)

Dieses Buch ist einer Frau gewidmet, deren Lebensweg mich nachhaltig beindruckt hat. Die Entwicklung ihrer Persönlichkeit hinsichtlich ihrer Sexualität, verbunden mit einer schier unendlichen Willenskraft, möchte ich meiner Leserschaft auf keinen Fall vorenthalten.

Sinnliche Wolkenlust Neuerscheinung 2020

ISBN 9783752647471 (eBook ISBN 9783752655438)

Oft bleiben die Sehnsüchte der Menschen unerfüllt. Aber manchmal werden sie Wirklichkeit. Ob sie in den Träumen oder in der Realität „Wirklichkeit" werden, ist dabei unerheblich.

Sinnliche Wolkenmenschen Neuerscheinung 2020

ISBN 9783750487314 (eBook ISBN 9783750490697)

Männer und Frauen organisieren ihren Sex selbstbestimmt, ihren Neigungen entsprechend, tabulos und auf Augenhöhe mit ihren Partnern.

Sinnliche Wolkenfrauen Neuerscheinung 2019

ISBN 9783749471188 (eBook ISBN 9783749476404)

Ich träume mich zu dir und bin so glücklich dabei, es so intensiv, obwohl nur virtuell, mit dir zu erleben. 55 Wichs-

und Fickgeschichten, von einer geballten Ladung Erotik geprägt, entführen beim Lesen in eine Welt der gefühlvollen Erotik.

Sinnlicher Wolkenflug, 2. Auflage 2018

ISBN 9783743188105 (eBook ISBN 9783744875882)

Sie traf im Internet auf Alex und es begann eine intensive, virtuelle Verbindung. Alex führte sie langsam und vorsichtig an die Erotik heran.